A orillas de un mismo recuerdo

A orillas de un mismo recuerdo

Laurie Halse Anderson

Traducción de
María Angulo Fernández

Rocaeditorial

Título original: *The Impossible Knife of Memory*

© Laurie Halse Anderson, 2014

Primera edición: mayo de 2015

© de la traducción: María Angulo Fernández
© de esta edición: Roca Editorial de Libros, S. L.
Av. Marquès de l'Argentera 17, pral.
08003 Barcelona
info@rocaeditorial.com
www.rocaeditorial.com

Impreso por LIBERDÚPLEX, s.l.u.
Crta. BV-2249, km 7,4, Pol. Ind. Torrentfondo
Sant Llorenç d'Hortons (Barcelona)

ISBN: 978-84-9918-944-4
Depósito legal: B-9.527-2015
Código IBIC: YFB

RE89444

A mi padre

«Estos son hombres cuyas mentes han ultrajado a los muertos.
El recuerdo acaricia el cabello de los asesinados...»

WILFRED OWEN, *Casos mentales*

* * *

«Al parecer, los rumores que corrían sobre los sueños no eran
del todo veraces: allá donde preguntaba, siempre me decían
que buscara el color azul.»

CARL PHILLIPS, *Azul*

Capítulo 1

*T*odo empezó en el aula de castigo. Qué raro, ¿verdad?

Los mismos idiotas que idearon el rincón de pensar inventaron el aula de castigo. ¿Acaso estar de cara a la pared evita que los críos dejen de meter a sus mascotas en el lavavajillas o de pintar las paredes con rotulador lila? Por supuesto que no. Les enseña a ser escurridizos. Y, por si fuera poco, es un aval que garantiza que, cuando lleguen al instituto, les encantará estar en el aula de castigo porque es un lugar ideal para echar una cabezadita.

Pero yo estaba demasiado furiosa como para una siesta. Los encargados del aula pretendían obligarme a copiar «No volveré a faltarle al respeto al señor Diaz» quinientas veces. Con un bolígrafo y sobre un papel, así que la opción de copiar-pegar quedaba descartada.

¿Que si pensaba hacerlo?

Ja.

Giré la página de *Matadero cinco*, un libro prohibido en Belmont porque nos consideraban demasiado jóvenes para leer sobre soldados que blasfemaban, bombas que caían desde el cielo, cadáveres desparramados por el suelo y los estragos de una guerra.

INSTITUTO BELMONT

¡PREPARANDO A NUEVAS GENERACIONES
PARA EL MARAVILLOSO MUNDO DE 1915!

Pasé otra página y levanté la vista para echar una ojeada. La mitad de las bombillas de aquella sala sin ventanas no funcionaban. Recortes de presupuesto, según la versión del claustro de profesores. Una conspiración para dejarnos ciegos a todos, según los alumnos que cogían el autobús escolar.

Alguien de la última fila se puso a reír.

El supervisor del aula de castigo, el señor Randolph, alzó su cabeza de orco y rastreó la sala en busca del criminal.

—Ya basta —ordenó. Se levantó de la silla y me señaló con el dedo—. Se supone que debe estar copiando, niña.

Pasé otra página. No me creía carne de cañón del aula de castigo; de hecho, no encajaba en ese instituto y las normas estalinistas de orcos mal pagados me importaban un comino.

La chica que estaba sentada dos filas más adelante, y que llevaba una chaqueta de inverno rosa con la capucha recubierta de pelo falso, se dio la vuelta y me miró con los ojos en blanco mientras mascaba mecánicamente un chicle enorme.

—¿Me ha oído? —exclamó el orco.

Murmuré palabras censuradas en un aula. Ya sabes, esas palabras que se supone que no se deben decir en voz alta. No me preguntes por qué: sé de sobras que no tienen sentido alguno.

—¿Qué ha dicho? —rebuznó.

—He dicho que no me llamo «niña». —Doblé la esquina superior de la página—. Puede llamarme señorita Kincain o Hayley. Respondo a ambos apelativos.

El tipo se quedó mirándome fijamente. La chica de rosa dejó de masticar. A mi alrededor, todos los zombis y bichos raros levantaron la cabeza e irguieron la espalda, atraídos por el olor a pelea.

—El señor Diaz tendrá noticia de su actitud, niña —amenazó el orco—. Antes de que suene el timbre, pasará por aquí a recoger su tarea.

Maldije en voz baja. Arranqué una hoja de papel de una libreta, saqué un lápiz y decidí que aquel tampoco sería un día para el recuerdo.

Capítulo 2

*U*na lección rápida.

En este mundo existen dos tipos de personas:

1. zombis
2. bichos raros

Solo dos. Cualquiera que te diga lo contrario miente. Me atrevería a jurar que se trata de un zombi mentiroso. No prestes atención a los muertos vivientes. Huye de ellos y salva tu vida.

Otra lección: todo el mundo nace siendo un poco rarito.

Te ha sorprendido, ¿a que sí? Eso es porque te han sorbido el cerebro. Utilizan un veneno que te convence de que ser un bicho raro no es bueno. Son peligrosos. Les falta un tornillo. Una vez más, no les escuches. Huye.

Todo bebé recién nacido, cuando sale empapado, hambriento y llorando, es un bicho raro que acaba de salir del cascarón y cuyo único anhelo es pasárselo en grande y construir un mundo mejor. Quizás el bebé tenga la suerte de nacer en una familia...

(Nota: «familia» NO significa la unidad biológica compuesta de personas que comparten ciertos rasgos genéticos o lazos legales, encabezada por una pareja heterosexual. El término «familia» es mucho más que eso. Porque ya no estamos en 1915, evidentemente.)

... suerte de nacer en una familia liderada por un adulto dispuesto a quererle durante cada día de su vida. Pero no solo eso, también debe alimentarle y proporcionarle ropa, libros y aventuras. Entonces, dará igual lo que ocurra: ese bebé rarito crecerá como un niño rarito y se convertirá en un adolescente rarito.

Y es en ese momento cuando las cosas se complican.

Porque la mayoría de los adolescentes acaba yendo al instituto. Y es allí donde el proceso de zombificación se vuelve mortal. Al menos esa había sido mi percepción desde la lejanía y que ahora, tras veinticuatro días en Belmont, había comprobado en primera persona.

¿Por dónde iba?

Ah, sí. El aula de castigo.

Cuando por fin sonó el timbre, había escrito «Corregir el error de un profesor no es una falta de respeto» ciento nueve veces.

14

Capítulo 3

*E*ntre la charla sobre actitud (sermón) del señor Diaz tras salir del aula de castigo y mi estúpida taquilla, perdí el último autobús.

Llamar a mi padre no era una opción.

Me esperaba una caminata de casi siete kilómetros. No era la primera vez que me pasaba, pero la idea no me entusiasmaba. Respiré hondo y empecé a andar por las aceras del vecindario del instituto. Avanzaba con la barbilla bien alta y una sonrisa forzada por si el anciano que comprobaba el buzón me saludaba con la mano o la mujer que descargaba la compra se fijaba en mí. Llevaba los auriculares puestos, pero sin música. Necesitaba escuchar el mundo, pero no quería que el mundo lo supiera. Un cuarto de hora después, la hilera de casitas adosadas cedió el paso a un monstruoso centro comercial seguido por un par de concesionarios de coches de segunda mano. Entonces llegué a lo que por aquí llaman «el centro». Cada vez que daba un paso, escudriñaba a derecha e izquierda: una tienda de colchones abandonada; una casa con las ventanas tapiadas; un montón de periódicos cubriendo a un borracho, o a un drogata, o al cadáver de un sin techo que apestaba, aunque eso no suponía una amenaza. Una tienda de neumáticos. Una tienda de licores. Una bodega con barrotes en los escaparates. Dos solares vacíos, con algún mueble destartalado, condones usados y colillas, todo desparramado sobre la gravilla y las malas hierbas. La fachada de una iglesia con una cruz de neón azul.

Dos chicos apoyados en la iglesia.

Amenaza.

De inmediato me saqué las manos de los bolsillos. Empecé

a andar como si la acera me perteneciera: con las piernas rectas, ágiles y veloces, sin apenas mover las caderas. Los tipos me mirarían de arriba abajo como a cualquier chica joven de un metro setenta. Eso era lo que gritaba mi cuerpo, así que no podía cambiarlo. Mis andares, en cambio, marcaban la diferencia. Muchas chicas, en una situación así, aminorarían el paso. Se asustarían como un animal desprotegido, bajarían la cabeza y se llevarían los brazos al pecho. Una postura que da a entender «Soy débil, vosotros fuertes, y estoy aterrada, así que por favor no me matéis». Otras sacarían pecho, y contonearían las caderas mientras dirían: «Mírame bien. ¿Te gusta? ¿Me deseas?».

Hay chicas estúpidas.

Me tragué el miedo. Siempre está ahí (el miedo), pero si no te sobrepones, te consume. Me armé de valor y decidí seguir andando con la cabeza bien alta, los hombros rectos y los brazos sueltos. Mi cuerpo decía «Sí, sois más grandes y fuertes, pero si me tocas, te haré daño».

Cinco pasos más. El tío que tenía enfrente alzó la mirada y susurró algo a su amigo. Acto seguido, el amigo se volvió para observarme.

Evaluación.

En mi mochila no había nada de valor. De hecho, habría sido todo un alivio que me la robaran porque así habría tenido una excusa legítima para no hacer los deberes. Si trataban de agarrarme, daría media vuelta y así sus manos aterrizarían en mi mochila. Después empujaría a uno de ellos hacia la pared de la iglesia y correría como si no existiera el mañana. Aquellos chicos parecían algo colocados, lo que me daría una ventaja en tiempo de reacción considerable. Sin mencionar la adrenalina, por supuesto.

Plan B: el autobús de Albany estaba a dos manzanas de distancia. Dejaría que me quitaran la mochila y después saldría disparada hacia la parada y menearía los brazos como si coger ese autobús fuera un asunto de vida o muerte. Y es que si huyes despavorida como si te persiguiera una manada de lobos, la gente mira hacia otro lado, pero si creen que vas a perder el autobús, te echan una mano.

Mi última alternativa de defensa era la botella vacía de Old Crow que había junto a la base de la farola, justo enfrente de los chicos que me observaban. Tenía el cuello largo, así que podría agarrarla sin problemas. No debía olvidarme de que si la golpeaba con demasiada fuerza contra la pared, la botella se haría añicos. Tenía que ser un toque suave, como si tratara de romper la cáscara de un huevo. Eso bastaría para partir la base. Un golpecito y una solitaria botella de whisky siempre son un buen recurso. En cuestión de segundos puedes tener en la mano un arma de colmillos afilados en busca de tipos colocados.

Un paso más y los alcanzaría.

Acción.

La mirada del chico que se había girado para mirarme de pies a cabeza parecía tan desenfocada que ni siquiera sabía si era una chica o un fantasma. Después eché un vistazo al amigo. No iba tan fumado. O quizá estaba más despierto. Me observaba con aquellos ojos grises entrecerrados. No pude evitar fijarme en sus ojeras pronunciadas. Él era quien llevaba la palabra «peligro» tatuada en la frente.

Durante un microsegundo me quedé mirándole —botella de cristal a las once, rodillazo en las partes bajas, alcanzar el arma y despedazar a diestro y siniestro— y después asentí con cierta brusquedad. Bajé la barbilla como señal de respeto.

Él también asintió.

El microsegundo se evaporó y pasé de largo; dejé a ese par de tipos, a la botella y al autobús abarrotado de muertos vivientes a mis espaldas.

Temí que me siguieran hasta que los descampados y negocios abandonados cedieron el paso a centros comerciales que de inmediato se transformaron en casitas casi seguras. Al final de la calle, pasado un maizal olvidado y un granero en ruinas, se alzaba la casa que se suponía debía considerar mi «hogar».

Capítulo 4

$\mathcal{M}$i padre quería que recordara la casa. Me lo preguntó una y otra vez cuando nos mudamos, mientras bajábamos las cajas del camión, mientras atestábamos los armarios de la cocina con provisiones, mientras recogíamos esqueletos de roedores, mientras limpiábamos las ventanas.

—¿Estás segura de que no te acuerdas, Hayley Rose?

Sacudí la cabeza, pero no musité palabra. Cada vez que le repetía lo mucho que me esforzaba por no recordar, se entristecía.

(No me tomes por loca, porque no lo estaba. La diferencia entre olvidar algo y no recordarlo es abismal).

Pocos días después de trasladarnos a la nueva casa, papá volvió a despegarse del tiempo, como Pilgrim de *Matadero cinco*. El pasado se adueñaba de él. En esos momentos lo único que escuchaba eran las explosiones de artefactos improvisados; solo veía fragmentos de cadáveres, como una pierna con la bota todavía puesta y miles de trocitos de huesos, tan afilados como una lanza. Y en la boca, ese metálico sabor a sangre.

Esos ataques (me habría matado si me hubiera oído pronunciar esa palabra, pero era la que mejor describía lo que le ocurría) habían empeorado durante los últimos meses. De hecho, esa fue la razón por la que acepté ese plan ridículo de dejar el camión y seguir una «vida normal». Dejé que pensara que tenía razón, que pasar el último año de estudios obligatorios en un instituto en lugar de acompañarle como copiloto en el camión era una idea acertada y emocionante.

¿La verdad? Estaba aterrorizada.

Encontré la biblioteca, localicé un banco y me encargué de que la oficina de correos supiera que estábamos de vuelta y que vivíamos en la casa vieja de la abuela. El tercer día, una chica, Gracie, que vivía en la otra punta de la calle, nos regaló una cesta repleta de magdalenas y una cazuela de fideos con atún. Todo lo había cocinado su madre. Me dijo que se alegraba de verme.

Gracie era tan dulce —no había perdido su chispa de rarita y los zombis aún no la habían absorbido— que olvidé comportarme como una bruja. En cuanto di el primer bocado, me cayó bien. Y así, sin darme apenas cuenta, hice una amiga, una amiga de verdad, lo cual no ocurría desde… no lo recuerdo. Tener una amiga hacía que lo demás no pareciera tan deprimente.

Cuando el azote del pasado golpeó a papá, se comió los restos de los fideos con atún (las magdalenas ya se habían acabado). Subió al ático a buscar una cajita que, por suerte, había sobrevivido a los ratones y al moho.

La cajita contenía fotografías algo descoloridas. Él juraba que las que aparecíamos en la imagen éramos su madre, es decir, mi abuela y yo. Le pregunté por qué la abuela no guardaba ninguna fotografía de mi madre y me contestó que los ratones las habían roído todas. Para entonces, ya sabía que estaba mintiendo.

19

Así que aquel día, después de clase, llegué a casa sana y salva, pero a la vez molesta, muerta de hambre y decidida a ignorar todos los deberes del instituto. La furgoneta de papá estaba aparcada frente al garaje. Pasé la mano por el capó, frío como una piedra. Comprobé el cuentakilómetros: no había arrancado el coche desde ese mañana. Así que no me costó adivinar que no había ido a trabajar.

Saqué el juego de llaves y abrí los cuatro cerrojos de la puerta principal de nuestra casa. (Nuestra casa. Todavía me costaba utilizar esas dos palabras seguidas.) Empujé la puerta con cuidado; ni siquiera se había molestado en echar el pestillo con cadena. Todo apuntaba a que se había pasado todo el día durmiendo. Aunque quizá estaba muerto. O a lo mejor se había acordado de que yo tenía clase y de que, en algún momento del día, volvería a casa y por eso no echó el pestillo. Esperaba que fuera la última opción.

Entré en casa. Cerré la puerta y me volví para echar los cerrojos: uno, dos, tres, cuatro. Deslicé la cadena por la ranura y encendí la luz. Sobre los muebles que se agolpaban en el comedor se distinguía una fina capa de polvo. El interior de aquella casa olía a perro, a humo de cigarrillo, a grasa animal y, en especial, al ambientador que papá había rociado por todos los rincones para disimular el olor a marihuana.

Al otro lado del pasillo, *Spock* soltó tres ladridos. Estaba tras la puerta de la habitación de mi padre.

—¿Papá?

Esperé. La voz de mi padre sonó como un trueno lejano. No conseguí descifrar lo que le había dicho al perro. *Spock* lloriqueó y después calló. Seguí a la espera y conté hasta cien, pero nada.

Me acerqué y llamé a la puerta.

—¿Papá?

—¿El autobús ha vuelto a llegar tarde? —preguntó desde el otro lado.

—Sí.

No me moví. Ese era el momento en que mi padre debería preguntarme cómo me había ido el día, o si tenía muchos deberes o qué me apetecía para cenar. O podía pedirme que le preparara algo para comer, porque de hecho era muy buena cocinera. O, sencillamente, podía haber abierto la puerta y charlar conmigo. Eso habría bastado.

—¿Papá? —repetí—. ¿Te has quedado en casa otra vez?

—Ha sido un mal día, princesa.

—¿Y qué te ha dicho el jefe?

Silencio. Silencio absoluto.

—Le has llamado, ¿verdad? —insistí—. ¿Le has comentado que estás enfermo? ¿Papá?

—Le he dejado un mensaje en el contestador.

Otra mentira. Apoyé la frente en el marco de la puerta.

—¿Has intentado levantarte al menos? ¿Te has vestido? ¿Te has dado una ducha?

—Mañana me esforzaré más, princesa. Prometido.

Capítulo 5

La Muerte reparte las cartas. Y estas susurran sobre la mesa tambaleante.

Hernandez se lleva un puro a la boca. Dumbo dobla la carta que le ha escrito su esposa y la guarda en el casco. Loki escupe y suelta una grosería. Roy toma un sorbo de café. Acercamos las cartas hacia nosotros y nos reímos.

No recuerdo cómo era mi mujer, pero reconozco a la Muerte. Marca nuestras apuestas. Luce un vestido rojo sangre y su hermoso rostro parece de piedra. Mis amigos se ríen a carcajadas y mienten, pues ya están metidos de lleno en el juego.

Recuerdo cómo era mi pequeña. Recuerdo el olor de su pelo. La cicatriz de su rodilla izquierda. Su ceceo. Mantequilla de cacahuete y plátano. No creo que ella me recuerde.

La Muerte agita y chasquea los dados en su boca. Los escupe sobre la mesa y estos ruedan hasta mostrar un número.

Lo apostamos todo, arrojamos todo lo que tenemos sobre el tablero porque el ambiente está cargado de balas y granadas. No escuchamos la bomba que caerá sobre nosotros, pero alguien ya la ha disparado.

La Muerte nos invita a enseñar las manos.

Nunca nos habíamos sentido más vivos.

Capítulo 6

*D*esayuno. Primera hora.

El desayuno se servía a horas intempestivas. Todavía no lograba entender por qué los alumnos del instituto no se habían sublevado en una rebelión armada. La única explicación que se me ocurría era que dirección ponía sedantes en las galletas de chocolate.

Noté la goma de un lápiz rozándome la oreja izquierda.

—Déjame en paz —espeté, y aparté el lápiz y la mano que lo sostenía. Giré la cabeza de golpe y apoyé el lado izquierdo de la cara sobre la mesa de la cafetería.

El lápiz atacó mi oreja derecha.

Decidí saludar a mi torturador con el clásico dedo anular en alto.

—Te odio.

—Veinte palabras de vocabulario.

—Estoy durmiendo, mira: zzzzzzz.

—Para mejorar mi español, Hays. Y a Topher no le iría mal una ayudita en inglés. «Pesadilla» es una quesadilla de pescado, ¿verdad?

Gruñí y me incorporé. Al otro lado de la mesa estaba Gracie Rappaport, la chica que me regaló las magdalenas y los fideos. Y como si de una babosa se tratara, también estaba su novio, Topher, Christopher Barnes. (Quizá hayas oído hablar de él. Rompió con una chica, una tal Zoe, el fin de semana del Día del Trabajador y ella decidió devolverle la jugada describiendo, de un modo muy poco respetuoso, todas sus partes masculinas por la red. Y Topher quiso demostrar que Zoe estaba mintiendo mediante pruebas fotográficas. Cuando le pregunté a Gracie sobre el tema, se limitó a reír como una tonta. Obtuve más información de la que pretendía, la verdad.)

—¿Qué significa «denotación»? —preguntó Topher.

—Es cuando la trama, de repente, explota —respondí—. Y sí, una «pesadilla» es una quesadilla rellena de pescado. Eres un genio, Gracie.

—No lo apuntes —aconsejó un chico con el pelo desgreñado, dentadura perfecta y aparentemente carísima, y gafas de pasta oscuras. Se sentó a mi lado—. Te está tomando el pelo.

Topher miró al recién llegado.

—¿Dónde te habías metido?

El desconocido sacó unas llaves del bolsillo y las meneó para que tintinearan.

—¿Has conseguido que funcione? —preguntó Topher—. ¿Qué ha sido esta vez?

—Ni idea, pero mi madre dice que le ha costado un montón de pasta. Así que tendré que ocuparme de todas las tareas de la casa para saldar la deuda.

—Tío —musitó Topher.

—Lo sé —asintió el chico—. En fin, que estoy arruinado. Dame de comer.

Topher le ofreció un billete de diez dólares.

—Y compra unos sándwiches.

—¿Por qué a mí no me pagas ni un centavo por ayudarte con los deberes? —inquirí.

Topher me dio una moneda.

—Denotación. Gracias, de veras.

—Denotación: sustantivo que describe la acción de un alumno que se niega a tomar apuntes en clase —dije.

—Denotación —anunció el nuevo—. El significado preciso y objetivo de un término, sin implicaciones añadidas.

Topher recuperó la moneda y se la lanzó a su amigo.

—Con mantequilla, no con crema de queso.

—De acuerdo —murmuré, y bajé la cabeza—. Se acabó.

Gracie me tiró una bolita de papel a la nariz.

—Ayúdame con el español, Hayley, porfiiiiiiiii.

—¿Y por qué debería hacerlo?

Empujó los libros hacia mí.

—Porque eres maravillosa.

Además de aquellos fideos con atún y la cesta de magdalenas, el día en que Gracie se presentó ante mi puerta también

23

me mostró un álbum de fotos. En ellas aparecía su clase de guardería, o mejor dicho nuestra clase, porque yo también figuraba ahí. Verme tan pequeña, vestida con un jersey cosido a mano y peinada con dos trenzas me puso la piel de gallina, pero no entendí el porqué. El único recuerdo que conservaba de mi época de guardería era mearme en los pantalones durante la siesta, aunque Gracie me aseguró que eso jamás había sucedido. Después me preguntó si me gustaban los bocadillos de mantequilla de cacahuete y plátano. (Debo admitir que eso me dejó de piedra porque, en realidad, eran mis favoritos y no me entraba en la cabeza que lo hubiera acertado por casualidad.)

Le ayudé con el dichoso ejercicio de vocabulario y le devolví el cuaderno. En ese instante el amigo de Topher regresaba con una bandeja cargada de sándwiches y tazas de café.

—Las palabras siete y dieciocho están mal escritas a propósito —avisé—. Así será más realista.

—Buena idea —dijo—. Gracias.

Las cuatro televisiones de pantalla plana que colgaban de los cuatro rincones de la sala por fin parpadearon y se encendieron. El canal sintonizado era el de las noticias. Los alumnos que estaban lo bastante despiertos vitorearon, pero sin gran entusiasmo. Observé la pantalla durante un minuto, leyendo las palabras que pasaban a toda velocidad por la línea inferior del televisor para saber si había ocurrido algún desastre en las últimas horas. Nada, salvo los últimos cotilleos de algún famoso de tres al cuarto y un terrorista suicida que había hecho explotar un mercado y una guardería en la otra punta del planeta.

—¿Puedo dormir ya? —rogué.

—Deberías comer algo —propuso el nuevo, y me ofreció un sándwich—. Por cierto, me gusta tu pelo. ¿Ese azul eléctrico es tu color natural?

—Comer no va conmigo —contesté—. Y sí, provengo de un linaje familiar cuyo rasgo más característico es el cabello azul.

—¿Qué es un «motivo»? —preguntó Topher con la boca llena de migas.

—Al menos tómate un café —sugirió el chico—. Por lo que veo te vendría de perlas.

—No he pedido un café —repliqué.

—Motivo: un objeto o idea recurrente en una historia

—respondió. Después sacó un puñado de distintos sobrecitos de azúcar del bolsillo de su camisa de franela a cuadros verdes y marrones y los dispuso ante mí—. No sabía qué preferirías.

—Ninguno. Si quiero un café, me las apaño para comprármelo solita. Y te has olvidado de la estructura.

—¿Qué?

—Un motivo literario es un objeto, idea o estructura recurrente. Te has olvidado de la estructura.

Miró a Gracie, después a mí y de nuevo a Gracie. Luego esbozó una amplia sonrisa.

—Tenías razón, Rappaport.

—¿Y a mí no me dices nada? —protestó Topher—. Yo apoyé la idea.

Cuando los chicos se chocaron la mano, Gracie exclamó un «shh» más propio de una madre.

—¿Razón sobre qué? —quise saber—. ¿Qué idea?

—Bueno, le prometí a Finn que escribirías un artículo —reconoció Gracie—. Para el periódico del instituto. Le aseguré que se te daba muy bien el inglés y eso.

—¿Es una broma?

Finn (¿qué tipo de padres ponen a su hijo ese nombre?) me señaló con el sándwich.

—¿Cuánto tardarías en escribir unas doscientas palabras bajo el título «Un mundo de recursos en la biblioteca»?

—Una eternidad —contesté—, porque no pienso hacerlo.

—¿Qué es un narrador no fiable? —preguntó Topher.

—Vamos, Hays —intercedió Gracie—. No te has apuntado a nada, aunque jurases que lo harías. Necesitas hacer más amigos, o al menos conocer a alguien que te salude cuando se cruce contigo en el pasillo. Colaborar con el periódico es la solución perfecta.

—No necesito una solución —contesté—. No tengo ningún problema.

Gracie hizo caso omiso a mi protesta.

—Además, vosotros tenéis muchas cosas en común —comentó, y empezó a enumerar cualidades—: Los dos sois altos, algo callados, curiosamente muy inteligentes y un poco extraños. No os ofendáis, por favor —añadió de inmediato—. Extraños en el sentido más adorable de la palabra.

—¿«Adorcable» existe? —preguntó Topher.

—¿Extraños, algo callados y curiosamente muy inteligen-

25

tes? —repetí—. Es la descripción perfecta de una persona que fabrica bombas con fertilizantes. Quizá él se sienta identificado, pero yo no.

—¿Bombas con fertilizantes? —dijo Finn.

—¿Narrador no fiable? —insistió Topher—. ¿Alguien?

—No pienso escribir ese artículo —confirmé.

La pantalla plana parpadeó y la imagen empezó a pixelarse. De pronto, la mascota del instituto, Marty, un tipo con los bíceps hinchados que sujetaba un martillo en cada mano (éramos los Maquinistas de Belmont, Dios sabrá por qué) hizo su aparición estelar.

—¡Un aplauso para los déspotas malvados! —exclamó Finn.

Lo miré de reojo porque había pensado exactamente lo mismo, pero cuando cruzamos las miradas, fingí estar garabateando la palma de la mano.

La pantalla empezó a mostrar todos los anuncios matutinos.

… LOS REPRESENTANTES DE LAS SIGUIENTES UNIVERSIDADES ESTARÁN EN LA CAFETERÍA ESTA SEMANA…

… SE HA ENCONTRADO UNA TARJETA DE MEMORIA Y SE HA DEPOSITADO EN LA OFICINA DE OBJETOS PERDIDOS…

… ESTÁ PROHIBIDO HOLGAZANEAR ALREDEDOR DEL MÁSTIL…

Y por último una lista de los pobres diablos que tenían que comparecer ante la oficina de asistencia, o presentarse en el despacho de la orientadora o, en el peor de los casos, bajar al infierno y tener una entrevista cara a cara con el director.

Finn me asestó un puñetazo en el hombro.

—¡Au! ¿A qué ha venido eso?

Señaló el televisor.

—Estás en la Lista de los Fracasados, señorita Blue. ¿Ya te has metido en un lío con las autoridades tan pronto? Serás una gran reportera.

Capítulo 7

*L*os pasillos cobraron vida gracias a un desfile de atractivos desconocidos. Sus carcajadas sonaban demasiado altas. Ligaban. Chillaban. Se besaban. Se empujaban. Se tropezaban. Gritaban. Posaban. Se perseguían. Presumían. Se mofaban. Galopaban. Cantaban.

Ya no quedaba un ápice de realidad en ellos, tan solo eran muertos vivientes.

Cuando estaba con Gracie, podía burlarme de ellos. Pero cuando me topaba con la manada entera, casi siempre en el pasillo del ala este, y estaba a solas, me transformaba. Disfrazaba a la chica rarita y segura de sí misma en un ser cohibido, que parecía despreciarse a sí mismo y tenía la mirada perdida. Sus sonrisas de dientes perfectos hacían que la felicidad pareciera algo sencillo. Nunca daban un traspiés en el momento menos indicado. Podían reírse sin bufar como un animal y bromear sin sonar estúpidos. Eran capaces de recordar cuando tenían seis, ocho u once años y comentar anécdotas divertidas de aquella época.

Las ostentaciones, los escarnios, las poses, todo formaba parte del engaño. Mi cerebro comprendía la situación porque había oído murmullos. Los agentes de la Honor Society que habían empezado su día libre con un porro de marihuana porque les ayudaba a disipar el estrés. Las animadoras que se autolesionaban y se cortaban allí donde las cicatrices no fueran visibles. Miembros del equipo de debate arrestados por hurto. Mamá repartiendo sus pastillas como si fueran galletas y el olor a vodka de papá. Gracias a todo eso, la clase de latín pasó volando.

Mientras caminaba por el pasillo del ala este, podía notar

sus dedos pegajosos tratando de alcanzar mi cerebro. Unas nubes de humo amarillo se me enroscaban alrededor de los oídos, los ojos, la nariz y la boca. Aquel enjambre pretendía entrar en mi organismo e infectarme. Colonizarme. El peligro era tan real y estaba tan cerca, que no me atreví a abrir la boca ni para pedir direcciones. Ni para aullar.

Capítulo 8

*L*a sala de espera del despacho de orientación tenía unas sillas incomodísimas y estaba abarrotada de tablones de noticias con infinidad de anuncios. La secretaria, Gerta, siempre llevaba unos zapatos de tacón rojo pasión. También había una cafetera que, a simple vista, parecía que no se hubiera limpiado desde principios de siglo. Cuando entré, todas las puertas de los despachos de los orientadores estaban cerradas. Me acerqué a la mesa de Gerta. Lucía unas uñas tan largas que había desgastado la mayoría de las teclas del ordenador. Tan solo la Q y la X seguían siendo visibles. Tras una de esas puertas lloraba una chica, pero no logré entender lo que decía.

La señorita Benedetti entró en la sala con un café de la gasolinera más cercana al instituto. Bien pensado.

—Mi nombre está en la lista —dije.

—Tenemos que discutir un par de cosas —contestó—. Pero mejor aquí.

La seguí a su despacho privado, una caja de cerillas donde apenas cabía el escritorio, un armario para guardar sus archivos y un par de sillas. Sin embargo, tenía una ventana con vistas al aparcamiento reservado para los alumnos. Corría el rumor de que Benedetti filmaba ciertas actividades con una cámara secreta. Aunque dado que su ordenador parecía aún más viejo que el mío, lo dudaba.

La señorita Benedetti colgó la chaqueta en un gancho de la pared, se sentó tras el escritorio y destapó el café.

Me acomodé en la silla más cercana a la ventana y no abrí el pico.

El truco para sobrevivir a un interrogatorio es la paciencia. No cedas. No des explicaciones. Responde a la pregunta y solo a esa pregunta. De lo contrario, te arriesgas a meterte en un callejón sin salida.

—¿Cómo van las cosas? —preguntó al fin.

Aparté la mirada de la ventana. Entonces distinguí esa especie de nube de motas de polvo que dominaba la habitación.

—Bien.

—No me ha parecido ver tu nombre en la lista de servicios a la comunidad de septiembre —continuó.

—¿Y?

—No puedes posponer tus servicios a la comunidad, Hayley. A todo el alumnado se le exige realizar dos horas al mes, cada mes. Tú fuiste quien se inscribió —dijo, y miró de reojo la pantalla del ordenador— en la residencia para la tercera edad de St. Anthony's. —Me entregó una hoja de papel—. Conocerás a gente adorable, créeme. Te gustará. Un miembro del personal deberá firmar este certificado de asistencia. Asegúrate de traérselo a Gerta para que te reconozcan las horas.

«Servicios a la comunidad obligatorios» sonaba a pura hipocresía, pero a Benedetti le importaban más las listas de asistencia que la filosofía. Acepté el papel sin prometer nada.

—¿Puedo irme ya?

—No, todavía no.

Cogió dos sobrecitos de azúcar, de azúcar de verdad, y los sacudió con fuerza.

—Desde que empezaron las clases, te han enviado al aula de castigo once veces.

Fue una afirmación, no una pregunta, así que supuse que no esperaría una respuesta por mi parte.

—Por lo visto te está costando bastante adaptarte a la escolaridad tradicional.

Otra afirmación. Me lo estaba poniendo muy fácil.

Arrancó la parte superior de los sobrecitos y echó el azúcar al café.

—Sobre todo en cálculo. ¿Cómo te va?

—Introducción al cálculo —corregí—. Bien.

Las matemáticas aplicadas se me daban de maravilla: balance económico del talonario de cheques, cálculo del consumo por kilómetro de gasolina, previsión de los litros de pintura necesarios para dar otro aire a las paredes del comedor. El profesor de precálculo daba la clase como si estuviera silbando a su perro: su tono era tan agudo que me resultaba imposible escuchar sus explicaciones. Casi siempre me pasaba la clase dibujando zeppelines depredadores y ejércitos de osos en el cuaderno.

—El señor Cleveland cree que quizá necesitarías un profesor particular.

Algunas afirmaciones clamaban una respuesta a gritos. Encogí los hombros.

—Te lo comentará él personalmente —dijo para zanjar el tema. Benedetti destapó el plástico de los tres envases de leche química, los vertió en la taza y cambió de tercio—: ¿Qué tal está tu padre?

Esta vez, dejó que el silencio se prolongara y esperó a que me sintiera lo bastante incómoda como para abrir la boca y responder. Los sollozos de la chica que lloraba en la sala de al lado se colaron por la pared.

—No recuerdo si jugaba al fútbol o al baloncesto —continuó—. Estoy convencida de que conocía a mi hermano pequeño. ¿Salía con aquel grupo de chicos que se metió en un lío por la fiesta de la cantera tras el partido?

Encogí los hombros de nuevo. Papá apenas hablaba de su juventud en Belmont, pero no pensaba confesárselo a la orientadora estudiantil. La primera vez que nos reunimos, Benedetti me dijo que podía confiar en ella y contarle todas mis preocupaciones. En mi opinión, las personas que presumen de ser dignas de tu confianza merecen que les mientas.

Esperó y arqueó las cejas, invitándome a desahogarme. Conté los segundos, uno detrás de otro, e imaginé que caían como piedras pesadas en un pozo muy profundo. Tras doce minutos, Benedetti no lo soportó más.

—El problema es que no consigo ponerme en contacto con tu padre —anunció.

No le disculpé.

—Llamé al número de su empresa. Me dijeron que había dejado el trabajo hace un par de semanas. ¿Tiene teléfono móvil?

¿Había dejado el trabajo?

Se inclinó hacia delante, como si hubiera notado que algo no iba bien.

—¿Para qué lo necesitas? —espeté.

Removió el café con el palito de plástico negro.

—Porque nos exigen tener al día la información de contacto de todos los padres. ¿Dónde está trabajando ahora?

Habíamos llegado a ese punto del interrogatorio en que o escupía algo de información o me arriesgaba a que la situación empeorara.

—Se ha tomado unos meses de excedencia para escribir un libro —mentí.

—¿Un libro?

No se me ocurrió nada mejor pero, en mi defensa, he de decir que estaba agotada. Debí haberme comido aquel sándwich en la cafetería. Me crucé de brazos y observé un Sentra rojo y un Mustang negro gritarse en el aparcamiento reservado para los alumnos. El Sentra no dejaba de dar vueltas en busca de un hueco cerca de la puerta principal, pero era imposible. Esas plazas estaban todas ocupadas.

—Sobre la guerra —añadí.

—Perfecto —resolvió, y dejó de remover el café—. Me gustaría invitarle a formar parte de nuestra asamblea para el Día de los Veteranos.

—Ahórrate el esfuerzo —dije—. Odia ese tipo de cosas.

El Mustang pisó el acelerador, fue directo hacia el fondo del aparcamiento, donde había multitud de sitios libres y estacionó bajo un arce con las hojas tan naranjas que parecía una calabaza.

—Eso fue lo que dijo tu madrastra.

La palabra explotó ante mis ojos. Me obligué a desviar la mirada hacia aquel árbol del aparcamiento y conté mentalmente hasta cinco antes de contestar.

—No tengo madrastra.

Benedetti asintió con la cabeza.

—La primera vez que nos llamó por teléfono comprobé tu informe escolar, pues estaba casi convencida de que no habías mencionado que tenías una madrastra. Pero ella insistió. Después de varias llamadas, me envió por correo electrónico toda la documentación que demostraba que era tu tutora legal mientras tu padre estuviera de viaje con el camión.

—Nunca se casó con ella.

—Pero viviste con ella —recalcó Benedetti tras echar otro vistazo a la pantalla—, desde los seis hasta los doce años.

—Luego se marchó.

Revolvió el café otra vez.

32

—Intuyo que todavía le guardas rencor, ¿verdad?

—En absoluto. Es una imbécil rematada, eso es todo.

Alguien llamó a la puerta antes de que me abofeteara la boca por haber hablado más de la cuenta.

Benedetti se puso en pie y se acercó a la puerta para escuchar el recado.

—Dame un minuto.

Algunas hojas de color azafrán se desprendieron del árbol que regía la parte trasera del aparcamiento. Según los datos del ordenador, había vivido con Trish seis años. Para ser honesta, apenas lo recordaba. De vez en cuando me venían flashes, como diminutas luciérnagas, que desaparecían antes de que pudiera descifrarlos. ¿Los años previos a que se mudara con nosotros? Nubes que cuelgan de un collar, el aroma a limones, el zumbido de las abejas en el jardín. ¿Los años que conviví con Trish? *Nothing. Méi shén me.*

Cuando se marchó, emprendimos un viaje sin rumbo definido por todo el país en un tráiler. Papá se encargaba del volante y yo hacía las veces de copiloto. De vez en cuando parábamos en algún pueblo diminuto que parecía una isla en mitad de un océano de maíz, nieve o arena. Nos quedábamos allí uno o dos meses, hasta que el pasado volvía a ahogarle. Los kilómetros que recorrían aquellos neumáticos nos ayudaban a desdibujar todos los recuerdos que queríamos olvidar, transformándolos en una nebulosa de sombras entretejidas que quedaban fuera de nuestro alcance, donde les correspondía.

De repente, el corazón se me aceleró, y *no, no, no. No voy a seguir por ese camino. No es necesario. No quiero. No pienso seguir por ahí. Respira. Todo está bien. Estoy bien. Papá está bien. Céntrate, céntrate.*

Árbol naranja.

Filas de coches. El sol reflejado en los parabrisas.

Asfalto. Grietas tapadas con alquitrán.

Respira.

La chica de al lado dejó de llorar.

Benedetti volvió y se sentó.

—Bueno, ¿dónde estábamos? —dijo, y acto seguido se tomó el café de un solo trago. Dejó la taza junto al teclado y no pude evitar fijarme en la marca de pintalabios beis que había

33

dejado en el borde—. Tu madrastra está preocupada. Por ti y por tu padre. Me explicó algunas cosas que contradicen la información que nos facilitó tu padre cuando te matriculó. Es otro de los motivos por los que necesito hablar con él.

—No es mi madrastra —rebatí, y me levanté—. Es una alcohólica estúpida y una embustera incapaz de abrir la boca sin soltar una mentira. Ella… No le hables de mí. ¿Puedo irme?

Dijo que sí con la cabeza.

—Sé lo que estás diciendo, y lo comprendo. Pero aun así, tengo que hablar con tu padre. Si no le apetece hablar por teléfono, puedo reunirme con él en vuestra casa.

—Te llamará —confirmé—. Me aseguraré de que lo haga.

—Una cosa más —dijo. Abrió el cajón del escritorio y sacó un sobre cerrado. Leí mi nombre escrito sobre el dorso, con tinta negra y con una caligrafía algo retorcida y enmarañada. Aquella letra me resultaba familiar—. Envió esto. —Dejó la carta sobre mi pila de libros—. La mujer que, por lo visto, no es tu madrastra. Me pidió que te la entregara.

Abrí el libro de texto de cálculo e introduje el sobre en una página al azar.

—No pienso leerla.

—Eso es decisión tuya. Ah, y no te olvides de inscribirte a los exámenes de selectividad. El plazo está a punto de finalizar.

Capítulo 9

*E*n lugar de ir a clase de iniciación al cálculo, me desvié y rodeé el laboratorio de tecnología, crucé el pasillo dedicado a asignaturas musicales, pasé por detrás de la cafetería y me colé en la biblioteca por la puerta trasera. Mostré el justificante que me autorizaba a llegar tarde a clase a la señorita Burkey, la única bibliotecaria que quedaba después de que la dirección despidiera al resto del personal, y me escabullí hacia el fondo de la biblioteca, donde se encontraba la sección de no ficción. Lo hice tal y como Gracie me había enseñado, como si estuviera llevando a cabo una misión secreta. Cuando la señorita Burkey se levantó para amonestar a un grupo de chicos que estaban armando demasiado barullo, salí con la intención de cazar una buena presa. Necesitaba un libro lo bastante bueno para distraerme y evitar así que el cerebro me explotara.

Alguien se había tomado la molestia de montar una mesita con un mantel de papel rojo junto a la exposición de títulos nuevos. Había un cartel de papel pegado a la mesa en el que se leía CONCIENCIACIÓN DEL GENOCIDIO. También me fijé en la pancarta, donde ponía UN MUNDO, colgada en la pared. Sobre la mesita, una caja de zapatos bastante grande y un recipiente de plástico lleno de *brownies* caseros. Y por último, varias fotografías plastificadas de cuerpos mutilados. Me llamó especialmente la atención el charco de sangre que había sobre el barro. De él nacían multitud de riachuelos que morían a los pies del fotógrafo. En una instantánea, bajo una montaña de adultos mutilados, sobresalía la mano de una niña sujetando una muñeca de trapo.

Una tarjeta indicaba el precio de los tentempiés: *brownies* a un dólar y las chocolatinas a dos.

Al otro lado de la mesa había una chica diminuta que leía un libro de bolsillo raído y andrajoso.

—¿Es un club? —pregunté—. ¿Un club de concienciación sobre el genocidio?

—Un Mundo va mucho más allá del genocidio —subrayó, y metió un trozo de papel en el libro para marcar la página—. Construimos escuelas en Afganistán y cavamos pozos en Botswana.

—¿Los miembros del club pueden viajar a esos países? Ya sabes, para seguir de cerca el proyecto.

—Ojalá —suspiró—. Tratamos de concienciar a la gente. Y de recaudar dinero. Las chocolatinas son nuestro producto estrella. ¿Quieres una?

—Preferiría un *brownie* —respondí. Rebusqué en los bolsillos. Por un momento dudé de llevar un dólar encima—. Gracias.

Le di las monedas y ella me entregó lo que sería mi almuerzo.

—Quedamos cada miércoles —continuó—. En el aula 304, la clase de la señorita Duda, junto a las escaleras.

Acepté el *brownie*.

—¿Estas fotografías no repugnan a nadie?

Negó con la cabeza.

—En realidad, casi nadie las mira.

36

Capítulo 10

*E*l profesor de matemáticas se percató de la hora exacta que Benedetti había anotado en mi justificante de retraso y, tras un cálculo mental rapidísimo, dedujo que me había saltado un tercio de su clase. Me regañó durante un buen rato, tanto que incluso tuve que correr a toda prisa para llegar a inglés. Tuve un golpe de buena suerte; la señorita Rogak todavía estaba en el pasillo, absorta en la conversación que mantenía con el profesor de tecnología, que siembre llevaba una gigantesca chapa del sindicato en la americana. Pasé como un rayo por su lado y entré en clase.

Mi silla habitual, por el centro de la última fila, ya había sido ocupada por Brandon No-sé-qué, un jugador de tenis que abusaba demasiado de la palabra «literalmente». Esa silla tenía que ser mía. Desde ahí disfrutaba de las mejores vistas a la puerta, y además contaba con una pared sólida en la que apoyarme. Si se avecinaba algún problema, tenía un buen margen de maniobra. Sí, me comportaba como una paranoica. Era consciente de que Trish no iba a atacarme en clase de inglés con un comando armado, pero haber escuchado su nombre y saber que estaba metiendo las narices en mis asuntos y que existía la posibilidad de que apareciera por sorpresa para amargarme aún más la vida me había provocado un colapso de ansiedad de nivel tres. Así que sentarme en el centro de la última fila no era una opción, sino una necesidad.

—Estás ocupando mi sitio —le reproché a Brandon No-sé-qué.

—Siéntate en mi cara —respondió.

—Muévete —reiteré.

—¿A cambio de qué?

Un par de cabezas se giraron para observarnos.

Noté que me subían los niveles de adrenalina.

—¿Qué te parece una patada en los huevos?

Antes de que pudiera farfullar una respuesta, los tacones altos de la señorita Rogak anunciaron su entrada. Cerró de un portazo que sirvió para callar las risitas y cuchicheos.

—A primera fila, Brandon —ordenó—. No quiero que te quedes maquinando allí al fondo. Los demás, abrid los libros. Prestadme atención.

Brandon chocó conmigo a propósito y se acomodó en la silla vacía de delante.

—Zorra —murmuró.

La señorita Rogak pidió a Melody Byrd que leyera el fragmento en el que Circe intenta hechizar a Odiseo.

> Ahora ya no sois más que una cáscara consumida,
> vuestra alma está demacrada y marchita,
> que siempre os atormenta durante vuestros largos viajes,
> vuestro corazón ya nunca salta de alegría,
> y es que habéis sufrido demasiado.

Clavé los ojos en la página del libro, pero las palabras se fundían con el papel. El sobre de Trish seguía esperando en mi libro de matemáticas. Tic tac. Las gotas de sudor me humedecían el cuello y la camisa. Traté de controlar la respiración para tranquilizarme, pero las manos no dejaban de temblarme. ¿Por qué había llamado a Benedetti? ¿Cómo diablos se había enterado de dónde vivíamos?

La página empezó a derretirse sobre el escritorio y cerré los ojos.

Un cuchillo rasgó el velo que separaba los mundos del Presente y el Pasado, y caí…

empecé a rodar… Papá me coge de la mano. Una desconocida se planta delante de nosotros. Es Trish y así, de un día para otro, tengo que quererla…

seguí rodando… Los gritos de Trish son más ensordecedores que el ruido de una sirena, que el de un helicóptero…

y seguí rodando… Los monstruos se escapan del videojuego. La sangre de papá ha empapado el sofá y gotea sobre el suelo…

La voz de la señorita Rogak subió una octava.

—¿Ninguno comprende las palabras de Homero? Os lo ruego, por favor. Decid algo.

¿Le habría enviado algún correo a papá? ¿Le habría estado comiendo el coco otra vez? ¿Por eso había empeorado? ¿Y si en aquel instante estuviera en casa, manipulándole, engañándole, rompiéndole el corazón en mil pedazos?

«Tengo que irme a casa. Ahora mismo.»

Capítulo 11

*F*inn estaba en su taquilla, tal y como Topher había apuntado.

—Hola —saludé, y le toqué el hombro.

Giró la cabeza con un gesto brusco, como si le hubiera sobresaltado.

—Ejem. Esto me resulta bastante embarazoso, pero no tengo otra opción —dije.

Sonrió de oreja a oreja.

—Me encanta cómo suena.

Tragué saliva. Estaba a punto de sufrir un ataque de pánico.

—Por favor, nada de bromitas. Necesito que me lleves a casa. Estoy desesperada.

—De acuerdo. Quedamos aquí mismo a las dos y media.

—Tiene que ser ahora. Es una emergencia.

—Pero en cinco minutos empieza mi clase de física —protestó con el ceño fruncido—. ¿Estás bien? ¿Quieres que te acompañe a la enfermería?

—Sí, no, bueno, sí, quiero decir...

Me llevé la mano a la frente. No quería derrumbarme delante de aquel chico y de los trescientos desconocidos que vagaban por el pasillo.

—Estoy bien, de verdad. Pero mi padre está enfermo y necesito ir a casa. Y bueno, como tú tienes coche, he pensado que quizá...

Había perdido la noción del tiempo, así que cuando sonó el timbre, me sorprendí. Durante los segundos que duró aquel ruido tan estrepitoso, los pasillos se despejaron. Finn balbuceó algo, pero no logré entenderle.

—Da lo mismo —dije, y me escabullí a toda prisa.

No me atrevía a caminar más rápido; «no corras, o se darán cuenta». Atravesé incontables pasillos, pasé por delante de varias puertas abiertas. El sonido de todas las aulas era el mismo: profesores tratando de enseñar una lección, alumnos inquietos y nerviosos. Dejé el auditorio a mis espaldas y por fin abrí las puertas metálicas. Tomé un atajo y en lugar de rodear la zona ajardinada, la crucé. Estaba a pocos metros de conseguirlo. Entré en el aparcamiento reservado para los visitantes.

—¡Señorita Blue! —gritó alguien.

Eché a correr.

Cada segundo que pasaba, estaba más preocupada, más angustiada. «¿Está en casa? ¿Qué quiere? ¿Cómo puedo detenerla?»

—Hey —dijo Finn. Me agarró por el codo para frenarme. Aquellos brazos eran tan fuertes y robustos como las ramas del árbol color calabaza—. Te llevaré.

Me volví.

—Creí que tenías física.

—Ya me lo sé. ¿Alguna vez has oído hablar del demonio de Maxwell? ¿La segunda ley de termodinámica? Suena emocionante, ¿eh? Anda, dámelos.

—¿Qué?

—Estás tiritando. Te sujeto los libros y te pones la sudadera.

Por suerte, no mencionó que no soplaba ni una brizna de viento. Ni que el sol brillaba con toda su fuerza. Le di los libros, dejé la mochila en el suelo y me puse la sudadera. Me esforcé por dejar de temblar, por dejar de sudar frío. Debía desactivar esa bomba que amenazaba con explotar y hacerme trizas.

Asomé la cabeza por el cuello de la sudadera y, con torpeza, saqué las manos por los puños.

—Te puedes meter en un buen lío. ¿No te importa?

—Lío es mi segundo nombre —bromeó, y adoptó la postura de un soldado y realizó una reverencia muy formal—. Finnegan Lío Ramos, a su servicio, señorita Blue.

—Deja de llamarme así.

41

Capítulo 12

Apenas me fijé en el coche. Tenía un parabrisas, puertas, un volante y cinturones de seguridad; más que suficiente. Giró la llave para arrancarlo y el motor rugió de inmediato. Cambió de marcha, pisó el acelerador y las ruedas comenzaron a girar. Le di cuatro direcciones para llegar a mi casa y, justo cuando salíamos del aparcamiento, se me empezó a nublar la vista y la cabeza. Utilicé los trucos de papá para deshacerme de esas tinieblas: «Recita el alfabeto. Cuenta en español. Imagínate una montaña, la cima de una montaña, la cima de una montaña en verano. Sigue respirando». Tardé unos minutos, pero vencí. Las tinieblas se apartaron de mi vista no sin antes susurrarme que volverían pronto.

—Estás un poco distraída —advirtió Finn.

—¿No puedes conducir más rápido? —pregunté.

—Voy al límite de velocidad.

—Nadie respeta el límite de velocidad.

—Excepto yo, porque soy un buen conductor —dijo—. De hecho, se me da tan bien que cuando llevé a mi madre a su cita con el podólogo el sábado pasado, se quedó frita.

—¿Y por qué no fue sola? ¿Le hacía daño el pie?

—Esa no es la pregunta correcta.

—¿Perdón?

—Se suponía que debías preguntarme por qué se quedó dormida. A lo que yo te respondería porque soy un buen conductor. ¿Lo pillas? Lo hice tan bien que se aburrió como una ostra.

—Ah —dije—. ¿Era un chiste?

—¿No ha tenido gracia?

—No mucha, la verdad.

—Maldita sea.

Puso el intermitente, comprobó que no había peligro por ambos retrovisores y cambió de carril. La impaciencia estaba pudiendo conmigo y temía que, en cualquier momento, me abalanzara sobre el volante y pisara el acelerador hasta el fondo. El semáforo se iluminó de color ámbar. Finn frenó, de tal modo que el coche paró dos segundos antes de que la luz cambiara de color. Todas las calles estaban vacías. Casa. Tenía que llegar a casa.

—No viene nadie —anuncié, como si nada.

—¿Qué?

—No hay tráfico.

—¿Y?

—Podemos continuar.

—El semáforo está en rojo.

—Se ha atascado. O puede que esté averiado. Puedes seguir, no hay moros en la costa.

—Llevamos aquí tan solo un par de segundos.

—Más bien un par de minutos. Acelera.

—Ya lo entiendo —dijo, y se volvió para mirarme—. Tienes una orden de arresto. Seguro que el FBI, la CIA y hasta la Interpol te están siguiendo la pista. ¿Qué has hecho? ¿Atracar una joyería? ¿Contrabando de osos panda?

—No estoy de humor para bromas. Y aunque así fuera, no eres en absoluto divertido.

El semáforo se puso verde.

Aceleró poco a poco.

—¿Estás segura de que va todo bien?

—Sí.

Nos quedamos en silencio. Cuando nos adelantaron tres vehículos y una anciana montada en una motocicleta rosa, apreté los puños con tal fuerza que las uñas me quedaron marcadas en la palma de las manos. Avanzamos una manzana y giró hacia la derecha (tras activar el intermitente demasiado pronto y comprobar los tres retrovisores una y hasta dos veces), y volvió a frenar cuando el semáforo se iluminó de color ámbar. Cuando cambió a rojo, asintió para sí mismo, como si se considerara una especie de genio por haber previsto lo ocurrido.

—¿Ves? —preguntó.

—Si veo el qué.

43

—Que ha sido una gran idea reducir la velocidad en lugar de saltarme el semáforo, como tú, supongo, habrías sugerido.

—No he dicho nada.

—No ha hecho falta. Las palabras «¡Acelera de una vez!» han aparecido sobre tu cabeza, en una especie de humo color azul neón.

—Lo que tú digas.

—De verdad. ¡Ajá! ¡Mira! Un coche de policía acaba de salir de la gasolinera y ahora mismo está detrás de nosotros.

Miré por el espejo retrovisor. Las gafas de sol del agente policial nos observaban. Y movía los labios.

Amenaza.

—Está a punto de indicarte que aparques el coche —auguré—. ¿Tienes algún faro fundido? ¿Te han arrestado alguna vez? No llevarás marihuana encima, ¿verdad? No quiero que me detengan. No puedo permitirlo. Tengo que ir a casa.

—No saques las cosas de quicio. Nadie va a detenerte.

De repente, se me secó la boca.

—¿Nos pueden arrestar por hacer novillos?

Soltó una ruidosa risotada.

—¿Me tomas el pelo?

No contesté. El semáforo se puso en verde. Finn siguió conduciendo como hasta ese momento: con ambas manos sobre el volante y sin sobrepasar los cuarenta y cinco kilómetros por hora.

—El límite de velocidad es de sesenta.

Evaluación.

Me giré y miré por encima del hombro. El coche de policía estaba a tan solo unos metros de distancia.

—Podría obligarte a parar por conducir tan despacio, ¿sabes?

—Mas no va a pasar. No me he saltado ningún semáforo en rojo, ni el límite de velocidad. Es un agente de policía que, casualmente, está conduciendo detrás de nosotros. Estoy seguro de que ha acabado su jornada laboral y va de camino a casa.

Observé desde el espejo retrovisor; en cualquier momento encendería las luces y la sirena que anunciaría la hecatombe.

—Y no digas «mas». Te hace quedar como un memo.

—Me hace quedar como un memo listo.

—A ver, la gente lista no se vanagloria de ello. Además, «mas» es un término arcano.

—«Arcano» sí que es arcano.

Finn frenó de nuevo. El coche de policía estaban tan pegado al nuestro que incluso alcancé a ver la rejilla que separaba los asientos delanteros de la parte trasera, donde metían a los sospechosos. Noté que el corazón me amartillaba las costillas.

—Me bajaré aquí mismo —decidí. Tragué ese sabor amargo que me inundaba la boca—. Estoy muy cerca de casa.

—No, no lo estás.

—Me acerqué en el aparcamiento y te pedí el favor—dije, y me desabroché el cinturón.

—Pero ¿de qué estás hablando?

—Si ese agente te obliga a parar, no me conoces. No vamos al mismo instituto. Estabas en el aparcamiento de Byrne Dairy y te supliqué que me llevaras hasta la estación de autobuses. Pero durante el trayecto, cambié de parecer. ¿Lo has entendido?

—No, no lo entiendo. ¿Qué ocurre?

—Gracias por traerme. Escribiré ese artículo que me has pedido. Pero ahora... —murmuré, y abrí la puerta—, tengo que irme.

Acción.

Capítulo 13

*L*as piernas de mi padre sobresalían de debajo de su camioneta. Llevaba las botas puestas: la derecha apuntaba hacia el cielo y la otra hacia la izquierda. Estaba tumbado en el suelo, y supuse que estaría durmiendo, o... De pronto el corazón me dio un vuelco.

Empezó a silbar. Fatal. Pero reconocí la canción enseguida: *Hotel California*, de los Eagles.

Me sentí aliviada.

Spock ladró y papá rodó por el suelo para averiguar por qué. Se incorporó y se tapó los ojos con la mano, ya que el sol le pegaba de frente. Advertí que tenía las manos manchadas de grasa.

—¿Eres tú, princesa?

Me agaché para rascarle las orejas a *Spock*.

—Hola, papá.

Las ojeras azules y pronunciadas que deslucían su mirada se debían a la falta de sueño, y no a una pelea. La noche anterior se había despertado gritando hasta en tres ocasiones. Se levantó y se sacó un trapo del bolsillo trasero para limpiarse las manos.

—¿No tendrías que estar en clase?

—¿No tendrías que estar en el trabajo?

—Yo he preguntado antes.

—Formación del profesorado —mentí—. Ahora te toca a ti.

—La bomba de agua estaba averiada.

La camioneta, una Ford F-150 XL de 1982, con un motor V-8 de cinco litros de capacidad y con una pequeña polea, iba a vivir más que nosotros. Había días en que mi padre la limpiaba de arriba abajo, le hacía alguna que otra chapuza y protestaba como si el futuro del planeta dependiera de que esa tartana pudiera andar sin sobrecalentarse.

—Pues deberías preocuparte un poco por el camión —espeté, señalando el granero, que estaba a punto de derrumbarse. La cabina de su tráiler llevaba ahí aparcada desde el día en que nos mudamos—. Nunca conseguirás venderlo por el precio que le has puesto si no lo cuidas.

—Pienso venderlo tal y como está.

Cogió una llave inglesa de la caja de herramientas y volvió a meterse debajo de la camioneta.

Encontré otra deslizadora junto al cubo de basura y me escurrí debajo del coche. El olor a aceite, gasolina, óxido y refrigerante me relajó un poco. La tonelada de metal que teníamos encima me resguardaba de cualquier cosa o ser que merodeara por allí cerca. Respiré hondo y por fin el nudo del estómago desapareció.

—Un gran día en el instituto, supongo, ¿no?

—Pues la verdad es que no —dije—. ¿Jugabas al fútbol con el hermano de la señorita Benedetti?

—Al baloncesto —corrigió mientras limpiaba la mugre de una tuerca con el trapo—. Lou Benedetti. Hace años que no sé nada de él. Era un niño bastante corpulento, y tan descoordinado que apenas podía caminar. Se pasaba la mayor parte del tiempo en el banquillo.

—Pero a ti te encanta el fútbol. ¿Por qué no te apuntaste al equipo?

—Porque eso era precisamente lo que quería tu abuelo —explicó—. Pásame un trinquete de medio centímetro. Y una llave de tubo del 10.

Rodé la deslizadora, busqué el trinquete que me había pedido en la caja de herramientas y se lo entregué.

—¿Y de qué has hablado con la señorita Benedetti? —preguntó—. ¿De matemáticas?

—Me ha dicho que te preguntara sobre la fiesta en la cantera.

—Una anécdota muy aburrida, la verdad. Hubo una fogata, un par de arrestos y una pequeña pelea en la que alguien perdió un diente. No fui yo, por cierto.

—Pues a mí no me parece nada aburrida.

—Corren muchas historias sobre ese lugar. Muchas son una sandez, otras mentira. Pero lo cierto es que allí murieron dos chicos. No sucedió en nuestra fiesta. Y por eso siempre consideré que nuestra anécdota era aburrida.

—La señorita Benedetti te llamó al trabajo. No sé con quién habló, pero le dijeron que habías dimitido.

Algunas hojas corretearon bajo la camioneta, empujadas por el viento. Papá apretó la mandíbula. Las cicatrices de metralla que se distinguían en su mandíbula brillaban como fragmentos de hueso sobre un manto de ceniza.

—¿Qué le has contado?

—¿Dimitiste o te despidieron? —inquirí.

—Qué más da.

Por su tono de voz, deduje que la discusión sobre ese tema ya había acabado, pero no estaba dispuesta a aceptarlo. La diferencia entre una renuncia y un despido era abismal. Se suponía que mudarnos aquí y conseguir un trabajo iba a alejar la locura que gobernaba nuestras vidas.

—¿Por qué quería hablar conmigo? —preguntó.

—Por algo sobre una asamblea para el Día de los Veteranos —dije—. Ah, y por otra cosa.

Trish.

Pronunciar su nombre en voz alta sería como ofrecerle un vaso de delicioso anticongelante porque tenía sed. Se lo bebería sin problemas, pero después de unas horas le dolería la cabeza y empezaría a respirar con dificultad. Después sufriría calambres en las piernas, se le nublaría la vista hasta el punto de volverse ciego y hablaría arrastrando las palabras. Los órganos vitales dejarían de funcionar con normalidad, uno detrás de otro, y volvería a morir.

—Eso no es de gran ayuda —farfulló.

—Papeleo —resolví—. Si te niegas a hablar con ella por teléfono, se presentará aquí y charlará contigo en persona.

—Siempre ha sido un grano en el culo —dijo. La tuerca que había desenroscado cayó sobre su mano, y sacó el tornillo—. La llamaré mañana.

Mierda.

—Entonces necesito un favor.

Él soltó un suspiro y se giró para mirarme a los ojos.

—¿Cuál?

—La verdad es que hoy no ha habido formación del profesorado.

Esperé. Sin musitar una respuesta, desvió la mirada hacia

el motor y empezó a desenroscar el siguiente tornillo con la llave inglesa.

—Tendrías que llamar al departamento que gestiona la asistencia —continué—, y decirles que tenía cita con el médico.

Golpeó el tornillo con el mango de la llave.

—Papá, por favor.

Unas motas de óxido aterrizaron sobre su rostro.

—Me lo prometiste, Hayley. Nos mudamos aquí para que pudieras asistir a la escuela.

—Nos mudamos aquí para que pudieras tener un trabajo normal. Y mantenerlo.

—No cambies de tema.

—Es el mismo tema. Tú has dimitido. ¿Por qué no puedo hacer lo mismo? Déjame apuntarme al instituto a distancia y empezaré un curso *online* en enero.

—¿Vas a convertirte en mi niñera ahora?

No articulé una respuesta. Llevaba varios segundos golpeando el metal congelado con la llave inglesa. Aquel ruido metálico sonaba como una campana a punto de hacerse pedazos.

—¿Y bien? —insistió.

Tenía que cambiar mi técnica de ataque, o de lo contrario sentiría que le estaba faltando al respeto.

—No es cuestión de hacerte de niñera —dije—, sino de salvarme. Ese sitio es horrible. Tienen taladradoras por si hubiera un ataque terrorista. ¿De veras quieres que pase cada día de la semana en un lugar así? Obligarme a ir allí es un castigo demasiado cruel.

Aquella tuerca tan cabezota por fin se aflojó. Giró la llave inglesa varias veces y por fin cayó.

—Ahórrame el octavo mandamiento.

—Si permites que deje de asistir a clases presenciales, te prepararé macarrones con queso cada noche durante un año.

—No es negociable.

—Contando desde hoy —dije—. Macarrones con queso y puré de patatas con beicon.

—Irás a clase como todo hijo de vecino —sentenció. Se sacudió todo el óxido de la cara—. Pero mentiré por ti. Diré que estabas en el médico si me pasas ese destornillador y una cerveza.

49

Capítulo 14

*E*sa noche Gracie me envió un mensaje a las 11:30:

> Fin kiere tu num.
> quien?
> fin adorcable
> no
> x k no?
> pq no
> xknoxknoxkno
> pqnopqnopqnopqnopqno

Llevaba horas rastreando la red; necesitaba hallar una pista que me llevara hasta Trish. No tenía ninguna red social, o al menos ninguna pública. Encontré a un par de excompañeros de instituto que intentaban contactar con ella para organizar un reencuentro, pero al parecer nadie sabía dónde estaba. Habían probado de llamar a los números de teléfono que coincidían con su nombre en Texas, Nebraska y Tennessee, pero jamás lograron dar con ella.

El teléfono volvió a vibrar.

Era Gracie, otra vez:

> xa k kiere tu num?
> nse pregúntaselo a él

Encontré una página que mencionaba a Trish. Era el obituario de su madre; había fallecido hacía tres años. Un par de meses después de eso, la arrestaron por conducción en estado de ebriedad. El artículo, sin embargo, no incluía lo ocurrido en el juicio, si es que hubiera habido uno. Estaba segura de que también logró librarse de esa.

Escribí a Gracie:

> y?
>> y? k?
> xa k kiere mi número?
>> 1 seg

Saqué un mechero del primer cajón del escritorio y encendí una vela con aroma a vainilla. El olor a moho que desprendía la humedad del techo cada vez era más insoportable. (Cuando nos mudamos a esa casa, el techo estaba lleno de goteras. Quisimos repararlo, pero cuando nos dieron el presupuesto decidimos posponerlo hasta que pudiéramos permitírnoslo.)

> fin dice q le has robado 1 boli
>> mentiroso
> kiere k se lo devuelvas
>> no tengo su boli
> es ndadr
>> ?
> fin es nadador estilo mariposa tndrias k verl dsnudo
> tien 1 tableta de xocolat, OMG
>> cuando le has visto desnudo?
> el ekito de natacion entrena kasi dsnudo
> *equipo
>> tiens una mente perversa, G
>> es buen nadador?
> compite en los estatales
> kiere el num de tu abotato
>> abotato?
> *abogado

51

Asomé la cabeza por la cortina. Papá seguía metido debajo de la camioneta.

> kiere tu historial criminal
>> dile k maté a mi último abogado pq era un pesado

Deslicé el dedo por debajo de la solapa del sobre de Trish

y lo abrí. El borde de la carta era tan afilado que me cortó la yema del dedo. Farfullé una barbaridad y me llevé el dedo a la boca.

kiere saber si eres gay
    sí
wtf??
????!!!!!????
enserio????????
    kieres salir conmigo?
???
    tranki, no soy gay
???? stas segura
    no eres mi tipo, G
y como es tu tipo?
    alguien q sepa deletrear
fin dice k puede dltrear

Fuera hacía frío. Cuatro grados, para ser más exactos. Papá seguía tratando de arreglar la camioneta vestido únicamente con una camiseta y unos vaqueros. Según él, hacía una temperatura perfecta.

Eché un vistazo al corte bajo la luz de la lámpara. Apenas podía verse, pero en cuanto apreté la yema, empezó a brotar una gota de sangre, un globo rojo que estalló y se escurrió por el pulgar hasta manchar el sobre. Decidí sacar la carta, sin desdoblarla, y froté el pulgar en el papel para que quedara bien embadurnado

El teléfono volvió a vibrar.

sabs cuants chikas kieren k fin las llme?
    llme?
*llame
    buenas noches G zzzzzzz

Apagué el teléfono y busqué entre el montón de calcetines del cajón de la cómoda mi cuchillo de caza. (Papá me lo había comprado en Wyoming, cuando decidió que ya era lo bastante mayorcita como para apearme del camión en plena noche e ir al baño sola.) Corté la carta en decenas de tiras de papel y la volví a guardar en el sobre. Después la llevé al baño, junto con la vela de vainilla. Cerré la puerta y eché el pestillo. Apagué la luz y abrí la ventana antes de acercar el sobre a la llama de la vela. A través del espejo contemplé cómo el fuego engullía el papel. Tras unos segundos, lo tiré al lavamanos para no quemarme los dedos.

Capítulo 15

El profesor de matemáticas quería vengarse de mí y, como prueba, puedo aportar el hecho de que nadie me había comentado una palabra sobre el examen del miércoles. Y, si alguien me había informado de ello, en ningún momento mencionó cuándo iba a ser el examen. Además, no se trataba de una prueba tonta y absurda, sino de un examen con todas las letras.

1. Encuentra un polinomio con coeficientes integrados que contenga los siguientes ceros: $-1/3$, 2, $3+i$.

2. Matthew lanza una tarta a Joaquim cuando este acaba de sentarse para almorzar. La altura (en centímetros) de la tarta t segundos más tarde viene dada por $h(t) = -16t^2 + 32t + 36$. ¿Cuál es la altura máxima que ha alcanzado la tarta?

3. Y a partir de aquí el examen iba de mal en peor.

Todas mis respuestas eran dibujos de unicornios armados. Cinco minutos antes de que acabara la clase, la voz del director resonó en toda la escuela: nos amonestaba por lo mal que había ido el simulacro de incendio de la semana anterior. Dibujé una bomba atada a un reloj debajo de un unicornio.

Un tío al que nunca había visto antes tropezó conmigo en mitad del caos que reinaba en el pasillo de matemáticas después de cada clase. El choque envió todos mis libros al suelo y a mí me catapultó contra las taquillas. Sus amigos, con el coeficiente intelectual de un zopilote recién nacido, se desternillaron de risa. La profesora de geometría, que estaba en la puerta de su clase, me miró y se dio media vuelta.

—¿Necesitas ayuda? —se ofreció Finn, que de inmediato se arrodilló junto a mí y me entregó una copia de *La Odisea*.

—No —contesté. Acepté el libro y me levanté.

—Puedo darle su merecido.

—Lo dudo mucho.

—Muy poca gente lo sabe, pero soy un asesino preparado, experto en jiu-jitsu y en krav magá. Además, con solo unos pocos pliegues puedo convertir una libreta cualquiera en un arma letal. O puedo transformar una hoja de papel en una mariposa; un truco fantástico cuando hago de canguro.

Fingí una sonrisa.

—Un asesino preparado que cuida niños.

—Solo a los gemelos Green, y porque sus padres tienen todos los canales privados del planeta —explicó. Hizo una pausa y dejó que una manada de chicas de primer curso pasara por en medio—. El escepticismo que veo en tu mirada demuestra que mi tapadera es creíble. Lo que es genial, ya que reduce las probabilidades de que los ciudadanos salgan heridos.

—¿Tapadera? ¿Te refieres al hecho de que eres un friki delgaducho que se encarga de un periódico inexistente?

—En desarrollo, no inexistente. Lo estoy poniendo en marcha sin ayuda de nadie. Por cierto, ¿hacia dónde vamos?

—Inglés.

Esquivamos a un tipo del mismo tamaño y silueta que una letrina portátil.

—Ramos —gruñó aquel grandullón.

—Nash —respondió Finn.

—¿Es amigo tuyo? —pregunté cuando estuvimos lo bastante lejos.

—Entrenamos juntos. Lucha libre. Deberías oírle chillar cuando le hago la llave Kimura.

—Te lo estás inventando.

—¿Qué?

—La llave Kimura. Eso no existe.

—Desde luego que sí.

El timbre sonó en el mismo instante en que llegamos al aula de la señorita Rogak.

—¡Espera! —exclamó y se interpuso entre la puerta y yo—. Lo prometiste.

—¿De qué estás hablando?

—Me prometiste un artículo.

—No.

—Claro que sí, justo antes de que te fugaras del coche,

diez minutos después de que me coaccionaras a saltarme mi clase de física. «Un mundo de recursos en la biblioteca», en eso quedamos.

Se me iluminó una bombilla. «Bah.» Por eso Gracie me había importunado ayer por la noche. Por eso quería mi número de teléfono. «Soy idiota.» Solo pretendía darme la lata con ese estúpido artículo.

—No te coaccioné. Tú te ofreciste a llevarme.

—Porque tú me lo suplicaste.

—Te lo pedí, no supliqué.

—Pusiste ojos de cordero degollado. Eso se considera suplicar.

—Nunca he puesto ojos de cordero degollado a nadie, en toda mi vida. Eres un lunático.

—Gracie me dijo que te gustaba bromear. Hola, señorita Rogak. ¿Qué tal va Homero?

—Finnegan —saludó la señorita Rogak—. ¿Me permites empezar la clase, por favor?

—Un sarcasmo exquisitamente ejecutado, señora —felicitó Finn, y se marchó—. Bien jugado.

—Y tú, Hayley Kincain —continuó—. ¿Qué quieres hacer? ¿Amenazarnos desde el pasillo o acompañarnos?

Capítulo 16

*E*l asiento que quería ya estaba ocupado, pero no por Brandon No-sé-qué, así que opté por sentarme en una de las sillas que había junto a la ventana. La señorita Rogak pulsó un botón del portátil y nos mostró un cuadro que retrataba a un tipo bronceado y musculoso. Lucía una larguísima cabellera negra con algún destello blanco y empuñaba una espada manchada de sangre. Tenía la cabeza ligeramente echada hacia atrás y la boca abierta, como si estuviera entonando un grito de guerra.

Odiseo. Ese era el nombre que se leía en el pie de la fotografía.

Antes de que las risitas y comentarios peyorativos comenzaran a subir de tono, la profesora pulsó otro botón. Una anciana diminuta, vestida con una túnica blanca y con el cabello cubierto por una tela también blanca, estaba arrodillada sobre el suelo. Entre sus brazos enjutos, un niño escuálido y medio desnudo que parecía estar al borde de la muerte. La anciana estaba sujetando un vaso lleno de agua.

Madre Teresa.

La tercera diapositiva mostraba las dos imágenes, una al lado de la otra.

—¿Quién es el héroe? —preguntó Rogak—. ¿Y por qué?

Me pasé el resto de la clase dormitando con los ojos abiertos.

Capítulo 17

*F*inn me estaba esperando en el pasillo.

—¿Has acabado el artículo?

—Nunca dije que lo haría —respondí y bostecé—. Además, ¿crees que lo escribiría en clase?

—Por supuesto —confirmó. Caminamos juntos por el pasillo—. ¿Qué tienes ahora?

—Educación física.

—¡Perfecto! En un cuarto de hora lo tendrás listo.

Me cambié los libros de brazo en un intento de hincarle la esquina de mi libro de literatura.

—No pienso escribirlo.

—Pero ayer… —empezó, pero en cuanto nos adentramos en el tráfico que abarrotaba las escaleras, se calló—. Por cierto, ¿qué tal está tu padre?

—Bien —contesté. Eludí a un grupito de mirones que había rodeado a un par de alumnos y que estaban a punto de llegar a las manos y después aceleré el paso con la esperanza de desorientar a Finn. Podría haberlo conseguido si no me hubiera topado con una barricada a la altura de la cafetería. La cola era tan larga que llegaba hasta el pasillo.

Olfateé el ambiente. «Día de tacos.»

Y por eso Finn me alcanzó en un periquete.

—Me alegro de que esté mejor. Solo son doscientas palabras.

—¡Te. He. Dicho. Que. No! —dije. De hecho, grité.

Todos los alumnos que se habían agolpado a las puertas de la cafetería enmudecieron de repente y algunos chicos de primer curso, que presumían de un bigote propio de un bebé, se pegaron a la pared, abriendo así un círculo para mí. Bajé la cabeza y salí corriendo de allí.

Finn me pisaba los talones.

—Necesito que me ayudes, de verdad —rogó—. Cleveland dice que el periódico está en la cuerda floja. Si consigo una periodista capaz de escribir artículos buenos, quizá pueda convencer a la junta directiva de que cambie de opinión.

Me detuve junto a la puerta del vestuario de chicas.

—¿Y por qué no lo escribes tú?

Dio un paso atrás, como si el comentario le hubiera dolido.

—Soy el editor. No escribo, edito. Solo hago una excepción, y es en la sección de deportes. Escribo porque el tema me apasiona. Además…

—Espera —interrumpí—. ¿Has dicho Cleveland?

—Sí.

—¿El señor Cleveland? ¿El profesor de cálculo?

—De introducción al cálculo, para ser más exactos. También imparte álgebra y trigonometría.

—Aunque quisiera hacerlo, que no es el caso, el señor Cleveland jamás me dejaría escribir para el periódico. Me odia. Me desprecia. ¿Quieres un consejo? No me menciones, nunca. Si oye mi nombre, le sube la tensión.

Dos chicas pasaron por en medio y entraron en el vestuario.

—Tengo que irme —murmuré—. Y gracias por lo de ayer.

—Te equivocas con Cleveland —dijo. En un abrir y cerrar de ojos, destapó un rotulador permanente, me agarró del brazo y empezó a garabatear algo antes de que pudiera reaccionar—. Este es mi correo electrónico. Doscientas palabras. Recursos en la biblioteca.

59

—¿*P*ero cuál es su problema? —pregunté mientras devolvía la pelota de ping-pong—. ¿Y qué pasa contigo?

—¿Conmigo? —preguntó Gracie—. Soy totalmente inocente.

—¿Inocente? —repetí, y golpeé la pelota con tal fuerza que Gracie soltó un grito y se tiró al suelo—. ¡No me deja en paz! ¡Mira lo que me ha hecho en el brazo! A eso se le llama ataque.

—¿Un ataque con un rotulador?

—Tú me has arrastrado hasta aquí. Haz que deje de perseguirme por todos lados.

—Con la condición de que no me lances la pala a la cabeza —dijo Gracie desde debajo de la mesa.

La monitora de gimnasia hizo sonar el silbato. Todos gruñimos y, de mala gana, cambiamos de ejercicio. Llamarlo clase de educación física era exagerado, ya que Belmont no tenía contratado a ningún profesor propio de la asignatura. Hacía cuestión de un par de años, el estado había manipulado alguna ley para que los centros escolares pudieran ahorrarse el sueldo de los profesores de educación física. Los despidieron a todos. Los alumnos seguían estando obligados a cursar y aprobar la asignatura, pero tan solo bajo la supervisión de un «monitor de gimnasia» que se prestaba como voluntario (es decir, algún padre en el paro incapaz de encontrar trabajo). Sus tareas se limitaban a pasar lista y evitar que los alumnos destruyeran el material escolar.

La monitora silbó de nuevo, esta vez más alto, y gritó:

—¡Vamos, chicas! ¡No os quedéis ahí paradas!

Dos jugadores de fútbol se habían adueñado de las bicicletas estáticas. Un grupo de zombis estaban jugando a *kickball*, un juego infantil parecido al béisbol, pero en lugar de batear la pelota, la chutaban con los pies. Sin embargo, se estaban rigiendo según sus propias normas. El objetivo era patear todas las pelotas hacia las gradas y pasar el resto de la hora fingiendo estar buscándolas. Me apetecía hacer algunas flexiones y pesas, pero Gracie me empujó hacia una esquina donde unas chicas trataban de copiar las posturas de una aplicación de yoga que se había descargado una de ellas en el móvil.

—No soy muy flexible —protesté.

—Debes estirar más —regañó Gracie.

Tres chicas se acercaron a la monitora de gimnasia. Hacían ver que tenían unos calambres horribles en las piernas. Lloriquearon durante un minuto y le imploraron una y otra vez que les dejara ir a la enfermería. La monitora les firmó una autorización y volvió a centrar su atención en la revista.

—Odio este lugar —murmuré.

—Bla, bla, bla.

Gracie se doblegó sobre sí misma, metiendo así la nariz entre las rodillas.

—Prueba esto —dijo tras levantar un poco la barbilla—. No entiendo por qué te has tomado tan mal lo del periódico.

Me senté con las piernas estiradas y traté de tocarme la punta de los pies.

—¿Estás hablando en serio?

Cambió de postura y se tumbó boca arriba.

—Siempre estás quejándote de este lugar. Pues bien, ahora tienes la oportunidad de hacer algo al respecto.

Me incliné lo máximo que pude, pero me quedé a unos pocos centímetros de las puntas de los pies.

—¿Escribiendo sobre los recursos que ofrece una biblioteca?

Gracie apoyó ambos brazos sobre el suelo.

—Es una prueba para ver si eres buena, aunque ambas sabemos que sí. Después de eso, podrás escribir sobre lo que te venga en gana. Podrás desahogarte y hablar de todas las cosas que odias de este sitio.

—Eso no es ninguna postura de yoga —observé.

—Sí que lo es. Se llama «la grulla en reposo».

Dobló las muñecas como si fuera un agente de tráfico dirigiendo la circulación en ambas direcciones, con la pequeña di-

61

ferencia de que estaba sobre el suelo de un gimnasio en lugar de en un cruce.

—Escribe para el periódico.

Doblé las rodillas y abracé los tobillos.

—Tengo cosas más importantes que hacer.

Capítulo 19

*L*a mesa del comedor estaba repleta de periódicos, varillas de limpieza, un cepillo para la culata, parches usados y trapos manchados de grasa, disolvente y pólvora. Las armas de papá, que incluían rifles, escopetas y pistolas, estaban a plena vista.

«¿Por qué querría limpiarlas todas a la vez? —Tapé la lata de aceite—. ¿Acaso cree que puede necesitarlas?»

Avancé por el pasillo, encendí la luz y llamé a la puerta de su habitación.

—Ya he llegado.

—Vale —respondió con un tono de voz algo soñoliento.

—¿Dónde está *Spock*?

—En el jardín de atrás. Está atado.

Me fijé en el círculo de suciedad que rodeaba el pomo de la puerta. Sin duda, se había encerrado allí sin lavarse las manos. Los restos de una telaraña colgaban de la esquina superior derecha del marco de la puerta y llegaban hasta la bombilla de la mitad del pasillo. Cada día que pasaba, aquella casa se parecía más a un lugar habitado por okupas. Nada tenía que ver con lo que era: el hogar que había albergado a la familia de papá durante tres generaciones.

—¿Has comido algo hoy? —pregunté. «¿Qué está pasando?», me pregunté para mis adentros.

—No he tenido hambre.

—¿Qué te apetece para cenar? —continué. «¿Por qué has estado limpiando las armas?»

—¿No has oído lo que acabo de decirte? —refunfuñó.

—Prepararé un pollo asado. —«¿Te has pasado toda la noche despierto otra vez?»

—Déjame dormir.

—Son las dos y media de la tarde —recalqué. «¿De quién tienes miedo?»—. ¿Puedo tirar los periódicos que están sobre la mesa del comedor?

Se hizo un silencio tan largo que, por un momento, pensé que se habría dormido, pero al fin dijo:

—Sí. Perdona el desorden.

Di de comer a *Spock* y aparté y guardé las herramientas. El olor de la pólvora se respiraba en toda la casa. Era un hedor tan intenso que me pregunté si habría abierto un par de proyectiles. De pronto, una serie de visiones espeluznantes me vinieron a la mente... *Papá embadurnándose el rostro de pólvora para camuflarse, papá repartiendo un montón de pólvora sobre el suelo formando un círculo y sentándose en el centro con una cerilla en la mano, papá...* El único modo de librarme de aquellas macabras ideas era abriendo todas las ventanas y limpiando la mesa.

¿Cuántas chicas de mi clase habrían tenido que limpiar un montón de pólvora y una lata de aceite después de clase?

Ja.

Quizá por eso me moría por abofetear a todos esos muertos vivientes; no tenían la menor idea de la suerte que tenían. Niños de papá afortunados, ignorantes y felices que todavía creían en Santa Claus y en el Ratoncito Pérez y consideraban que la vida era justa.

Froté hasta que me empezaron a doler las manos. Me había quedado casi sin aliento. Entonces, encontré una vieja botella de aceite con aroma a limón y decidí limpiar la superficie de la mesa con ella. La esencia de limón mezclada con el hedor a pólvora hizo que me lloraran los ojos.

Así que *Spock* y yo nos fuimos a dar una vuelta con la esperanza de que, al regreso, la casa ya estuviera ventilada.

64

Capítulo 20

Estoy haciendo autostop. Por fin consigo que alguien me recoja y me lleve hasta el puesto fronterizo. Voy en un camión cargado de munición, costillas de cerdo y dos chicos de Bravo Company. Una soldado raso, Mariah Stolzfuss, está al volante. Me habla de Jaden, su hijo de corta edad, al que le encanta bailar y vive en Arkansas. Seguimos a un Humvee que lleva a un grupo de chicos casi imberbes. De pronto, en mitad de la carretera, explota una estrella.

Volamos. Volamos como pájaros sin alas.

Unas ondas sísmicas se propagan por el metal, el cristal y la piel. Los huesos se desmoronan. La piel se rompe. Los nervios se parten. El cerebro estalla y se desparrama por todos lados. Las arterias escupen sangre como mangueras de alta presión, pintando el mundo de un rojo brillante pero triste a la vez.

Nado entre el humo. Stolzfuss todavía está sentada tras el volante. Limpio la sangre que le cubre el rostro en un intento de abrirle la boca y ayudarla a respirar. Pero no tiene boca. De hecho, ya no tiene rostro.

Unos chicos me agarran y me sacan a rastras. Son chicos fuertes, corpulentos, con un rostro y una boca. Me ayudan a sentarme sobre el polvo y tratan de sacar a la soldado Stolzfuss del camión. Tiran de ella y le arrancan el brazo. Del hombro no para de brotar sangre. Su corazón explotó en mitad de su historia. En Arkansas, su hijo baila, y la espera.

Capítulo 21

O la noche anterior me había olvidado de poner el despertador, o esa mañana lo apagué sin darme cuenta, porque lo que me despertó no fue el zumbido de un teléfono, sino el estrépito del autobús escolar pasando por delante de casa. Solté un par de palabrotas y aparté las sábanas.

Estas eran mis opciones:

a. caminar hasta el instituto.

b. despertar a mi padre y pedirle que me llevara a clase y así aprovechar ese momento de distracción para preguntarle por qué había limpiado todo su arsenal de armas.

c. quedarme en casa porque, con toda probabilidad, se pasaría el día durmiendo. Podría escabullirme de casa un poco antes de las dos y armar un escándalo al «volver a casa» media hora después. Nunca sabría la verdad.

La opción C tendría consecuencias a largo plazo, pero precisamente esa era la ventaja, que serían a largo plazo, con lo que no tendría que enfrentarme al problema de inmediato. Podría dormir tranquila durante al menos un par de días. Sin duda, C habría sido la opción ganadora si el timbre no hubiese sonado.

No tendría que haber bajado a abrir. Tendría que haberme metido otra vez en la cama. En mi defensa, debo decir que estaba algo dormida y no podía pensar con claridad. Era demasiado pronto para encontrarme al cartero. Últimamente, Gracie siempre iba en coche con Topher, así que tampoco podía ser ella. Ni se me pasó por la mente que pudiera ser Trish hasta que giré el pomo de la puerta.

—¡Buenos días, dormilona! —gritó Finn.

Por suerte no había descorrido la cadena. Él aprovechó

ese instante de duda para poner el pie entre la puerta y el marco.

—Au —se quejó.

—Mueve ese pie.

—No.

—Lárgate de aquí.

—Yo también me alegro de verte.

—¿Qué estás haciendo aquí? —pregunté.

—Has perdido el autobús —dijo.

—Estoy enferma.

—¿Te apetece una sopa de pollo?

—De hecho, tengo la regla —mentí—. El dolor me está matando.

—¿Chocolate y una esterilla para el calor?

—¿Y tú cómo sabes eso?

—Tengo una hermana mayor, y mi madre es una feminista que no veas —explicó—. Estoy casi seguro de que soy el único chico del instituto capaz de comprar tampones sin ponerse rojo como un tomate. Fíjate, hasta puedo pronunciar la palabra. «Tampón, tampón, tampón.» Si la repites bastantes veces, deja de sonar mal, ¿sabes a qué me refiero?

—No te pases ni un pelo —avisé—. Mi padre todavía está durmiendo.

—¿Y entonces quién acaba de irse en la camioneta que había aquí aparcada?

—¿Qué?

Finn apartó el pie para que pudiera cerrar la puerta y deslizar la cadena. Cuando volví a abrir la puerta, vi que la furgoneta había desaparecido.

—Un tipo blanco muy corpulento y con unos brazos gigantescos. Llevaba una gorra de los Yankees y unas gafas de sol que daban miedo. Yo estaba aparcado en esa manzana. Vi cómo sacaba el coche de aquí y se dirigía hacia el centro. Por eso imaginé que necesitarías que alguien te llevara al instituto.

Papá siempre me mantenía al día de sus avances laborales. Cuando le contrataban, enseguida corría a contármelo porque significaba un nuevo comienzo, esa página en blanco que iba a cambiarlo todo. Aunque esa alegría apenas duraba uno o dos días. ¿Habría ido a la Administración de Veteranos para justificar sus ausencias en las últimas sesiones? ¿Estaría buscando una tienda donde poder comprar licor a estas horas de la ma-

67

ñana? ¿Cuándo tendría pensado volver? Y más importante aún, ¿de qué humor estaría?

Así pues, la opción C dejó de ser una opción.

—Y bien —prosiguió Finn—, ¿piensas ponerte un par de pantalones o vas a presentarte en la escuela con esa camiseta fingiendo que es un vestido?

Capítulo 22

*E*l martes, cuando le pedí a Finn que me llevara a casa, apenas me había fijado en su coche. En algún punto de un pasado muy lejano, había sido un Plymouth Acclaim, pero apenas quedaba rastro de su época de gloria. Tenía cuatro neumáticos básicos, cuatro puertas, un maletero que necesitaba de una percha doblada para cerrarse, un techo desigual y más óxido que pintura.

—Alguien debe odiarte mucho —opiné.

—Es fantástico, ¿verdad? —dijo y dio una palmadita al techo—. Lo he comprado con mi propio dinero.

El motor arrancó sin incendiarse. Finn giró hacia la derecha y tomó la primera salida. Conducía muy despacio. Una parte de mi cerebro estaba tratando de adivinar dónde habría ido mi padre y por qué. Otra estaba en un dilema: no sabía si clavar la mirada en el parabrisas o mirar a Finn y hacer ver que sabía qué decir en una situación como esa. Y otra intentaba identificar ese hedor tan fuerte.

—¿Cuánto desodorante te has echado hoy? —solté.

—¿Demasiado? —respondió, y frenó ante una señal de stop.

—Podrían considerarte material inflamable.

Finn respiró hondo y soltó una carcajada. Por alguna razón, aquel sonido ahogó todas mis preocupaciones. Se volvió para mirarme, todavía riéndose por lo bajo y todavía parado ante la señal de stop, lo cual era ridículo. Y fue entonces cuando me percaté de que aquel chico alto, delgaducho y con el pelo desgreñado me resultaba un poco atractivo. Quizá fuera porque se le sonrojaron las mejillas, o por el pendiente de plata que colgaba de su oreja derecha, o porque tenía los ojos verdes, del mismo verde que adviertes cuando en verano te tumbas bajo un roble y miras al cielo. Además tenía una mirada sesgada. Y unas pestañas de infarto. Y una barba algo descuidada, pero no demasiado.

Ya se sabe que algunos bebés, al nacer, reciben la bendición de las hadas buenas; hadas con nombres como Belleza, Amabilidad, Alegría. Pues bien, a mí me bendijeron sus demoníacas primas del inframundo con aspecto de gnomo, como Torpe y Patosa. Le miré y mis hadas-gnomo me apalearon la cabeza con sus manos de monstruo, haciéndome parecer una bobalicona de primera.

Iba vestida como una vagabunda. Y, con toda probabilidad, también debía de oler como una. No me había duchado, por supuesto. Desde que había abierto los ojos esa mañana, mi plan se resumía en no quitarme el pijama en todo el día. Tampoco me había cepillado los dientes. Me había limitado a coger un par de prendas del montón de la ropa limpia, no sin antes pasarme un cepillo por el pelo y echarme algo de desodorante.

«Oh, Dios mío», pensé. ¿Se habría embadurnado de desodorante porque el martes pasado, cuando me llevó a casa, apestaba? Entonces, ¿por qué me habría dejado volver a subir en su coche?

Por suerte, mi sentido común abofeteó a mi estrógeno y este recuperó el control. Olfateé de nuevo el ambiente: una cantidad letal de vaporizador corporal, una pizca de mi tufo y... algo que, sin duda alguna, provenía del motor.

—¿Hueles eso? —pregunté.

—Ya lo he pillado, Hayley. Demasiado desodorante. Tomo nota.

—No, hablo en serio —insistí, y volví a olisquear el aire—. ¿Cuándo fue la última vez que echaste un vistazo debajo del capó?

—Um, nunca.

—¿Qué? ¿Y cuándo comprobaste los líquidos?

Aceleró.

—Suena de alucine.

—Qué va. Estás quemando el aceite.

—Pensé que se trataba de otro coche.

—Desvíate del carril y hazte a un lado —ordené. Me apoyé sobre el salpicadero en cuanto el coche se detuvo—. ¿Lo ves? —dije, y señalé un zarcillo de humo blanco que emergía del capó—. Lo más seguro es que el tapón de la válvula no cierre bien, y por eso gotea aceite.

Quitó la llave del contacto de inmediato.

—¿Va a explotar?

Negué con la cabeza.

—No hay tanto humo, así que tranquilízate. Pero la próxima vez que pongas gasolina, comprueba el aceite.

—¿Estás segura de que no es peligroso encender el motor?

—Supongo que han caído un par de gotas sobre el colector de gases de escape. No pasa nada. Pero recuerda echarle un vistazo.

Arrancó el motor sin decir palabra.

—Sabes comprobar el aceite, ¿verdad? —pregunté.

—Desde luego.

—Mentiroso —balbuceé. Pulsé el interruptor del apoyabrazos para bajar la ventanilla, pero no ocurrió nada—. ¿Esto tampoco funciona?

—Sí —contestó, y apretó un botón de su apoyabrazos. Mi ventanilla se deslizó cuatro centímetros, ni uno más.

—¿No dices que funcionan?

—En fin —resolvió, y pisó el freno en cuanto la luz verde del semáforo se volvió ámbar—. Quizá tenga alguna que otra avería.

—Alguna que otra avería no significa que funcione bien —señalé.

—Pero no hay nada que no se pueda reparar.

En cuanto dejamos atrás el semáforo, apoyé la cabeza en el respaldo del asiento y respiré hondo, inundando mis pulmones de ese aire matutino de octubre. Puede que mis niveles de azúcar en sangre estuvieran bajos, pero lo cierto era que me sentía como si estuviera dentro de una burbuja, una burbuja perfecta y resplandeciente que avanzaba lentamente por aquella avenida. Cerré los ojos y dejé que el aire otoñal, fresco y suave como un pañuelo de seda, me acariciara la frente.

Y entonces Finn arruinó el momento.

—Bueno —dijo, y entró en el aparcamiento—. El artículo. Lo has escrito, ¿no?

La burbuja explotó.

—Por el amor de Dios, ¿todavía sigues con eso? —pregunté.

—¿Por qué lo dices?

—Porque es una estupidez. Los recursos bibliotecarios no importan un pimiento a nadie. De hecho, ni siquiera entiendo por qué «recursos» se considera una palabra. No significa nada.

—Ese no es el tema.

—¿Y cuál es?

—Me prometiste que lo harías.

—No es cierto.

Aparcó en el espacio que había entre un Lexus y una furgoneta.

—Esta semana te he llevado dos veces en coche.

—Solo te lo pedí una vez. ¿Por qué te comportas como un maldito grano en el culo? No me conoces. ¿Acaso sueles intimidar, o incluso amedrentar, a desconocidos para obligarles a hacer algo que no quieren hacer?

Me arrepentí de inmediato. En cuanto escupí todas esas palabras, supe que no lo había dicho de corazón, pero no logré encontrar el modo de disculparme.

Finn giró el volante y se volvió para mirarme.

—¿Pensabas hacer novillos todo el día?

—¿Y qué más te da? —espeté, y me crucé de brazos—. Este sitio es odioso.

—Bromas aparte. ¿Tenías deberes para la clase de Cleveland?

—No los he hecho. Ahórrate el sermón, por favor.

—¿Qué media tienes?

—¿Una media puede ser negativa?

—¿Qué te parece esto? Yo me encargo de que apruebes matemáticas siempre y cuando escribas el artículo. Podemos hacerlo ahora mismo, en la cafetería —ofreció. Y apagó el motor—. Entonces estaremos en paz, y no volveré a molestarte.

Capítulo 23

*E*scribí el dichoso artículo.

Me inventé nombres de bases de datos famosas, añadí citas de estudiantes que no existían (Paige Turner y Art T. Ficial), y dediqué todo un párrafo (una vez metida en la historia) a las «estanterías especiales», es decir, el lugar donde se apilaban todos los libros prohibidos y perseguidos. («Ahí es donde puedes encontrar libros con contenido sexual», según Art T. Ficial). En cuanto puse el punto y final al artículo (momento en el que me desternillé de risa), lo cierto es que mi humor había mejorado. El hecho de que papá hubiera madrugado tanto y se hubiera marchado con el camión era buena señal. Muy buena, de hecho. Por fin estaba saliendo de ese agujero negro donde había decidido esconderse durante las últimas semanas. Todo formaba parte del gran cambio que habíamos dado: vivir como personas normales en lugar de dar vueltas por todo el país como si un grupo de fantasmas nos pisara los talones. Seguramente estaba teniendo un buen día, igual que yo. Hasta el momento había escrito una columna para el periódico del instituto cargada de URL de páginas web inventadas para estudiantes que necesitaban una ayuda con los deberes y proyectos escolares.

Finn se había ocupado de mis ejercicios de matemáticas, aunque no lograba comprender cómo los había acabado. Cada dos por tres se acercaba una nueva horda de chicas que se quedaba mariposeando a su alrededor. Le preguntaban sobre unas entradas, o unas camisetas, o sobre clases de natación. Me puse los auriculares y subí el volumen de la música a tope.

—¿Eres un Casanova? —pregunté en cuanto un grupo de chicas gritonas con tacones de infarto se alejó de nuestra mesa. ¿Tacones de aguja? ¿De veras? ¿A las siete y media de la mañana? ¿No se supone que antes de calzarte unos tacones altos deben salirte tetas?—. ¿O ese desodorante apestoso te convierte en un ser irresistible para las zorras-zombi-bebés?

—Sí —respondió Finn con una sonrisa de oreja a oreja y sin apartar los ojos del trasero de una de esas z-z-b—. Y sí.

Pero acabó los deberes por mí. Y la mirada del señor Cleveland bien mereció haber aguantado a Finn durante media hora. Además, Cleveland no había tenido tiempo de corregir los exámenes, así que cuando salí de clase me sentí casi… un poco… feliz.

¿Quién dice que los milagros no existen?

A partir de entonces, el día no hizo más que mejorar. Brandon no había asistido a clase de inglés, y la señorita Rogak puso una película que duró toda la hora. De hecho, durante la hora de estudio estaba tan despierta que hice los deberes de chino. Pero resultó que el profesor de chino estaba enfermo, así que, después de todo, pude echarme una siestecilla. El sustituto en clase de ciencia forense era un agente de policía jubilado que se dedicaba a relatarnos historias sobre patrones de manchas de sangre. Nos enseñaba a calcular cuándo se había cometido un crimen teniendo en cuenta el tamaño de los gusanos y las larvas y la cantidad de moscas que zumbaban sobre el cadáver. Era imposible quedarse dormido.

En clase de chino, la señorita Neff nos regaló, a una chica que se llamaba Sasha y a mí, un positivo por los deberes de pinyin, ya que éramos las dos únicas alumnas que los habíamos hecho. Sasha me chocó los cinco. Fue entonces cuando decidí que, si convertían los deberes en un deporte competitivo, me lo tomaría más en serio.

Ese día, hasta la clase de ciencias sociales fue la bomba. El señor Diaz estaba explicando la ley de traslado forzoso de los indios de 1830 y, por una extraña razón, se olvidó de mencionar a la comunidad Chickasaw. Alcé la mano (con educación) y señalé (con respeto) su error. Obviamente el comentario le ofendió. Su rostro se tornó rojo de rabia e ira, pero tecleó varias palabras en el ordenador y, tras leer los resultados en su pantalla, dijo:

—Gracias, Hayley. Tienes razón. Los Chickasaw también tuvieron que caminar el Sendero de Lágrimas.

Levanté la mano otra vez. Él hizo una mueca, pero no me ignoró.

—Puesto que miles de indios nativos perecieron en el Sendero de Lágrimas, ¿no deberíamos llamarlo «genocidio» en lugar de «migración forzada»? —pregunté—. Si hoy en día un gobierno africano hiciera lo mismo a las comunidades indígenas que habitan su país, ¿no pondríamos el grito en el cielo? ¿Las Naciones Unidas no harían algo al respecto? ¿No empezaríamos a recaudar dinero para las víctimas?

El debate que generó mi aportación fue tan fantástico que no garabateé en la libreta ni una sola vez.

Capítulo 24

*D*ebería habérmelo imaginado.

Las leyes del universo dictan que, por cada acción positiva, se produce una reacción desproporcionada y vomitiva. Así que el mero hecho de que el jueves hubiera sido, en cierto modo, un día decente significaba que el viernes estaba condenado a ser incendiario como mínimo.

Todo empezó pasada la medianoche. Me había quedado medio adormilada en el sofá, esperando. Papá había salido a por leche y pan justo después de mi llegada del instituto y todavía no había vuelto. *Spock* soltó un ladrido, y gracias a eso me desperté. Vislumbré los dos faros de la camioneta a través de la ventana principal. Por fin había llegado.

Spock correteó hacia la puerta, sin dejar de menear la cola. Unos segundos después, la puerta se entreabrió. Papá esbozó una sonrisa al verme, pero fue una sonrisa torcida. Me percaté de que le costaba enfocar. Y entonces lo adiviné: iba borracho. Cuando le pregunté dónde se había metido, me llamó su dulce niña. Se sentó a mi lado, apoyó la cabeza en el sofá y se quedó frito.

Le revisé las manos y el rostro; no vi ningún arañazo, ningún moretón. Buena señal, no se había involucrado en una pelea. Me puse la chaqueta, me calcé las deportivas y salí a comprobar la camioneta. Ninguna marca en el parachoques, ningún rasguño en la carrocería. Abrí la puerta y encontré varias latas vacías de Budweiser. También me fijé en que el cuentakilómetros marcaba casi doscientos kilómetros más.

Finn no había mencionado que pasaría a recogerme el viernes. De hecho, no le había visto desde que le entregué el artículo sobre los recursos que ofrece una biblioteca. Sin embargo, lo cierto fue que, mientras esperaba en la parada del autobús, peiné los alrededores. Pero no apareció por ningún lado.

El interior del autobús olía a vómito fresco.

Estaban fumigando la cafetería, así que perdí la primera hora de clase. Nos trasladaron al auditorio, donde nos supervisó una profesora que jamás había visto y que claramente había olvidado tomar su medicación.

No solo cateé el examen de matemáticas con un cero patatero (así es, ni siquiera me regaló unas décimas por molestarme en escribir mi nombre en el papel, ni por recordar la fecha), sino que también suspendí los deberes por haber bordado todos los problemas.

¡MÍRAME! Esa palabra estaba pintarrajeada en la parte superior del folio. En rojo. Rogak apareció con un examen sorpresa, nos sometieron no a uno, sino a dos simulacros de incendio durante la hora de estudio (por lo visto, hicimos mucho ruido durante el primero) y, por si todo esto fuera poco, tuvimos que hacer educación física en el patio porque el conserje estaba aplicando un producto pegajoso en el suelo del gimnasio.

77

Por la mañana, me había vestido para un día de otoño; ya sabes, manga larga, tejanos, botas. Pero resultó ser un día veraniego de un bochorno insoportable. El termómetro alcanzó los treinta grados cuando lo normal de esa época era rozar los diez. Sufrí un golpe de calor y, precisamente por eso, en clase de ciencia forense y chino parecía que estuviera en la inopia. Tampoco mordí el anzuelo cuando el señor Diaz me preguntó qué opinaba sobre el legado de Andrew Jackson.

Sonó el timbre que marcaba la última clase y todos mis compañeros salieron pitando hacia la salida.

Con paso fatigoso, me dirigí hacia el pasillo de matemáticas.

—Hay una clara diferencia entre copiar y copiar con alevosía —gritó Cleveland mientras sacudía mis deberes delante de mi cara—. Ni siquiera es su letra, Hayley. ¿De veras me cree tan estúpido?

Reconozco que me lo pasé en grande meditando las posibles respuestas a esa pregunta, así que apenas escuché lo que dijo durante los siguientes cinco minutos. Y entonces oí una alarma que retumbaba en mi cerebro.

—Perdóneme, señor. ¿Podría repetir lo último que ha dicho?

—Le acabo de decir que le he buscado un tutor.

—No necesito un tutor.

Cogió un bolígrafo rojo y dibujó un círculo alrededor de mi nota.

—De acuerdo —dije—. No quiero un tutor.

—Es el único modo de que apruebe la asignatura, y eso suponiendo que se va a dejar la piel estudiando, por supuesto.

—La verdad es que, bueno, me considero una chica lista —dije—. No necesito un tutor.

Empezó a desternillarse de risa, hasta el punto de que apenas podía recuperar el aliento.

—Uau —suspiró, y sacó un par de pañuelos de la caja que tenía sobre el escritorio para secarse las lágrimas—. ¡Fiuu! Hacía tiempo que no me reía tanto —reconoció. Se sonó la nariz y tiró los pañuelos a la papelera—. Finnegan Ramos ha aceptado la oferta, y será su tutor.

—No. Quiero a otro.

—¿También quieres un pony? La vida consiste en hacer cosas que no nos apetece hacer, Hayley.

—Gracias por su sabio consejo, señor, pero este no es el caso.

—Entonces concertaré una reunión con su —dudó, y miró de reojo a la pantalla— padre y la señorita Benedetti para discutir qué clase de refuerzo de matemáticas se adapta mejor a sus necesidades. —Tecleó un par de palabras y volvió a mirar la pantalla—. Aquí dice que el teléfono y el correo electrónico de su padre son incorrectos. ¿Cómo puedo ponerme en contacto con él?

Me mordí el interior de la mejilla. ¿Cómo reaccionaría papá? ¿Cómo se comportaría en una reunión de esas características? ¿Y si Benedetti dejaba caer el nombre de Trish?

—¿Qué tengo que hacer para evitar que llame a mi padre?

Apartó la mirada del monitor y me observó con seriedad.

—No rehusar la ayuda de un tutor, al menos hasta que se ponga al día con la asignatura. Haga todos los deberes solita, tome apuntes y mejore su media. Y apruebe los exámenes —sentenció, y se puso de pie—. Por cierto, tampoco estaría de más que escribiera otros artículos satíricos para lo que esperamos que se convierta en un periódico algún día.

—¿Perdone?

—Finn me enseñó su artículo. Me aseguró que usted querría una columna de opinión propia. Me parece buena idea, siempre y cuando mejore sus notas y no toque ningún tema controvertido. Nada de abortos o religión. Y ni una palabra sobre la chapuza de simulacro de incendio de hoy, ¿de acuerdo? La junta directiva se niega a dar un duro para financiar el periódico, así que lo último que necesitamos es ofenderla con una opinión sobre algo del instituto.

Abrí la boca, pero no logré articular palabra.

Me entregó los deberes falsificados.

—Su primera sesión de tutoría empieza ahora. Finn la está esperando en la biblioteca.

Capítulo 25

Lo intenté. De veras que lo hice, pero en la biblioteca hacía un calor insoportable y Finn se estaba comportando como un capullo testarudo. Los ventiladores instalados en las estanterías sonaban como taladradoras, y sentía que mi cerebro se derretía por segundos. Puede que le dijera un par de cosas desagradables.

Al fin, Finn se levantó y cerró el libro de un plumazo.

—Esto no va a funcionar —comentó—. Enviaré un correo a Cleveland.

—No —dije—. Lo siento. Disculpa, disculpa, disculpa. No lo decía en serio.

—Es que ni siquiera lo estás intentando.

Estuve a punto de rebatírselo, pero luego recordé que si fastidiaba ese acuerdo, papá entraría en escena, y eso solo podría acabar fatal.

—Me quedé hasta tarde jugando a videojuegos —justifiqué—. La falta de sueño me pone picajosa. No volverá a ocurrir, lo juro.

Se sentó en la silla de nuevo.

—¿Por qué adoptas esa actitud tan nefasta respecto a las matemáticas?

—No es eso. Siempre muestro esta actitud.

Después de ese pequeño rifirrafe, me esforcé mucho más, presté más atención y, al final, el concepto de funciones racionales empezó a tener sentido. Al menos parecía que Finn me lo explicaba en mi propio idioma. Poco a poco la biblioteca se fue vaciando de estudiantes. Antes de que nos diéramos cuenta, había pasado una hora.

—La biblioteca cierra en media hora —avisó una asistente desde la recepción.

Finn empezó a guardar los libros en la mochila.

—¿Cleveland te dijo algo sobre tu próximo artículo?

—¿Más sátira para una columna que no quiero firmar?

—No me ha dado tiempo a comentártelo, lo siento.

Clavé los ojos en aquel mar de ecuaciones que nadaba en la página.

—¿De veras crees que Cleveland será menos condescendiente conmigo?

—No te aprobará si te limitas a colaborar en el periódico —dijo, y se rascó la barbilla—. Pero apostaría que, si aceptas redactar el artículo, tu suspenso se acercará un poco más al aprobado.

—Imposible —dije.

—Cosas más extrañas han ocurrido —continuó—. Estoy convencido de que un par de artículos pueden asegurarte un aprobado, siempre y cuando subas la media. No pierdes nada. Por cierto, ¿qué haces esta noche?

—¿Por? —pregunté, y empecé a exasperarme.

—Se juega un partido de rugby en casa. Necesito que lo cubras.

—No me gusta el rugby del instituto.

—Ni a ti, ni a la mitad del equipo.

—Creí que tú te ocupabas de la sección deportiva.

—Y de la edición —me recordó.

—Entonces, ¿por qué no te encargas tú?

Sonrió de oreja a oreja y arqueó las cejas.

—Tengo una cita.

—Ya nadie utiliza la palabra «cita».

—Vosotros dos —regañó la asistente bibliotecaria mientras nos señalaba amenazante con una grapadora—. Bajad la voz, por favor.

Nos inclinamos sobre la mesa para hablar sin hacer tanto ruido. Su desodorante estaba a un nivel bastante soportable para ser él.

—Te propongo un trato —susurró, y acercó los labios a mi oído.

Traté de ignorar el escalofrío que me recorrió la espalda.

—¿Qué?

—Te daré diez pavos si cubres el partido.

—Quince.

—Hecho —dijo, y se puso en pie.

—Todavía nos queda media hora —me quejé, algo sorprendida—. ¿Adónde vas?

—Tengo que prepararme, ¿recuerdas? Me espera una gran noche —presumió. Garabateó un número de teléfono en la parte superior de la ficha de matemáticas—. Si te olvidas de hacer funciones de polinomios, dame un toque —murmuró, y metió todos los libros en la mochila—. ¿No vas a desearme suerte?

—¿Y qué te parece «No dejes salir al pajarito»?

—¿Tengo que hacerlo?

—¿Es una primera cita?

Asintió con la cabeza.

—Si quieres volver a salir con esa chica, entonces sí, mantén la braguета subida. Y el cinturón bien atado.

—¿Se me permite besarla, abuelita?

—Depende.

—¿De qué?

—De si a ella le apetece besarte o no. Por dios, Finn, ¿acaso no has tenido nunca una cita?

—Millones de ellas. Soy un donjuán de primera categoría; mujeres de los cinco continentes se desmayan al verme, la revista *People*…

Alcé las manos.

—Ahórrate los detalles. Nos vemos el lunes.

Capítulo 26

$\mathcal{D}$e camino a casa, todas las ventanillas del autobús estaban abiertas, pero el aire que se colaba parecía provenir directamente de un volcán en erupción. Cerré los ojos y decidí que, cuando llegara, me daría una larga ducha de agua helada. Después me comería toda una caja de polos de sabores, contrataría los servicios de una limusina para que me llevara al cine de la ciudad y vería una película tras otra en una sala con un aire acondicionado tan alto que no tendría más remedio que comprarme una sudadera para evitar sufrir de hipotermia.

Pero había una salvedad. Estaba sin blanca, así que la mayor parte de mi plan era un mero espejismo provocado por la intempestiva temperatura del autobús.

Sin embargo, una ducha me sentaría bien. Quizá cogería un polo del congelador y me lo comería en la ducha, para refrescarme tanto por fuera como por dentro.

El autobús hizo otra parada, deslizó las puertas y otro grupo de estudiantes zarrapastrosos se apeó.

No quería asistir al partido de rugby. Lo más sensato, y menos peligroso, sería ir en bicicleta en lugar de pedirle a papá que me llevara en su camioneta, pero eso significaba que llegaría sudada y asquerosa al estadio. Y cuando lograra escaparme y volver a casa, el efecto todavía sería peor. Debería haberme resistido y esperar a que me ofreciera veinte dólares. O quizá cincuenta.

El tráfico avanzaba con suma lentitud. El sol golpeaba con fuerza sobre el capó del autobús. Me estaba asando, como un bistec de un cuarto de kilo cuando se coloca demasiado cerca de las espirales de hierro del horno.

Una ducha fría, polos de sabores y, por último, llenaría la bañera de cubitos de hielo y chapotearía un buen rato. Los libros que había tomado prestados de la biblioteca a principios de semana seguían apilados sobre mi escritorio, murmurando mi nombre y suplicándome que los leyera.

Si Finn pretendía que escribiera sobre el partido, no tendría otra alternativa que encontrar el modo de arrastrarme hasta allí sin correr el riesgo de sufrir una insolación. Miré el número que había escrito en la libreta, lo marqué y, en un acto de paciencia, esperé a que sonara veinte veces antes de colgar.

¿Quién no tiene un buzón de voz?

La Gran Cita ya habría comenzado. Empecé a teclear un mensaje para Gracie, preguntándole si sabía con quién estaba coqueteando Finn, pero enseguida lo borré. La información no era lo bastante valiosa como para activar su Sistema de Alerta Precoz. De todas formas, seguro que era una chica de otro instituto. Él era un conquistador nato con una opinión bastante pomposa de sí mismo. Para ser justa, confieso que me parecía gracioso. Y un poco atractivo. Empecé a divagar e imaginé qué aspecto tendría vestido con un bañador Speedo, pero de inmediato deseché esas imágenes. El calor estaba provocando cortocircuitos en mi cerebro.

Bajé del autobús, me sequé el sudor de la cara y empecé a caminar. Me planteé la opción de saltarme el partido. El lunes por la mañana ya me encargaría de encontrar la manera de conseguir las estadísticas del equipo y enterarme de la táctica utilizada, además de seleccionar ciertas citas. Eso funcionaría. Sin lugar a dudas.

Cuánto más cerca estaba de casa, mejor me sentía. Me merecía un premio, y por eso decidí hacer una maratón de lectura el fin de semana. Zamparía todo el helado que pudiera y leería todas las páginas que pudiera. Aquello sería el paraíso.

Pero ese buen humor no duró nada. Frente a mi casa se habían apiñado varios vehículos: dos camionetas, un todoterreno maltrecho, un Jeep Wrangler sin techo ni puertas y tres motocicletas. Todos iban cargados de material para acampar, cañas de pescar y neveras portátiles. Y en todos los parachoques se advertían pegatinas militares.

Las ventanas de casa estaban abiertas de par en par. Cabía la posibilidad de que se hubieran hecho añicos por el volumen de la música que salía del salón. En cuanto acabó la canción, un coro de voces, de voces masculinas, se echó a reír y, entre carcajada y carcajada, entendí varias palabrotas.

Abrí la puerta. Por el salón, y por el comedor que había detrás, distinguí a un montón de tipos mayores que yo pero más jóvenes que mi padre. Todos tenían el pelo rapado, al más puro estilo militar, y los brazos tatuados. Llevaban camisetas demasiado ceñidas y cadenas de plata, más propias de un perro, alrededor del cuello. A pesar del calor, todos se habían vestido con pantalones largos, tejanos o de estilo militar. Un par de ellos llevaba cuchillos colgando de las hebillas del cinturón. Otro grupito estaba sentado y escudriñaba toda la casa, como si inspeccionara el perímetro de forma involuntaria. Eran soldados, de eso no me cabía la menor duda. Quizá pertenecían a la infantería, pero estaban de permiso.

Papá estaba sentado en el centro del sofá. Comparado con ellos, parecía algo pálido y cansado, pero lo cierto era que se le veía más feliz que en los últimos meses. Levantó una lata de refresco y exclamó:

—¡Hayley Rose! ¡Justo a tiempo!

Capítulo 27

*A*quellos tipos me estrecharon la mano, con educación y respeto, al mismo tiempo que papá hacía las debidas presentaciones. Ver a esos soldados ahí plantados, en mitad del salón, y el olor que desprendían en un día tan caluroso me trasladó a otra época. Recordé aquellos meses que vivimos en una base militar, cuando yo era una niña. Sacudí la cabeza para librarme de ese recuerdo.

—Supongo que no habrá un cuestionario para comprobar si puedo recordar todos vuestros nombres, ¿verdad? —bromeé.

—No, señorita —corearon varios de los soldados al unísono.

—Esperad a ver el jardín trasero —dijo papá.

Cruzamos la casa y me explicó que aquel grupo de hombres había servido junto a un viejo amigo suyo, Roy Pinkney. Estaban de permiso militar y se dirigían hacia el norte, hacia el campamento de Roy, cerca del lago Saranac.

Salimos al balcón trasero y, en cuanto lo vi, me quedé boquiabierta.

—Roy echó un vistazo al jardín y gritó «¡Qué potencial!», y después envió a algunos de sus hombres para que alquilaran un cortacésped —explicó papá, que no podía contener la sonrisa—. Solo han tardado una hora en dejarlo así.

Por primera vez en semanas, alguien se había molestado en cortar el césped del jardín. Y no solo eso, también habían pasado el rastrillo y recogido todas las hojas secas. En el centro del jardín, rodeado de un círculo de piedras, habían cavado un hoyo. En él se distinguían varios troncos de madera que invitaban a hacer una hoguera. Un soldado con el torso desnudo estaba cortando leña con un hacha. Una serie de sillas viejas y rotas y varios troncos de árboles caídos hacían fila junto a lo que, en breve, se convertiría en una fogata. Esparcidas por el jardín conté hasta cuatro tiendas de campaña.

Un tipo alto y calvo se acercó a nosotros.

—No me digas que esta es tu niña, Andy. No doy crédito.

—Hayley Rose —dijo papá—. Probablemente no te acuerdes, pero este es Roy.

Extendí la mano para saludarle, pero aquel hombre me estrechó entre sus enormes brazos y me plantó un beso en la frente.

—No es posible —dijo tras soltarme—. Todavía no puedo creer que hayas crecido tanto —continuó. Después dio un paso atrás y me miró de arriba abajo—. Espero que cada noche le des las gracias a Dios por parecerte a tu madre y no haber heredado ni un gen de este desgraciado.

—Sí, señor —respondí.

—¿Recuerdas la primera vez que me enseñaste a este angelito, Andy? —preguntó Roy.

—¿Fue cuando vivíamos al lado del economato militar? —respondió papá.

Roy asintió con la cabeza.

—Debías de tener, qué, ¿cinco meses?

—No lo recuerdo, señor —murmuré.

—Tres meses, diría yo —añadió papá—. Rebecca todavía estaba viva.

Por segunda vez en diez minutos, los ojos se me salieron de las órbitas. Y todo porque mi padre jamás, pero jamás de los jamases, pronunciaba el nombre de mi madre en voz alta.

—Tienes razón —comentó Roy—. Recuerdo cómo se burlaba de mí. Mira, Hayley, tu padre me dejó cogerte en brazos cuando ya habías empezado a hacer tus necesidades en un pañal. Si la memoria no me falla, era julio, así que ese pañal era lo único que llevabas puesto. Acababa de llegar de… bueno, ahora no soy capaz de acordarme, pero de algún sitio que exigía vestir mis mejores galas. Llevaba un uniforme impecable.

Papá resopló, pero Roy lo ignoró por completo.

—El caso es que me senté en el sofá de tu viejo y tu madre, tan dulce como siempre, me ofreció un vaso de té helado. De pronto, empezaste a ponerte roja como un tomate, a gruñir…

(Balbuceé una rápida oración y agradecí a Dios que el tipo sin camiseta que cortaba leña no hubiera oído eso último.)

87

—... y a Andy no se le ocurrió otra cosa que entregarte a mí. No tenía ni la más remota idea de bebés, así que te dejé en mi regazo. Y entonces el pañal explotó.

Papá y Roy se echaron a reír y yo recé por que la tierra me tragara. Roy me dio otro abrazo de oso y, ni corto ni perezoso, papá también me estrechó entre sus brazos. Así que al final tuve que fingir una risita bobalicona. Llegados a ese punto, asistir a aquel estúpido partido de rugby había pasado a ser misión imposible.

En las horas que prosiguieron, entablé multitud de conversaciones. Preparé tres docenas de huevos rellenos y puse el lavavajillas, pero no le quité ojo a mi padre. Imaginaba que en cualquier momento se emborracharía. Pero no lo hizo. Solo bebió refrescos y limonada, incluso cuando los soldados brindaban con cerveza y Roy saboreaba un whisky escocés. Aquella era una versión renovada de mi padre que, por lo visto, se sentía como pez en el agua. Se mofaba de la vida que llevaba ahora y de sus cicatrices de guerra. También hizo un par de comentarios cómicos sobre las pamplinas y sandeces que soltaba la clase política del país.

No daba crédito a lo que veían mis ojos.

Papá detestaba charlar sobre la guerra y jamás, bajo ninguna circunstancia, lo hacía sobrio. La mayoría de las veces ni siquiera reconocía que era un veterano de guerra. Los desconocidos solían comentar algo como «Gracias por su servicio». Lo decían de corazón y porque creían que era lo que se esperaba de ellos, pero el problema era que ese comentario activaba una serie de explosivos incontrolables. Al final, mi padre acababa asestando un puñetazo a la pared, o a un patán que había conocido en un bar. Lo peor era cuando, por casualidad, se enzarzaba en una conversación con un familiar de un soldado que había muerto en el campo de batalla. La tristeza que inundaba su mirada le agujereaba el cerebro de tal modo que después, durante varios días, era incapaz de pronunciar una palabra.

Y sin embargo, allí estaba ahora, tan sobrio como *Spock* y como yo, sin otro tema de qué hablar que su pasado de soldado. Y por si fuera poco, estaba riéndose.

Roy había traído un par de parrillas, así que era cuestión de tiempo que todos se reunieran en el jardín trasero para engullir aquellas pilas de hamburguesas y perritos calientes. Eché un vistazo al congelador. Alguien lo había llenado de helados de seis sabores diferentes, de nata montada y un puñado de barritas de chocolate medio congeladas. Según Roy, las trocearía y las añadiría al helado, lo cual me confundió un poco. Pero aun así, me sentía feliz.

Hasta que apareció Michael.

Después de que la abuela muriera, Michael alquiló su casa; por lo visto, él y papá habían sido colegas en el instituto. Él se mudó cuando decidimos afincarnos aquí, pero lo cierto es que pasaba por casa cada dos por tres. Y eso no me gustaba en absoluto. El modo en que me miraba me ponía los pelos de punta, y empezaba a sospechar que él era quien abastecía de marihuana a mi padre. Nunca había hecho nada de lo que pudiera quejarme a papá, pero siempre que entraba por la puerta, sentía la necesidad de huir de allí. Si Michael pretendiera hacer algo estúpido, Roy y su séquito se lo impedirían y, sin duda, protegerían las espaldas de papá.

Después de todo, cubrir el partido de rugby para el periódico del instituto acabó siendo una buena idea.

Capítulo 28

*E*l público del estadio rugía enardecido, y apenas oía lo que la mujer que ocupaba la cabina de venta de entradas decía.

—¿Por qué? —repetí por tercera vez.

Me fulminó con la mirada y esperó a que aquel estruendo disminuyera.

—Todo el mundo paga por entrar. No hay excepciones.

—Pero soy prensa —lloriqueé—. Me han encargado un artículo sobre el partido.

—Los alumnos tienen un dólar de descuento —dijo, y extendió la mano—. Cuatro dólares o no entras.

Pagué. Ahora Finn me debía diecinueve pavos.

La grada se había convertido en una especie de muro humano. Y todos los que se agolpaban en aquella zona del estadio lucían el mismo color: amarillo canario. Por un segundo tuve la impresión de que me observaban, de que sabían que había venido al partido sola y que no sabía dónde demonios sentarme. Pero entonces alguien hizo sonar un silbato y ambos equipos se abalanzaron sobre el adversario. La multitud siguió animando sin dejar de saltar. Para sus ojos, yo era invisible.

Di la espalda a las gradas para contemplar el resto del estadio. Al otro lado estaba el enemigo, los Richardson Ravens, vestidos de negro y plata. Tras las porterías, en el extremo del estadio, se alzaba una pequeña colina sobre la que vislumbré varios grupos de personas sentadas sobre mantas de picnic, con niños correteando por allí, ignorando por completo el juego.

El árbitro silbó de nuevo y todos los jugadores se arrojaron sobre el contrincante entre gruñidos y chillidos. No podía ver qué ocurría con la pelota, pero los aficionados del Richardson estallaron en una celebración muy sonada.

Escribí un mensaje a Gracie:

hey

Tras una pausa bastante larga, me contestó:

toy en el cine. hablamos luego?

Esta vez tan solo envié un simple emoticono con una sonrisa, básicamente porque en mi teléfono no existía un emoticono que estrangulara a su mejor amiga con sus propias manos y golpeara su cabeza contra una pared.

De pronto, los dos equipos se reunieron con su correspondiente entrenador para repasar el siguiente paso de su brillante estrategia. Tras un vitoreo, deshicieron la piña y corrieron a sus puestos. A cada jugador apenas le separaban unos milímetros de su oponente. Todos pateaban el suelo como si fueran caballos impacientes. El quarterback gruñó, las líneas avanzaron y todos cayeron al suelo. Los aficionados de Belmont gritaban y silbaban sin cesar.

«¿Debería tomar nota de esto? —Alcé la vista hacia la gradería. ¿Acaso a quien le pueda interesar el partido no estará aquí? ¿Por qué querrán leer la crónica?» Respuesta: no querrán leerla. Mi primera intención, conseguir las estadísticas y escuchar a escondidas conversaciones en la cafetería a primera hora del lunes, seguía siendo viable e incluso mucho más atractiva. Tan solo necesitaba un sitio al que ir que no fuera mi casa. Pero solo eran las ocho menos cuarto. Quizá podría arreglármelas para llegar al centro comercial antes de las nueve.

qué peli, escribí a Gracie.

No respondió, por lo que deduje que estaba con Topher. Todas mis esperanzas de arruinarle el plan el viernes por la noche se fueron al garete. Ir a casa de Gracie y pedirle a su madre que pasáramos un tiempo juntas sería lamentable. La señora Rappaport era una fanática de los programas de reformas del hogar. La última vez que estuve en su casa, no dejó de darme la lata porque quería rediseñar la cocina. Si iba, cabía la posibilidad de que me invitara a ver algunos episodios sobre encimeras.

Me estremecí. Prefería pasar la tarde persiguiendo ratas de los contenedores de basura.

91

El reloj empezó a marcar los segundos que faltaban para la media parte y, entre gritos y abucheos, me pareció oír el pitido de los árbitros. Acto seguido, la muchedumbre llenó los cuartos de baño y los puestecitos que vendían comida.

—Esto es ridículo —murmuré, y me apoyé sobre la valla que separaba los espectadores del campo de juego. En cuanto la manada pasó de largo, di un paso al frente. Ya lo había decidido: me iría del estadio, cogería mi bici y pedalearía un buen rato. No a casa, al menos hasta pasadas unas horas. Solo me apetecía pedalear en la oscuridad con la esperanza de que Topher y Gracie se pelearan y ella me llamara hecha un mar de lágrimas para pedirme que pasara la noche a su lado. Gracie siempre tenía el congelador a rebosar de helado.

—Un gran partido, ¿eh?

Me di la vuelta, lista para escupir veneno y soltar alguna barbaridad, como que me parecía increíble que a los padres no les importara pagar impuestos para contratar a entrenadores de fútbol y que montaran en cólera cuando se les sugería que se invirtiera ese dinero en pagar a bibliotecarios o profesores de educación física.

—Estaba seguro de que, a estas alturas del partido, nos llevarían treinta puntos de ventaja —dijo Finn.

Advertí que en su mano izquierda llevaba una endeble cajita de cartón repleta de hamburguesas con queso, patatas grasientas y dos vasos de refresco. En la derecha sujetaba un tercer vaso con un puñado de caléndulas que, a primera vista, parecía que hubiera arrancado del jardín de su vecina.

—¿Qué te ha parecido el primer rechace? —preguntó—. Un buen modo de acabar la primera parte, ¿no crees?

—¿Qué le ha pasado a tu cita? —respondí.

—Está aquí —contestó.

—¿Has traído a esa chica tan interesante a este partido? Perdona, pero podrías haberte encargado de escribir este artículo.

—No, no podría —respondió—. ¿Qué chica quiere que la ignoren en una primera cita? Sujétame esto, anda.

Me dio la caja que contenía la comida y la bebida, sacó el teléfono del bolsillo, echó un vistazo a la pantalla y tecleó una respuesta. Detrás de nosotros, la banda de música se colocó de nuevo en el campo y los tamborileros empezaron a tocar un ritmo solemne.

—De acuerdo —dijo después de guardar el móvil—. ¿Quieres conocerla?

—No me lo perdería por nada del mundo —contesté, y le seguí entre el gentío—. ¿Es una zombi? —pregunté—. Apuesto a que va vestida de amarillo canario. Oh, madre mía, Finn, ¿es una animadora?

—Créeme, no es una zombi, ni una animadora, ni una animadora zombi. Acabo de conocerla. De hecho, podría decirse que es una cita a ciegas.

—Asqueroso —musité—. Solo los viejos que se divorcian y no saben qué hacer con su tiempo libre aceptan citas a ciegas. Pero tú solo tienes, ¿qué? ¿Dieciséis?

—Casi dieciocho —puntualizó.

—¿Y ya necesitas que tus amigos te emparejen con alguien? —me burlé.

—Por aquí —dijo. Me quitó la caja de las manos y se encaminó hacia la salida.

—¿Acaso la has encerrado en el maletero?

—He quedado con ella ahí, sobre la colina. Me pareció que sería más romántico que las gradas de cemento.

La banda de música empezó a entonar el *Louie, Louie,* lo que le ahorró escuchar mi respuesta.

93

Capítulo 29

*L*e seguí. Pasamos junto a un grupito de niños alegres que descendían la colina como si fueran croquetas. Pasamos junto a padres agotados que trataban de descansar sobre colchas manchadas de barro y verdín. Pasamos junto a unos estudiantes que criticaban la actuación de la banda de música y de las *majorettes*. Atravesamos toda la colina hasta llegar a la cima y, una vez allí, nos dirigimos hacia la zona que no alcanzaban las luces del estadio.

—Te ha dejado plantado —deduje.

—Todavía no.

Colocó la cajita de comida y refrescos en una de las esquinas de una colcha.

—Quizá se ha escondido para hacer pis —dije—. ¿Cómo se llama?

—Se llama Hayley —contestó. Se puso derecho y me ofreció el vaso de caléndulas—. Hola, señorita Blue.

Capítulo 30

—¿ *Y*o? —pregunté.

—Tú —confirmó él.

La banda de música empezó a tocar el tema de la última película de Batman.

—¿Y por qué no me lo pediste?

—Me preocupaba que dijeras que no.

—¿Y si te digo que no ahora?

—¿Es lo que quieres?

Aparté la mirada y, de reojo, observé que la banda se movía por todo el campo.

—Todavía no lo he decidido.

—Pues podrías pensártelo mientras comemos algo —sugirió.

Así que nos sentamos sobre la manta de picnic, bordeada de hamburguesas con queso, patatas fritas y flores. En silencio, contemplamos a los niños juguetear por la colina con la música de la banda de fondo hasta que acabó el descanso del partido. Cuando se reanudó el partido la situación pareció volverse algo menos incómoda, básicamente porque había muchas cosas de las que burlarme. Por fin, el árbitro hizo sonar el silbato. Ya era oficial: los Belmont Machinists habían perdido su sexto partido consecutivo de la temporada. Y yo no tenía ni la más mínima idea de lo que iba a ocurrir después. De hecho, no sabía qué quería que ocurriera. Poco a poco, el estadio se fue vaciando; las familias que nos acompañaban en la colina reunieron a sus hijos y, como si fueran un rebaño de ovejas, se dirigieron hacia el aparcamiento. En cuestión de minutos, nos quedamos solos.

—De acuerdo, ahora viene la parte más peliaguda —dijo

Finn—. El guardia de seguridad hará su ronda para comprobar que nadie se haya quedado por aquí de fiesta. Estoy seguro de que estamos lejos y no nos verá, pero para asegurarnos, deberíamos tumbarnos durante unos diez minutos, más o menos.

—Es la excusa más ridícula que he oído para conseguir que una chica se tumbe a tu lado —comenté.

—Hablo en serio. Mira —murmuró, y señaló a dos guardias de seguridad que patrullaban por uno de los extremos del estadio de fútbol—. No voy a intentar nada. Lo juro. Me apartaré un poco para que estés más cómoda.

Se escabulló como un insecto unos cuantos metros y se tumbó sobre el césped.

—¿Qué tal así? —suspiró.

Me estiré sobre la manta. Giré la cabeza y no cerré los ojos. Quería verle.

—Si te atreves a tocarme un pelo, te daré un puñetazo que te embutirá la nariz en el cerebro.

—Shh —ordenó.

Las luces del estadio empezaron a parpadear. Se fueron apagando una a una, hasta que la oscuridad inundó todo el campo.

—Un par de minutos más —bisbiseó Finn. A pesar de estar lejos, oír su voz me tranquilizó.

Los coches más rezagados salieron del aparcamiento chirriando las ruedas. El parloteo de la radio del guardia de seguridad serpenteó entre los árboles, como si de una brisa solitaria se tratara. Cuando aquel sonido metálico se hubo distanciado, me incorporé y avisté la luz de su linterna. Unos minutos más tarde, el guardia subió a su coche patrulla y, a una velocidad de caracol, se alejó del estadio de fútbol.

—Cierra los ojos —sugirió Finn. Me sobresalté—. Cuenta hasta veinte.

—Después de embutirte la nariz en el cerebro, te romperé todos los dedos y te partiré las rótulas —advertí.

—Me quedaré aquí —prometió—. De hecho, no dejaré de hablar. Así sabrás que no me he movido. Cinco. Seis. Siete. No me callaré, ¿vale? ¿Sigues con los ojos cerrados? ¿Te has vuelto a tumbar? Como no puedo callarme, tengo que encontrar algo de qué hablar, lo cual es muy difícil dadas las circunstancias. Quince. Dieciséis. Debo reconocer que en ningún momento pensé que tu respuesta a esta cita tan elaborada sería amenazarme con violencia. Debería haberme preparado para algo así.

La próxima vez que me reúna con la agencia de inteligencia británica…

—¿Puedo abrir los ojos ya? —cuestioné.

—Veinte —dijo—. Mira hacia arriba.

Un cielo más estrellado que nunca apareció ante mis ojos. Las estrellas brillaban con luz propia, como lágrimas de cristal cosidas a una gigantesca tela de terciopelo negro.

—Uau —exclamé.

—Sí —dijo—. He tenido que tirar de varios hilos para conseguir que el tiempo acompañara, pero al final todo ha salido a la perfección. ¿Ya tengo tu permiso para sentarme en la manta?

—Todavía no —contesté. Distinguí la Osa Mayor y el Cinturón de Orión de inmediato, pero lo cierto era que no conocía ninguna otra constelación. ¿Siempre había habido tantísimas estrellas en el cielo?

—No intentaré nada —continuó Finn—, a menos que tú quieras. Si a ti te apetece que intentemos algo, yo estaré más que encantado. ¿Quieres intentar algo?

—Todavía no lo he decidido.

—¿He mencionado que el césped sobre el que estoy tumbado está húmedo? —preguntó.

—Todavía no he decidido si esto es, en términos oficiales, una cita.

—¿Y cómo lo llamarías, si no?

—Una anti-cita.

—Pero te he comprado flores —protestó él.

—Y te lo agradezco. Pero sigue siendo una anti-cita —insistí. Hice una breve pausa, y luego continué—: Pero si coges un buen resfriado, no quiero que me eches la culpa. Puedes venir, si quieres.

—¿Me prometes que no me desfigurarás la cara?

—Te prometo que antes de desfigurarte la cara, te avisaré.

Por el rabillo del ojo vi que la silueta de Finn se ponía en pie. Se acercó y se echó a mi lado, a apenas unos milímetros de distancia. Podía notar el calor que desprendía su piel. Olía a hierba recién cortada, a sudor y a jabón. Ni rastro de desodorante.

—En noches como esta —dijo en voz baja—, podría pasarme toda la vida contemplando el cielo.

Pensé que seguiría parloteando, que se iría por las ramas y

97

charlaría sobre las estrellas, o sobre sus aventuras como astronauta, o sobre aquella vez que unos extraterrestres le abdujeron (que, por cierto, me hubiera creído a pies juntillas), pero en lugar de eso se quedó ahí tumbado, disfrutando de ese pequeño rincón de la Vía Láctea que teníamos ante nosotros. Todos los ruidos, los motores de los coches, los aviones sobrevolando, los grillos, el aleteo de los murciélagos, enmudecieron. El único sonido que fui capaz de percibir fue el latido de mi corazón, acompañado de la respiración lenta de Finn.

No sé cómo, pero mi mano se topó con la suya. Entrelazamos los dedos. Él me apretó la mano, y soltó un suspiro.

Sonreí, y agradecí que estuviéramos a oscuras.

Nos marchamos una hora más tarde. La idea era que Finn me llevara a casa en coche y no se retrasara ni un minuto de su toque de queda particular. Ninguno teníamos mucho que decir. De hecho, no intercambiamos ni una sola palabra durante todo el trayecto. Sin embargo, no fue una situación embarazosa porque él tuvo el detalle de encender la radio. Sentí que el tiempo que habíamos pasado bajo el manto de estrellas nos había transportado a otro país para el cual todavía no habíamos inventado un idioma. Pero no sabía si él tenía la misma sensación, básicamente porque no tuve las agallas de preguntárselo.

Al fin, cuando dobló la esquina de la calle donde vivía, rompí el silencio.

—No —dije—. Aparca junto a esos arbustos.

—¿Vas a celebrar una fiesta sin mí? —preguntó.

—Un amigo de mi padre, de su época en el ejército, está de visita. Y ha venido con un grupo de soldados que están de permiso. Mañana se marchan hacia las montañas Adirondacks.

Me desabroché el cinturón de seguridad y abrí la puerta en el mismo instante en que él apagó el motor. No estaba segura de lo que quería que ocurriera. Bueno, en realidad sí, pero no estaba cien por cien segura. Imaginé que el procedimiento más seguro sería sacar mi bicicleta del asiento trasero lo antes posible, y así lo hice. Pero el manillar se quedó atascado en un gancho para el abrigo. Sin embargo, Finn alargó el brazo y me echó una mano.

—Gracias —murmuré, y me apoyé en el manillar—. Ha sido… Me lo he pasado muy bien.

Él, por su parte, se apoyó en el capó del coche.

—¿Podríamos decir que ha sido una cita?

—No.

—¿Y una anti-cita bastante buena?

Me reí entre dientes.

—Sí.

Empezó a juguetear con las llaves, lanzándolas y atrapándolas al vuelo.

—Me gustaría puntualizar que en toda la noche no me he bajado la bragueta ni me he desabrochado el cinturón.

—Un gesto muy elegante por tu parte —vacilé. Quería besarle, y estaba casi convencida de que él deseaba lo mismo, pero la bicicleta se interponía entre nosotros, y Finn estaba a varios pasos de distancia. Para rematar la jugada, dos soldados salieron de casa y empezaron a hurgar en el maletero de uno de los camiones.

—Será mejor que me vaya —dije.

—¿Vas a estar bien? —preguntó—. Lo digo por todos esos tipos que merodean por tu casa.

—Deberías preocuparte por ti, y no por mí. Has salido con la hija del capitán sin pedirle permiso.

Capítulo 31

*P*apá estaba sentado frente a la hoguera que habían encendido en el jardín trasero. Le acompañaba Roy y un puñado de soldados. La conversación se silenció en cuando me adentré en ese círculo de luz.

—No pretendía interrumpir —me disculpé—. Tan solo quería decirte que ya estoy en casa.

—¿Cómo ha ido el partido? —preguntó Roy.

—Hemos perdido —dije—, pero el cielo estaba precioso.

—Dulces sueños, princesa —murmuró mi padre. Tenía la mitad del rostro ensombrecido. Había envejecido. Me moría de ganas por sentarme en el suelo, a su lado, apoyar la cabeza en su rodilla y dejar que me acariciara el pelo. Quería que me asegurara que todo iba a salir bien, pero algo en mi interior me decía que no iba a ser así. Estaba sobrio, seguía bebiendo refrescos, rodeado de tipos que entendían todo lo que él había pasado, pero el buen humor del que había hecho gala por la tarde se había disipado. Volvía a tener un aspecto de hombre perdido, acechado.

Uno de los soldados más jóvenes se levantó y me ofreció una silla, pero opté por farfullar un «buenas noches» rápido y me escabullí hacia casa.

Michael se había aposentado frente al televisor y jugaba a un videojuego con un par de soldados rasos. Mientras se mataban virtualmente, mordisqueaban bolas de papel y las escupían en una papelera. Fui directa a mi habitación sin articular palabra. Ni siquiera me molesté en darme una ducha o en cepillarme los dientes. Cerré el pestillo de mi habitación, me puse el pijama y me metí en la cama, con un libro y el móvil.

Finn me envió un mensaje en cuanto me hube acomodado:

estoy en ksa
todo ok?

sí, contesté.

Esperé otro mensaje sin apartar los ojos de la pantalla. ¿Debía decir algo más? ¿Qué hacía la gente en estos casos? ¿Se pasaba toda la noche escribiendo y recibiendo mensajes de texto?

hablamos + tarde?, preguntó.

claro

Dudé, contuve el aliento y, a la velocidad de la luz, tecleé:

las flores, un detalle muy tierno
y las estrellas, espectaculares
gracias

No contestó, no contestó y no contestó. Me golpeé en la frente. «"Anti-cita", ¿qué diablos significa eso? Ahora cree que soy una pirada, una loca de la colina. Le amenacé con meterle la nariz en el cerebro de un puñetazo. ¿Quién dice semejantes bobadas?», y entonces la pantalla se iluminó de nuevo.

a tu lado
ni m he fijado n las estrellas
buenas noches

Capítulo 32

$\mathcal{M}$e desperté con el sonido de lo que, al principio, creí que eran varias motosierras. Pasados unos segundos, caí en la cuenta de que se trataba de los ronquidos de los soldados. Aquellos gruñidos retumbaban en el comedor y hacían repiquetear el cristal de las ventanas. Me desperecé, me froté los ojos y encontré el teléfono enterrado entre las sábanas. No tenía ningún mensaje nuevo. Releí la conversación con Finn para asegurarme de que realmente me había dicho lo que yo creía.

Y así era.

Se me revolvió el estómago. Quería escribir a Gracie para preguntarle qué paso se suponía que debía dar ahora pero luego recapacité. ¿Y si Finn no hablaba en serio? ¿Y si todo aquello no era más que una trampa para humillar a la chica nueva del instituto y marcarla de por vida? Además, si le confesaba a Gracie lo ocurrido, se lo contaría a Topher y, con lo que a él le gustaba exagerar, el lunes por la mañana todo el instituto pensaría que Finn se había acostado conmigo, y Finn daría por hecho que había sido yo quién había hecho correr el rumor y no volvería a dirigirme la palabra nunca más.

Y, por si fuera poco, suspendería matemáticas.

Leí su mensaje por tercera vez. Esta vez, se me hizo un nudo en el estómago. Tenía que averiguar la verdad: ¿Estaba jugando conmigo, estaba haciendo una montaña de un grano de arena o… o algo más?

Las voces graves que se oían en el pasillo y los portazos del cuarto de baño solo podían indicar una cosa: que los soldados se habían despertado. Si les convencía para que se quedaran todo el fin de semana, tendría a papá distraído y así tendría tiempo para rastrear a Finn y…

¿Y qué?

Decidí que ya me ocuparía de ese asunto más tarde. Primer paso: reclutar a canguros militares para cuidar del capitán Andrew Kincain.

Los soldados rasos que había pillado ayer jugando con Michael se habían quedado dormidos en el sofá con los mandos en la mano. La escena que se apreciaba en la pantalla del televisor representaba un monstruo decapitando a un guerrero de tez verde cuyo cuerpo se había desplomado sobre el suelo. De su cuello brotaban fuentes de sangre. Me apresuré en llegar a la cocina.

—Buenos días, princesa —saludó papá.

Estaba frente a los fogones. No quitaba ojo a las cuatro sartenes repletas de panceta frita. Parecía tenso. Tenía las ojeras hinchadas, como de costumbre, pero no parecía que hubiera estado llorando. Aunque con toda probabilidad no había pegado ojo en toda la noche.

—Buenos días —respondí.

—¡Justo a tiempo!

Roy apareció por la puerta y fue directo hacia la cafetera.

—Tienes que hacerme un favor, Hayley —dijo, y se sirvió una taza de café—. Estoy intentando convencer a tu viejo de que nos acompañe en nuestro viaje a las montañas.

Papá frunció el ceño y apagó el fuego que calentaba las sartenes.

—Déjalo ya, Roy.

—Una cabaña, un lago, árboles —enumeró Roy—. Dos días, una noche. Será el mejor viaje de tu vida.

¿Dos días, una noche? ¿Acaso esa proposición sonaba a una oportunidad para estar sola? Además, papá también podría beneficiarse de ese viaje y desconectar un poco.

—¿Estás de broma? —dije—. Suena fantástico. Tienes que ir.

—No pienso dejarte sola —sentenció papá mientras volteaba las tiras de panceta—. No hay más que hablar.

—Puedo quedarme en casa de Gracie.

—He dicho que no —gruñó él.

—Solo por una noche —intervino Roy—. Carajo, puedes volver a casa después de cenar. Solo son dos horas en coche. Trae a Hayley, si quieres.

103

Papá negó con la cabeza.

Cogí una loncha de panceta del plato que había junto a los fogones. La noche anterior había captado un destello del antiguo papá, de ese hombre divertido y tierno, pero había vuelto a esconderse tras la máscara de ese nuevo papá, el papá lastimado que ahora mismo estaba friendo la panceta. Por mucho que deseara gozar de un poco de espacio para pensar en Finn (y posiblemente para quedar con él), lograr que papá pasara algo más de tiempo con Roy era lo más importante.

—Nunca he visto los Adirondacks —dije—. Podría ser divertido.

—¿Ves? —añadió Roy con una amplia sonrisa—. Vamos, Andy. Sabes que quieres ir. Compórtate como un hombre y saca el culo de esta casa, al menos por un día.

—¡No pienso ir! —espetó papá—. ¡Fin de la discusión!

El humo de la sartén se enroscaba hacia el techo. Papá la observó. Una vez más, la oscuridad se había instalado en su expresión. Ni se inmutó cuando unas tremendas gotas de grasa le salpicaron los brazos.

—No pasa nada, Andy —le tranquilizó Roy en voz baja. Se acercó a papá y apagó todos los fogones. Después, se volvió hacia mí y alzó la barbilla, invitándome así a salir de la cocina.

104

Estaba sentada sobre la plataforma trasera de la camioneta de papá, contemplando a dos soldados cargar sus morrales de lona en el Jeep, cuando Roy salió de casa. Soplaba un viento frío del norte.

—Aseguraos de que todo el mundo ya esté en pie —ordenó Roy—. Cargad todas vuestras cosas y comprobad que la casa y el jardín están impecables.

—Sí, señor —contestaron, y volvieron trotando al jardín.

—¿Cuándo os marcháis? —pregunté.

—Después de desayunar. No tenemos mucho tiempo —añadió. Sacó un paquete de cigarrillos del bolsillo de su camisa, lo sacudió y cogió uno—. ¿Andy visita a algún terapeuta o loquero?

Negué con la cabeza.

—No está dispuesto a ir. Siempre que saco el tema se pone como una furia. Y bebe mucho. Muchísimo.

Roy soltó una palabrota y se encendió un cigarrillo. Tuvo que proteger la llama con la mano para evitar que el viento la apagara.

Me aparté el pelo de la cara.

—¿Tienes miedo de los pasos elevados? —le pregunté.

Echó el humo hacia el lado opuesto, para que no me molestara.

—¿Perdona?

—De las pasarelas de los puentes. ¿Te das media vuelta cuando ves uno para no tener que cruzarlo?

—No —respondió, y estudió la punta del cigarrillo, que se quemaba con suma rapidez—. Pero intuyo que Andy sí. ¿Por qué?

—Francotiradores —dije—. Primero fueron los pasos elevados, después las cabinas telefónicas. Es capaz de dar un rodeo para comprobar que no hay ningún aparato electrónico inflamable escondido entre los contenedores. Reconoce que es absurdo, pero eso no le impide sufrir estos ataques de pánico. A veces, es incapaz de salir de casa durante varios días.

—¿Y un trabajo no le vendría bien? —propuso Roy.

—Cuando nos mudamos aquí, trabajó para una empresa aseguradora y después la oficina de correos le contrató. Pero no duró mucho. Hace un par de semanas, la compañía eléctrica para la que trabajaba le despidió.

—¿Cuál es el problema?

—Su temperamento. Se enfada por cosas estúpidas y le cuesta una barbaridad recuperar la calma.

—¿Recibe alguna pensión de discapacidad?

—Creo que sí, pero no es mucho dinero.

—Esta era la casa de tu abuela, ¿verdad? ¿Ya está pagada?

De repente tuve un flash, y me vi a mí misma

... *sentada frente a la mesa de la cocina, ayudando a mi abuela a colocar unos paquetes de resina en una caja marrón. La llenamos de resina, de cigarrillos, de libros y de un cuadro que había pintado en el que se veía un cielo repleto de pájaros. Mi abuela cierra y precinta la caja y, juntas, la llevamos a la oficina de correos para mandársela a papá...*

Me clavé las uñas en las palmas de las manos para que el recuerdo se evaporara.

—Creo que sí.

La voz de papá tronó en el jardín trasero pero, como so-

105

plaba aquel vendaval, no pude entender lo que estaba diciendo.

Roy dio otra calada al cigarrillo.

—¿De qué se conocen tu padre y ese tal Michael?

—Fueron juntos a la escuela. Es el único amigo que papá tiene por aquí. Creo que es un camello.

—Mierda —dijo Roy.

—¿Por qué cada vez está peor? —pregunté—. No tiene sentido. Hace años que ha vuelto.

—La sangre sigue corriendo.

—No, no es cierto —corregí—. Las cicatrices se han cerrado, incluso ha recuperado la movilidad total de la pierna. Ya hace tiempo que las heridas se curaron.

—¿Cuántos años tienes ya?

—Dieciocho —respondí—. Bueno, los cumplo en abril.

—Su alma sigue sangrando. Eso es más difícil de curar que una pierna rota o una cirugía cerebral traumática.

—Pero tiene arreglo, ¿verdad? La gente mejora, evoluciona.

—No siempre —interrumpió—. Supongo que lo más correcto sería quitarle hierro al asunto, pero ya eres mayor para saber la verdad. Andy debe tomar cartas en el asunto. Tiene que pedir ayuda.

Salté de la plataforma de la camioneta.

—Convéncele de que te acompañe. Habla con él. A ti te escuchará.

—Eso es lo más difícil —dijo Roy con el ceño fruncido—. Si no quiere ir, no hay nada que yo pueda hacer.

—Entonces quédate aquí, con él —planteé—. Yo me quedaré a dormir en casa de mi amiga.

—Ojalá pudiera, Hayley, pero se lo prometí a los chicos.

—Solo será una noche —supliqué. Odiaba rogar a la gente, pero no tenía otra opción—. Por favor.

—Lo siento —murmuró. Roy apagó el cigarrillo en el parachoques, y guardó la colilla en el paquete—. Hablaré con algunos de mis contactos cuando regrese a la base militar. Me encargaré de que alguien de la administración de veteranos venga a echarle un ojo. No deberías asumir tú esta responsabilidad.

Me dio la impresión de que iba a decir algo más, pero un soldado delgaducho y con el rostro plagado de acné nos interrumpió.

—Todo el mundo está despierto, señor, recogiendo.

—Compruebe que la hoguera quede totalmente apagada —ordenó Roy.

—El capitán Kincain acaba de volver a encenderla, señor. Nos ha gritado que le dejemos en paz. Y, ah… —titubeó.

—¿De qué se trata?

—Señor, el capitán Kincain quiere que nos marchemos lo antes posible. Lo ha dejado bien claro.

Capítulo 33

*P*apá decidió salir de su habitación tras cerciorarse de que no quedaba ningún soldado en casa. Se reunió conmigo junto a la hoguera. Apareció con seis latas de cerveza en la mano. Arrojó un par de troncos a las llamas y se sentó sobre una silla plegable sin decir una palabra.

—Ha sido todo un detalle que pararan a saludar —dije.

Recogió una ramita del suelo y la lanzó al fuego.

—Sí.

El teléfono vibró, así que lo saqué del bolsillo. Era Finn:

buenos días

t apetece ir a parís?

—¿Quién es? —quiso saber papá.

—Una amiga del instituto.

Y con una rapidez astronómica, tecleé:

sí, x favor

después, y guardé el teléfono.

—¿No es esa tan amiga tuya que vive al otro lado de la calle? —preguntó papá y, a pesar de no ser ni las diez de la mañana todavía, abrió una lata de cerveza.

—No es Gracie —respondí—. Es una niña nueva. Bueno, nueva para mí.

Gruñó, apoyó la lata de cerveza en su rodilla derecha y empezó a menear la pierna izquierda, como si estuviera escuchando música. Se inclinó y avivó el fuego con un antiguo palo de escoba.

—Pensaba que tenías deberes.

Esa era la frase que solía utilizar para que le dejara solo. Sabía que era lo mejor, pero no podía hacerlo. Estaba desayunando cerveza, y eso me asustaba. El viento golpeaba el maíz seco cultivado al lado de nuestra casa. Tiré un palo al fuego, provocando una lluvia de chispas, y traté de esquivar el campo de minas de mi padre.

—Dijo que me parecía a mamá —balbuceé, y me aclaré la garganta—. Fue Roy. Se me hizo raro oír algo así.

Papá refunfuñó.

—¿Era tu mejor amigo o algo así? Bueno, es que me sorprendió que recordara qué aspecto tenía Rebecca.

Removió las brasas de nuevo.

—Cuando naciste, su novia y él vivían en el apartamento debajo del nuestro. No recuerdo cómo se llamaba ella, pero se hizo muy amiga de tu madre.

—Nunca me has dicho que me parezco a ella.

—Es que no es verdad.

Vació la lata de cerveza y abrió otra.

—Te pareces a ti. Y a nadie más. Confía en mí, eso es algo bueno.

Cogí una piedra del tamaño de mi pulgar y la tiré al fuego.

—¿No crees que me parezco un poco a ti? ¿Ni siquiera los ojos?

Estiró el cuello hacia la derecha y mantuvo esa posición hasta que hizo crujir todos los huesos.

—No hagas eso —gruñó.

Arrojé una segunda piedra.

—¿El qué?

—Las piedras sedimentarias pueden explotar con el calor del fuego. La humedad que contienen se transforma en vapor, y bum.

—Ya no eres mi profesor.

Removió la fogata una vez más, alzando los troncos de leña para que el aire se introdujera por debajo.

—¿Se puede saber por qué te has levantado con un humor de perros? —preguntó.

Era plenamente consciente de que la respuesta a esa pregunta me iba a meter en un buen lío. Él era quien estaba de mal humor, quien estaba planteando exigencias absurdas, quien había echado a sus amigos de casa incluso antes de que desayunaran lo que les había preparado. Él era quien estaba actuando como un crío, sin darme ninguna explicación. Roy le había ofrecido la oportunidad perfecta para desconectar un par de días, pero papá la rechazó de malas maneras. Y eso hacía que me preguntara si de veras le gustaba ser un ermitaño miserable, si disfrutaba arruinándome la vida tanto como arruinar la suya.

—¿Piensas responderme o qué? —añadió, desafiándome así a abrir la boca.

Estaba pagando conmigo su enfado con Roy. Y no me lo merecía, al menos no esta vez. Lancé otra piedra a las llamas y traté de mantener la calma. El peligro se olía en el ambiente. El corazón me latía a mil por hora y notaba la boca amarga y seca.

No era la primera vez que me peleaba con mi padre, pero ese día fue distinto. Sin darme cuenta, en lugar de bajar la cabeza y asentir, me estaba rebelando. Ese nuevo paisaje era tan oscuro como la boca de una cueva.

—¿No has oído lo que te he dicho de las piedras? —insistió.

Cogí un puñado de piedrecitas del suelo.

—Sí.

—Ah —exclamó, como si una lucecita en su cabeza se hubiera iluminado—. Estás enfadada, ¿es eso? ¿Te has enamorado de uno de esos soldados? Estás loca si crees que dejaré que alguno se acerque a ti.

Una ráfaga de viento norteño volvió a soplar, atizando el fuego y revolviéndome el cabello en todas direcciones. Se oyó un pequeño estallido en la hoguera. Papá se encogió. Una de las piedras había alcanzado el punto crítico.

—¿Se puede saber por qué no has ido con ellos? —pregunté.

—No he querido.

Sentí que el teléfono vibraba en mi bolsillo, pero preferí ignorarlo.

—Quizá charlar con Roy te hubiera ayudado —proseguí.

Observé el humo que brotaba de aquella piedra.

—No tengo nada que charlar con él —respondió.

—Roy cree que sería buena idea que te pusieras en contacto con la administración de veteranos.

—Ellos fueron los que me hicieron esto.

—Papá…

—Ya basta, Hayley. No quiero su ayuda.

—De acuerdo, entonces olvidémonos de la administración de veteranos, pero al menos ve a la acampada —rogué. Y el teléfono volvió a vibrar—. Ayer te oí reír por primera vez en mucho tiempo, y Roy...

—¡No me gusta el bosque, maldita sea! —vociferó papá.

Una nube de oxígeno se zambulló en el espacio que mi padre había abierto bajo los troncos. La hoguera estalló en un sinfín de llamas. Por un segundo, deseé que el césped estuviera seco para que el fuego lo arramblara y quemara todo, la casa, el camión, todo. Quizá así mi padre caería en la cuenta de lo patán que era.

Me levanté, dispuesta a marcharme.

—Vuelve aquí ahora mismo —ordenó él.

—¿Por qué?

Me lanzó una mirada glacial y ni se molestó en contestarme. Deshice mis pasos y me senté en un tronco que hacía las veces de taburete. El teléfono vibró por tercera vez. O Finn estaba transcribiendo una novela entera, o Topher y Gracie habían roto.

—Ayer me dio la impresión de que te lo pasaste en grande —musité.

—Y así fue —admitió él—, pero cuando me acosté, las pesadillas seguían ahí, más horribles y escalofriantes que nunca.

Tomó un sorbo de cerveza y pegó los ojos al fuego, como si se hubiera olvidado de mí por completo. Aproveché esa oportunidad para revisar el teléfono. Los mensajes eran de Finn; me preguntaba si quería probar el paracaidismo, si me apetecía buscar oro, o si prefería esquiar por el monte Everest. Una parte de mí se moría por entrar en casa, llamarle, charlar, coquetear... Cualquier cosa salvo seguir hablando con mi padre. Tecleé una respuesta lo más rápido que pude. Le llamaría en cuanto pudiera.

De pronto, papá extendió la mano.

—Dame eso.

—¿Por qué?

—Estoy harto de oírlo vibrar.

El fuego crujió. Me esforcé por mantener la boca cerrada porque sabía que si decía en voz alta lo que se me estaba pasando por la cabeza, activaría una bomba nuclear que arrasaría con todo lo que se encontrara a miles de kilómetros a la redonda.

111

Dejé el móvil en el suelo.

—No responderé. Te lo prometo.

—Quiero ver con quién hablas. Soy tu padre. Dame el teléfono.

—¿Tú? —desafié, y le miré a los ojos—. ¿Actuar como un padre?

Él se levantó.

—¿Qué acabas de decir?

Noté que algo en mi interior bullía, y exploté.

—Eres un completo desastre, papá —solté—. No tienes trabajo. Ni amigos. Ni siquiera una vida propia. Apenas eres capaz de sacar a pasear al perro porque la mitad de las veces pierdes los papeles.

—¡Ya está bien, Hayley! ¡Cállate!

—¡No! —grité, y me puse de pie—. Ahora pretendes ponerte todo paternal, pero da lo mismo. Te pasas el día con el culo pegado en el sofá, tragando cerveza como si fuera agua. No eres un padre, eres…

Me agarró por el cuello de la sudadera. Solté un grito ahogado. Él apretó la mandíbula. El reflejo de las llamas de la hoguera danzaba en sus ojos. Tenía que decirle algo para serenarle, para que volviera en sí, pero estaba totalmente ido y dudaba de que pudiera escucharme. De pronto, noté que me agarraba con más fuerza. Me levantó del suelo. Desvié la mirada y me percaté de que tenía la otra mano cerrada en un puño. Jamás me había puesto la mano encima, ni una sola vez.

El viento volvió a soplar con fuerza, y el humo de la fogata nos envolvió.

Me abracé.

El humo le hizo pestañear. Tragó saliva y se aclaró la garganta. Abrió la mano, me soltó y empezó a toser.

Estaba temblando, pero opté por no moverme. Temía que cualquier gesto pudiera disparar un gatillo que le hiciera perder la cabeza de nuevo. Me dio la espalda, se agachó con las manos en las rodillas y comenzó a toser. Después escupió en el barro y se puso de pie. El viento amainó e inspiré hondo. Solté el aire. Cuando cogía aire, me enfadaba. Pero cuando lo exhalaba… ahí estaba otra vez. Miedo. Ese temor me enfurecía, pero al mismo tiempo esa ira me asustaba. Ya no sabía quién era mi padre. O quién era yo.

Sobre nuestras cabezas, una bandada de gansos volaba en

forma de flecha hacia el sur. El sonido de sus graznidos parecía más lento que sus cuerpos. Sobrevolaron la hoguera durante unos segundos y luego desaparecieron. Una nube se deslizó y tapó el sol, atenuando así la luz natural y bañando todo el vecindario de sombras.

El teléfono empezó a sonar, y papá se abalanzó como si hubiera recibido una descarga eléctrica. Sin articular palabra, lo cogió y lo arrojó al fuego.

113

Capítulo 34

Unos ancianos muy enjutos nos guían hacia la montaña donde se encuentra su aldea. No entiendo su idioma. Mi intérprete dice que sí lo habla.

Ayer, el enemigo instaló un lanzador de granadas en el techo de una casa. Dispararon a nuestro puesto fronterizo. Corrigieron el ángulo y dispararon otra vez. Y otra vez. Cada descarga se asemejaba a un estallido de rosas rojas sobre el valle. Nos rociaron con destrucción, lo que nos distrajo. Y por eso no pudimos prepararnos para combatir a los hombres que invadieron nuestro campamento, con las armas cargadas y apuntándonos.

Nueve de mis soldados tuvieron que ser evacuados. Dos murieron antes de llegar a la base. Asesinamos a cuatro insurgentes, y capturamos a cuatro más.

Al final de la batalla, nuestro apoyo aéreo lanzó varios misiles a la puerta principal de aquella casa, convirtiéndola así en un agujero a un lado de la montaña.

Estos hombres nos llevan hacia allí. Una mano diminuta, manchada de sangre y polvo, sale de entre los escombros. Los ancianos nos gritan.

—¿Qué dicen? —pregunto.

—Que hemos volado la casa equivocada —dice el intérprete.

Hicimos explotar una casa llena de niños, madres y abuelas desdentadas. La casa de los insurgentes, a un par de metros, está vacía y sin una marca de bala.

Los ancianos empiezan a chillar mientras sacuden los puños.

Entiendo cada una de las palabras que dicen.

Capítulo 35

—Cincuenta personas te vieron en el partido —informó Topher—. Deja de mentir.

A primera hora, la cafetería estaba tranquila. Todos los alumnos lamentaban que el fin de semana hubiera acabado.

—No estoy mintiendo —repetí—. Todo fue un poco raro. De hecho, él es raro, ¿no te parece, G?

Gracie asintió con la cabeza, pero estaba completamente distraída y se comía las uñas. Le ocurría algo porque no llevaba ni una pizca de maquillaje y se había recogido el pelo en una cola de caballo. A juzgar por su aliento, supuse que tampoco se había cepillado los dientes.

Topher alargó el brazo y me robó un trozo de magdalena.

—Según él, te envió un millón de mensajes.

—Exagera —dije—. Me escribió dos veces. Luego mi teléfono murió.

No estaba dispuesta a explicar cómo.

Me había pasado el resto del sábado mirando programas de cocina. Papá, en cambio, no se movió del jardín. Se quedó frente al fuego toda la tarde. Cuando me desperté el domingo, a eso de las doce del mediodía, me encontré un teléfono nuevo y muy caro sobre la mesa de la cocina, junto a una nota donde se leía un «lo siento». Volvió a casa horas más tarde, con la camioneta cargada de bolsas de supermercado. Ordené toda la comida que había comprado y preparé una olla de chili con carne. Vio el partido de fútbol por la tele. Tenía el volumen a toda pastilla. Lo oía desde mi habitación, y eso que tenía la música bien alta.

Sabía que papá estaba esperando a que le diera las gracias, pero no quería hacerlo. Comprarme un teléfono nuevo que no podía permitirse me parecía patético. Y su «lo siento» no significaba nada en absoluto.

Ya basta. Darle tantas vueltas al asunto no me ayudaba.

Me obligué a volver al presente.

—Da igual lo que Finn te haya dicho —continué—. No era una cita. Se lo está inventando.

—Pues como todos los hombres —murmuró Gracie, que no dejaba de roerse las uñas—. Mentiras y más mentiras.

—Cariño —musitó Topher, y le quitó la mano de la boca—. Me prometiste que no volverías a hacer eso.

Gracie le fulminó con la mirada.

—Cállate.

Había algo que no marchaba bien entre ellos. Fingí estar estudiando el vocabulario del desayuno para mi clase de chino.

Gracie me señaló con el dedo.

—Y tú tampoco digas nada.

—¡Cariño! —protestó Topher—. Tranquilízate.

Pero antes de que pudiera abrir la boca, Finn apareció de la nada y se sentó a mi lado.

—Hola —saludó.

—Um —respondí. Fue el saludo menos ocurrente del mundo. Llevaba una camiseta negra ajustada con el logo de un grupo musical que jamás había oído, unos tejanos un poco bajos de cadera y deportivas nuevas. Se había cortado al afeitarse. Y olía a especias.

—Um —repetí.

—Odio que me llames «cariño» —reprendió Gracie a Topher—. Me muerdo las uñas si quiero. ¿Cuándo te convertiste en un capullo?

—¡Uala! —exclamó Topher, y alzó ambas manos—. Lo siento, es que…

—Es que nada —finalizó ella. Se secó las lágrimas, se levantó y salió corriendo hacia la puerta.

—¿Qué le pasa? —me preguntó Topher.

—Seguramente tendrá la regla —sugirió Finn.

—¿Sabes lo insultante que es ese comentario? —inquirí—. ¿Te haces una idea de hasta qué punto las mujeres detestan que los hombres asocien cualquier señal de emoción negativa con nuestro ciclo menstrual, como si fuéramos ovejas o algo parecido?

(Una parte de mi cerebro, claramente poco iluminada, llegó

a la conclusión de que enzarzarme en una discusión con Finn sobre las tonterías que dicen los chicos sobre el ciclo menstrual cuando las chicas no actuamos como se espera sería la peor de las decisiones. Pero una segunda idea eclipsó por completo a esta. Una vocecita me gritaba a pleno pulmón que si Finn era lo bastante estúpido para creer que la menstruación era la culpable de la exasperación femenina, no merecía la pena que perdiera mi tiempo con él.)

(Pero, maldita sea, estaba guapísimo con aquella camiseta.)

Así que dirigí mi ataque hacia Topher.

—¿Os habéis peleado este fin de semana?

Topher sacudió la cabeza.

—No. Solo puede haber dos explicaciones: o la menstruación, o sus padres.

—No es la menstruación —insistí.

—De cualquier modo, no piensa hablar del tema —dijo, y me robó otro trozo de magdalena—. La llevé al cine el viernes por la noche. No dijo ni mu. Y tampoco quiso hacer nada después de la película. Ya sabes a lo que me refiero.

—¿No crees que deberías ir a buscarla? —propuso Finn.

—¿Por qué? —preguntó Topher.

—Porque eres su novio, zampabollos. Se supone que debes ayudarla, saber qué necesita.

—¿De veras? ¿Debo hacer eso?

—Sí, Toph, en serio —confirmé—. Ve con ella. Vigilaremos tus cosas, no te preocupes.

En cuando Topher se marchó, un silencio incómodo se instaló en nuestra mesa. Notaba la presencia de Finn a mi lado. Y su olor. Esta vez no solo distinguí ese trazo de especias, también se había lavado los dientes. Quizá había utilizado enjuague bucal. ¿Sería un tema de conversación interesante? ¿Podría romper el hielo preguntándole cuál era su marca de enjuague bucal favorita?

Probablemente no.

—¿Y bien? —articuló él, aunque su voz sonó temblorosa. Se aclaró la garganta y volvió a intentarlo—: De acuerdo. Bueno, ¿cuándo piensas entregar el artículo del partido?

Lo cierto era que no había pensado en el artículo en todo el fin de semana.

—¿Lo necesitas para hoy?

—Más o menos. En cuanto reciba tu artículo, el periódico

117

tendrá… —frunció el ceño y, en silencio, contó con los dedos—, un total de dos artículos. Podríamos organizar una reunión oficial esta misma tarde y pensar en otros temas sobre los que escribir.

—No, gracias.

Finn se estaba peleando con el tetrabrik de batido de chocolate que no lograba abrir.

—¿Acaso tienes algo mejor que hacer? ¿Robar un banco? ¿Invadir algún país pequeño?

—Algo así.

—¿Asistirás a la reunión si te pago diez pavos?

—Todavía me debes diecinueve del partido de fútbol.

—Venga, lo redondeo a treinta. Pero no pienso darte ni un centavo más.

—¿Pagas a todos los que contribuyen al periódico?

—¿Por qué? ¿Es algo malo?

—¿Cuánta gente está trabajando en el proyecto?

—¿Contándome a mí? ¿Y a ti? Dos.

Solté una carcajada.

—Eres el peor editor de periódicos del instituto, lo sabes, ¿no?

—Es mi mayor logro hasta el día de hoy.

Por fin consiguió abrir el cartón de batido de chocolate. Tras bebérselo de un solo trago, se limpió la boca con el dorso de la mano.

—Y bien, ¿me odias?

—¿Por la chorrada que has dicho sobre la menstruación?

—No. Por el hecho de no haber respondido a mis llamadas, ni a mis mensajes, desde el sábado por la mañana.

—Fue por el teléfono.

Finn gruñó.

—Vamos, Chica Blue, invéntate algo más original, por favor —suplicó, y respiró hondo—. Sé que… Fui un poco… —suspiró—. Te tendí una emboscada con lo de la cita. Siento si te molestó.

—¿Molestarme?

Se inclinó sobre la mesa y empezó a golpearse la frente contra la mesa.

—¡Para ya! —grité, e interpuse la mano entre su cabeza y la mesa—. ¿Te has vuelto loco?

—Loco de atar —puntualizó.

—A ver, no me lo he inventado —dije. Rebusqué el regalo fruto de la culpabilidad de papá en la mochila y se lo mostré—. El sábado mi teléfono fue asesinado, justo cuando me estabas enviando un mensaje. Me regalaron este ayer, pero no tengo el número de nadie y no podía pedírselo a Gracie porque, bueno, el ambiente en casa no estaba para mucha jarana.

—¿Por tu padre o por la división número 10?

—Por mi padre —expliqué—. Y aquellos soldados formaban parte de la división 101. Se marcharon el domingo a primera hora de la mañana.

Finn reaccionó.

—Entonces, ¿no me ignoraste por odio? ¿Ni por haberte engañado el viernes por la noche? ¿Ni tampoco por ofrecerme a pagarte por lo que, al final, resultó ser una cita?

Vacilé y medité todas las opciones que había incluido en su pregunta.

—No te ignoré —dije—. Y quedamos en que fue una anticita, ¿recuerdas?

Finn se relajó y se echó a reír.

—¡Excelente! Empezaba a dudar de todo, la verdad. ¡Pero! —exclamó, y me señaló con el dedo. Después se aproximó tanto a mí que se me nubló la vista—. Ahora la verdad puede salir a la luz. Te has pasado todo el fin de semana en una misión secreta. Una operación encubierta. ¿Cuál era el verdadero motivo de que ese grupo de soldados estuviera allí? No te preocupes —dijo, y apoyó la espalda en el respaldo de la silla—, no tienes que explicarme los detalles. Lo entiendo todo.

—¿Todo?

Abrió el segundo tetrabrik de batido de chocolate.

—He invertido el fin de semana en contactar con mis fuentes y amedrentar a sospechosos que se negaban a declarar. Lo sé todo: tus años en el servicio secreto británico, el favor que hiciste a la familia real sueca y el hecho de que hablas, con perfecta fluidez, veintisiete idiomas.

Le arrebaté el batido y tomé un sorbo.

—Veintiocho.

—¿Perdón?

—Hablo veintiocho idiomas. Seguramente te has olvidado del udmurto. Le pasa a todo el mundo.

—¿Udmurto? —repitió, y entrelazó los dedos detrás de la cabeza. Puesto que la camiseta era de un algodón muy fino, no pude evitar fijarme en un bíceps de infarto y un pectoral muy definido—. Estás ligando conmigo, señorita Blue.

—No te eches tantas flores —murmuré. Se me sonrojaron las mejillas y, por un segundo, temí que el sistema de aspersión se fuera a activar de un momento al otro.

—Ah, sí —dijo Finn, con una amplia sonrisa—. Me encantaría grabar tus palabras. Así, si algún día recuperas el sentido común y decides no volver a dirigirme la palabra, podré rememorar este momento. Udmurto. Ha sido increíble.

Antes de que pudiera descifrar esa frase y saber si se estaba burlando de mí, si me estaba tomando el pelo o si me estaba regalando los oídos, Topher apareció por la puerta y corrió hacia nosotros.

—Es mejor que vengas —dijo entre resuellos—. Se ha puesto como loca. Está en el cuarto de baño.

Capítulo 36

*B*asándome en el estado de pánico de Topher, esperaba encontrarme el pasillo repleto de miembros del SWAT y negociadores de secuestro. Pero en lugar de eso, me encontré a un grupito de chicas frente a la puerta del baño, esperando como espectadoras de lujo un ahorcamiento medieval.

—No puedes entrar ahí —ordenó la más alta de ellas, bloqueándome la puerta.

—Eso —añadió su camarada, para meter cizaña. Llevaba unos pantalones de pijama y unas botas peludas—. Nuestra amiga necesita un poco de privacidad.

Dentro del baño, Gracie no dejaba de lloriquear.

—¿Vuestra amiga? —dije.

—Lo está pasando fatal —informó la tercera en discordia con voz dramática.

—¿Cuál es el problema? —pregunté.

—Está deprimida —contestó la más alta.

—Al borde del suicidio —añadió Pijama.

—O puede que solo tenga la menstruación —sugirió la tercera.

Aquel trío de zombis me observaba fijamente mientras trataba de imitar expresiones de preocupación y santurronería que había aprendido y memorizado en *reality shows*. Miré a mi alrededor con la esperanza de encontrar a alguien que supiera qué hacer en una situación como esa, pero solo vi a Topher y, a unos pasos detrás de él, a Finn.

—¿Sabéis cómo se llama? —pregunté a las chicas.

—¿Qué? —dijo Pijama.

—¿Cómo se llama vuestra amiga? —repetí—. Me refiero a la chica que está ahí, llorando.

—Se llama Gwen —interpuso la tercera—. Creo que está en mi clase de educación física.

—Apartaos de mi camino —ordené. Las empujé y abrí la puerta del cuarto de baño.

En cuanto entré, Gracie levantó la cabeza. Estaba sentada en el suelo, con la espalda apoyada en el radiador. La ventana, que estaba justo encima del radiador, estaba sellada de tal forma que era imposible abrirla.

—Lárgate —dijo. Se secó las lágrimas con la manga de su chaqueta marrón.

Lo medité durante unos segundos.

—No voy a largarme. ¿Qué ocurre?

Gracie sacudió la cabeza, cerró los ojos y se recostó en el radiador.

—¿Quieres que avise a la enfermera?

Ella bufó.

—¿Crees que una pastilla de Tylenol para niños y un vaso de zumo de naranja van a solucionar algo? Sí, claro.

El baño olía a humo de cigarrillo, a vómito y a perfume. Faltaban dos de las tres puertas de los urinarios. Empapé un poco de papel en el lavamanos y se lo entregué a Gracie.

—¿Para qué es? —preguntó.

—Colócatelo sobre los ojos —dije—. Te sentirás mejor.

Gracie obedeció sin rechistar. Gimoteó un poco cuando notó el frío del papel sobre la piel. Fuera, en el pasillo, Topher se había enzarzado en una acalorada discusión con las reinas del drama.

Me senté al lado de Gracie porque, para ser sincera, no sabía qué hacer. Desde el suelo, vislumbré las tres tazas de váter y la parte inferior de los lavamanos. Era imposible adivinar cuál resultaba más asqueroso, pero estaba segura de que los profesores de biología y química no tendrían que volver a incluir moho y bacterias en su lista anual de presupuesto.

—Es un embustero —murmuró.

—¿Topher?

—No —respondió. Escurrió el papel y varias gotas de agua cayeron sobre el mugriento azulejo—. Mi padre. Ha engañado a mi madre.

—¿Estás segura? He estado en tu casa muchísimas veces. Forman una pareja perfecta.

—Se les da muy bien aparentar. Esto ya hace tiempo que pasa. Es un ciclo: él la engaña, ella le pilla con las manos en la masa, discuten, acuden a terapia de pareja, se enamoran, se van de viaje romántico. Seis meses más tarde, él conoce a una chica nueva y más especial que la anterior y todo vuelve a empezar.

—No sé qué decir.

—Podrías decir que es una mierda —sugirió.

—Pues sí, es una mierda —repetí.

—Puedes estar segura de que sí —añadió en voz baja—. Es repugnante, sobre todo la parte sexual. ¿A quién le gusta imaginarse a sus padres teniendo sexo? No quieras oírles discutir sobre eso, créeme.

—Te creo —aseguré.

—Él dice que quiere a mamá. Las navidades pasadas renovaron sus votos. A Garrett y a mí no nos quedó más remedio que estar ahí plantados, delante de todo el mundo. Fue una farsa. A veces me pregunto si también nos engaña a nosotros, si está buscando otros hijos que no le decepcionen.

—No creo que busque eso —dije.

—Ojalá pudiera dejar de darle vueltas a este maldito asunto. Cada día la misma cantinela: «El instituto es una época muy importante. Tienes que madurar, Grace Ann, porque tus notas influirán en tu futuro. Y luego se emborrachan y se gritan durante horas —protestó. Soltó un suspiro y dejó caer el trozo de papel mojado—. El fin de semana ha sido horrible. No recuerdo una noche peor que la de ayer. Por un momento creí que los vecinos llamarían a la policía.

—¿Le pegó?

—¿Mi padre? Jamás. Ella le tiró una taza de café y le golpeó la nariz. Mi madre le quiere de corazón, ¿sabes? Después se siente culpable por haberle hecho daño —explicó mientras se sonaba la nariz—. Pero después es peor porque sabe que, por mucho que le quiera, él no va a cambiar.

El padre de Gracie era ingeniero y su madre, contable. Me costaba imaginármelos gritándose, arrojándose cosas o teniendo aventuras amorosas secretas. En cambio, sí podía ver a mi padre haciendo ese tipo de cosas. Y a Trish también. Pero a papá la guerra le había marcado de por vida, y Trish era una borracha. A primera vista, los padres de Gracie no tenían nin-

123

gún trauma vital, pero su hija estaba llorando a moco tendido en el suelo del cuarto de baño.

—¿Por qué no pueden ser como los demás padres? —lloriqueó, y se sorbió la nariz—. Antes eran unos padres increíbles. Se gastaban bromas a diario, y no les avergonzaba besarse delante de nosotros. Papá siempre le escribía poemas absurdos y mamá le respondía preparándole sus magdalenas preferidas. Y ahora...

Se le quebró la voz al pronunciar la última palabra. El labio inferior empezó a temblarle y una tristeza infinita invadió su rostro. Me miró a los ojos y, por primera vez, la recordé; aquella expresión me transportó al día en que, en la guardería, se había caído del puente colgante y se había rasguñado ambas rodillas.

—Oh, Gracie —murmuré. Abrí los brazos y ella se abalanzó hacia mí. Lloró desconsoladamente sobre mi hombro. Le acaricié el cabello y susurré —: Shh... shh...

Nos quedamos así hasta que se hubo tranquilizado. Cuando sonó el timbre, había dejado de llorar y había recuperado el aliento. Antes de levantarnos, me sorprendió que se riera entre dientes. Luego, alargó el brazo y me secó las lágrimas.

—¿Por qué lloras? —preguntó.

—Alergia —mentí, y me sorbí la nariz—. ¿Qué va a pasar ahora?

Gracie se miró en el espejo y se limpió la mancha negra de lápiz de ojos que le oscurecía las ojeras.

—Mamá jura y perjura que esta ha sido la última vez. Va a ir a un abogado.

—¡Ostras!

—Esta mañana ha tratado de explicarle a Garrett lo que significa la palabra divorcio. Está en segundo de primaria; ¿cómo cree que va a entender esa palabra? Durante el desayuno ha estado tan triste que incluso ha vomitado la leche y los cereales y se ha escondido en el armario de papá —relató. El labio inferior volvió a temblarle, pero esta vez pestañeó para evitar las lágrimas—. Si fuera hija única, no tendría inconveniente. No me apetece vivir en dos casas distintas, pero si eso implica que los gritos desaparecen, entonces adelante. Pero la mirada que tenía mi hermano esta mañana...

La estampida había empezado en los pasillos. La puerta se abrió en varias ocasiones, pero tanto Finn como Topher impidieron que nadie entrara en el baño.

—¿Quieres ir a casa? —ofrecí.

—¡Ja! —rio Gracie, y negó con la cabeza—. Solo si tienes una máquina del tiempo —añadió. Se inclinó y se echó un poco de agua en la cara. Cuando se incorporó, le ofrecí papel para secarse—. Vaya donde vaya, no estoy a gusto. Así que da lo mismo dónde ir, porque nunca estaré tranquila —dijo. Rebuscó en su bolso y sacó una cajita de caramelos de menta—. ¿Quieres uno?

Abrió la cajita y me ofreció un caramelo. Sin embargo, lo que vi no eran caramelos, sino unas pastillas ovaladas de color azul turquesa.

—Esto no son caramelos de menta.

—Obvio. Un caramelo no me serviría de mucho, ¿no crees?

Cogió una pastilla, se la metió en la boca y tomó un sorbo de agua del grifo.

—No pasa nada, son legales. Se las recetan a mi madre. Deberías tomarte una. Quizá te ayuden a pasártelo bien en matemáticas, para variar.

Observé las pastillas y luego a Gracie. En su mirada todavía distinguía a la Gracie de la guardería, pero bajo esa capa de granos y de maquillaje, que hoy apenas los cubría, me parecía una completa desconocida.

Cerré la cajita.

—No, gracias.

Me miró a través del espejo.

—¿Puedo pasarme por tu casa después de clase?

—No. Tengo que ir al asilo para cumplir mis horas de servicio a la comunidad —dije, y le entregué la caja—. Acompáñame.

125

Capítulo 37

*L*a recepcionista del Asilo y Centro de Cuidados St. Anthony sujetaba un teléfono entre la oreja y el hombro mientras anotaba la hora de llegada en mi formulario con un bolígrafo masticado. Me señaló los ascensores, mostró cuatro dedos y siguió cotilleando con la persona que estaba al otro lado de la línea telefónica. Se quejaba de que hacía días que tenía que doblar el turno, que le daba la sensación de que nunca salía de aquel maldito lugar.

Gracie me siguió hasta el ascensor. En el autobús no había pronunciado ni una sola palabra. Sospechaba que estaba un poco colocada, pero estaba conmigo, así que estaba a salvo. Las puertas del ascensor se cerraron.

—¿Cuánto tiempo tenemos que quedarnos aquí? —preguntó.

—Benedetti me dijo que necesitaba cuatro horas.

—¿Cuatro? —repitió Gracie con ademán dramático—. Los viejos no me caen muy bien, la verdad.

—Apuesto a que tú a ellos tampoco —rebatí—. Al menos una hora, ¿de acuerdo? Es mejor que ir a casa.

Cuando las puertas se abrieron, arrugó la frente.

—Eso está por ver.

Una enfermera nos envió a la Sala de Actividades. Quien fuera que bautizó esa sala con aquel nombre tenía un sentido del humor patético. De la docena de ancianos que había allí, solo uno parecía tener pulso. Era una abuelita con un vestido de flores descolorido que empujaba un caminador con tal lentitud que incluso costaba adivinar en qué dirección estaba avanzando. Los demás estaban desplomados sobre el sofá o durmiendo en las sillas de ruedas que estaban alineadas delante de una gigantesca pantalla de televisión, todos enchufados a depósitos de oxígeno como globos desinflados. La televisión estaba apagada. Arrugué la nariz; aquella habitación olía a jarabe de cereza para la tos, pañales usados y lejía.

Un tipo flaco vestido con uniforme y con una larga cola de caballo negro azabache pasó arrastrando un carrito.

—¿Es la primera vez?

—Y la última —murmuró Gracie.

Señaló una mesa que había frente a la ventana.

—A Doris le gusta jugar a las cartas. El señor Vanderpoole, que está sentado frente a ella, es un aficionado a los puzles.

Doris era del mismo tamaño que un gnomo de jardín (menos el sombrero). Llevaba unas gafas de cristal muy grueso que magnificaban sus ojos grises y aguados. La mitad de las piezas del puzle de la noria habían desaparecido y no lograba dar con otras tantas del puzle del corral. El señor Vanderpoole, que llevaba traje y corbata y presumía de un afeitado perfecto, se estaba echando la siesta en su silla de ruedas. Parecía una estatua.

Gracie se acercó a una estantería baja y examinó todas las cajas de juegos de mesa y puzles que había allí almacenadas.

—¿Crees que tendrán un tablero ouija?

—¿Por? —pregunté.

—Primero, porque es más interesante que un puzle —dijo—. Y segundo porque quizá los muertos puedan guiarme y decirme cómo gestionar el marrón de mis padres.

—Vamos, G —dije—. El objetivo de arrastrarte hasta aquí era que dejaras de pensar en eso.

Acerqué una silla junto a Doris y me senté.

—Soy Hayley Kincain, señora. ¿Le apetece jugar a las cartas?

Parpadeó como un búho ancestral y preguntó:

—¿Cuándo va a venir mi hermana?

—Ejem… —balbuceé. Miré a mi alrededor con la esperanza de encontrar a otra anciana del tamaño de un enano que guardara cierto parecido con Doris o, aún mejor, una enfermera.

—¿Cuándo va a venir mi hermana? —repitió Doris. Y así, sin más, se le humedecieron los ojos.

—No estoy segura —respondí—. ¿Vive aquí?

127

—Su hermana llegará pronto —susurró Gracie—. Mientras tanto, se supone que debe echar una partida de cartas, Doris.

—Tiene razón —dije con más entusiasmo del que verdaderamente sentía—. ¿Bridge o péscalo?

Doris sonrió y asintió con la cabeza.

—Me gusta el juego de péscalo.

Una vez solucionada la crisis, empecé a barajar las cartas suavemente.

—¿Cómo lo has hecho? —pregunté a Gracie.

—¿Hacer qué? —murmuró ella, que no dudó en traer una pila de cajas a la mesa—. ¿Puedes creer que tienen Candy Land?

Al otro lado del pasillo, alguien gemía cada dos por tres, como si de un fantasma aburrido se tratara. En silencio, maldije a la señorita Benedetti, corté la baraja y la maldije de nuevo. Repartí siete cartas a Doris y eché un vistazo a mi mano: cinco ases y dos sietes de corazones. Abrí la boca para decir que necesitábamos una baraja distinta, pero cuando vi el cuidado con el que Doris estaba ordenando sus cartas y lo serena que parecía (como si no hubiera estado a punto de echarse a llorar porque su hermana no estuviera ahí), opté por cerrarla de nuevo.

Pasó un minuto. Dos. Tras una breve eternidad, por fin Doris dejó una carta sobre la mesa y cogió otra del montón.

—Su turno —dijo.

Miré mis cartas.

—¿Tiene algún siete?

Me observó con la mirada vacía.

—¿Por qué lo pregunta?

Era evidente que estábamos jugando siguiendo las normas de Doris, así que la imité; coloqué una carta boca abajo sobre la mesa y cogí otra del montón. Era como jugar con una niña de tres años. (¿Era una falta de respeto tratarla como tal?)

Gracie levantó la tapa de Candy Land y frunció el ceño. Después, destapó las cajas del Monopoly y de dos rompecabezas.

—Esto es un desastre. Todas las piezas están mezcladas. ¿Cómo pueden jugar a nada?

El señor Vanderpoole resopló y se revolvió en la silla de ruedas.

Doris alargó el brazo y me tocó la mano.

—¿Cuándo va a venir mi hermana?

Cincuenta partidas de péscalo después, Gracie había extendido todo el contenido de las cajas sobre una mesa vacía. Había organizado las fichas y piezas de puzle en distintas pilas y había comprobado que no hubiera piezas perdidas en todas las esquinas de la Sala de Actividades. Doris parecía feliz en su mundo; cogía una carta del montón cada vez que era su turno y colocaba otra boca abajo. De vez en cuando, anunciaba un «He ganado» y daba la partida por acabada. También hablaba para sí en voz baja. Una vez pronunció el nombre de Annabelle. Y otra creí entender «algodón de azúcar».

No entendía por qué tenía que ayudar a ancianos en el asilo para poder graduarme, pero a medida que los minutos pasaban, barajando y repartiendo, barajando y repartiendo, me sentía menos furiosa. Aquella habitación no tenía conexión alguna con el mundo exterior. ¿Doris sabría en qué año vivía? Seguramente no. ¿Los ancianos que merodeaban por aquella sala sabían quién era su presidente, el precio de la gasolina o la guerra que estábamos sosteniendo? ¿Cuántos eran capaces de recordar su propio nombre?

Barajé las cartas. Repartí otra mano. Me tocaron seis ases (dos de corazones, dos de espadas, uno de tréboles y uno de diamantes) y la jota de corazones. Doris tatareó algo incomprensible y colocó las cartas siguiendo un orden que solo ella entendía.

Si mi abuela no hubiera muerto, ¿habría acabado en un lugar como ese? Llevaba tantos años tratando de no pensar en ella que apenas recordaba su aspecto. Ni siquiera sabía qué edad tenía cuando falleció. ¿Murió cuando mi padre trabajaba en el supermercado? ¿Estaba en el colegio? ¿Encontré su cadáver por sorpresa? De haber sido así lo recordaría, ¿verdad? Esas preguntas me venían a la cabeza cada vez que Doris hacía una pausa y decidía qué carta tirar. Avisté una pulsera asomándose por la manga de su chaqueta. Tenía su nombre impreso, junto con el nombre del asilo y un número de teléfono. ¿Acaso Doris no sabía quién era ni dónde vivía? ¿Qué era mejor: estar viva (si esa era la palabra apropiada) pero sin recuerdos, o estar muerta? Era una pregunta perfecta para Finn. Probablemente la respondería con una cita lúgubre del *Libro tibetano de los muertos*, o soltaría alguna absurda interpretación rúnica, pero cabía la posibilidad de que meditara un poco la cuestión. Quizás entonces llegaríamos a algo.

Media eternidad después, una enfermera con una camiseta estampada con dibujos de perros entró por la puerta, se agachó junto a Doris y le preguntó si quería asistir al concierto de acordeón antes de cenar.

—¿Mi hermana estará allí? —preguntó Doris.

—Eso espero —contestó la enfermera con ternura. Ayudó a Doris a levantarse y luego se dirigió a mí—: Gracias por venir. Janine está en recepción. Ella te firmará el formulario.

La enfermera Janine llevaba una camiseta lisa de color beis, sin perros ni dibujos. Cuando me vio llegar, cerró la carpeta en la que estaba escribiendo y dijo:

—Déjame adivinar. ¿Belmont?

—¿Cómo lo has sabido? —pregunté.

—Tengo un sexto sentido para esto. ¿Quieres ser enfermera? —añadió—. ¿Terapeuta física? ¿Farmacéutica?

Me encogí de hombros.

—La verdad es que todavía no lo he pensado.

Puso los ojos en blanco.

—Les he dicho una y mil veces que dejen de enviarme alumnos como tú. Solo aceptamos voluntarios que realmente se preocupan por este tipo de trabajos.

—Se lo recordaré a mi orientadora estudiantil —dije, y le entregué mi formulario de asistencia—. ¿La hermana de Doris también vive aquí?

Janine garabateó algo en el papel.

—¿Annabelle? Murió hace más de setenta años.

—Es terrible.

—En realidad no. Doris la adora. Siempre cree que Annabelle aparecerá por la puerta en cualquier momento. Imagínate lo horrible que sería si supiera que jamás volverá a ver a su hermana —explicó, y me devolvió el formulario—. El autobús pasa cada media hora. Y dile a tu orientadora de mi parte que la próxima vez te envíe a las Girl Scouts.

Capítulo 38

*E*ncontré a Gracie sentada en un banco de madera del patio del asilo. Me senté a su lado y esperé. Estaba lloriqueando en silencio mientras contemplaba el río que recorría el valle de la colina.

—La enfermera Janine me ha pedido que no vuelva —dije.

—Entre tú y yo, no están en posición de exigir demasiado —replicó.

—Por lo visto no le han gustado mis aspiraciones profesionales.

Gracie se secó la nariz con la manga de la chaqueta.

—Ah, ¿pero tienes aspiraciones profesionales?

—Por supuesto. Planeo romper el hechizo zombi que atonta a nuestros queridos camaradas —expliqué, y saqué un pañuelo arrugado del bolsillo y se lo ofrecí—. Ni una palabra a la señorita Benedetti.

Ella se sonó la nariz.

—De acuerdo.

—¿Vas a decirme qué ocurre? —pregunté al fin.

—Tienen tres juegos de Candy Land y ninguna ficha roja —contestó con la mirada fija en el río—. Cualquier jugador elegiría esa ficha, todo el mundo lo sabe.

—Pero no lloras por las fichas rojas.

—No —reconoció, y se retiró el pelo detrás de la oreja. Después, suspiró—. Gracias a mi madre, mi teléfono está a punto de explotar. Me ha dejado al menos un millón de mensajes rogándome que no vaya a la cantera.

—¿Y por qué irías a ese lugar?

—Cada año alguien se suicida ahí. En mi opinión, considero que hay mejores maneras de morir. De todas formas, la he llamado para decirle que seguía vivita y coleando y hemos acabado discutiendo. ¿Por qué? Porque esta mañana no he hecho la cama. Y entonces me he puesto a llorar —relató. Lanzó el pañuelo a un contenedor de basura, pero no acertó—. Y por eso estoy hecha un saco de mocos.

—Un saco de mocos muy patoso que ni siquiera es capaz de hacer canasta con un Kleenex.

—Tonta —replicó con una débil sonrisa—. ¿Quién ha ganado a las cartas?

—No he acabado de pillar las normas —dije. Recogí el pañuelo usado de Gracie y un par de colillas y las tiré a la basura—. La enfermera cree que Doris es muy afortunada por no recordar su vida. No es consciente de todo lo que ha perdido.

—Mi abuelita murió de Alzheimer —confesó Gracie—. En sus últimos diez años de vida ya no reconocía a nadie, ni siquiera a su marido, y eso que la visitaba a diario.

—¿También estaba ingresada aquí? —pregunté, señalando el edificio.

Gracie negó con la cabeza.

—Connecticut. Una semana después de enterrarla, el abuelo murió. Mi madre apenas habló durante un mes después de eso.

—¿Y cómo volvió?

—¿A hablar?

—Sí.

—Por Garrett.

Sacó un paquete de chicles del bolso, me entregó uno y se metió otro en la boca.

—Un día, de buenas a primeras, le dijo a mamá que quería visitar al abuelo en su tumba. Así que preparamos un bocadillo y nos fuimos a almorzar al cementerio. Al principio me pareció irrespetuoso, rozando el mal gusto, pero lo cierto es que fue una tarde muy agradable. Al final, compartir un almuerzo con mis difuntos abuelos se ha convertido en una tradición familiar. Ahora lo hacemos un par de veces al mes.

—¿Vas al cementerio a propósito?

—Sí —respondió—. ¿Acaso no es ese el objetivo?

Se levantó una ráfaga de viento frío que hizo temblar las últimas hojas doradas de los frágiles abedules que rodeaban el patio.

—Me parece espeluznante.

—A ver, no los desenterramos. Tan solo comemos un picnic mientras les explicamos qué ocurre en el mundo. Garrett siempre lleva su boletín de notas y algunas fotografías de su equipo de fútbol. ¿No has visitado la tumba de tu abuela? ¿Tu padre no te ha llevado aún?

Gracie lleva meses tratando de averiguar el cómo y el por qué de nuestro regreso a Belmont. Era incansable, desde luego. Y aunque no conocía toda la historia, sabía lo suficiente como para hacerme preguntas capaces de alterarme.

—Hora de irse —anuncié, y me levanté—. El autobús ya está aquí.

Capítulo 39

*P*apá y yo apenas habíamos cruzado cuatro palabras desde el incidente junto a la hoguera. El hecho de no dirigirnos la palabra se estaba convirtiendo en una costumbre, pero lo cierto era que me incomodaba. Ignorar a mi padre era como intentar caminar con los pies dormidos. El ambiente se tornaba raro, pesado.

Así que respiré hondo y llamé a la puerta de su habitación.

—¿Estás despierto?

Abrió la puerta de inmediato. Se había puesto unos tejanos, la camiseta de fútbol americano de los Syracuse Orangemen y, para mi sorpresa, se había afeitado. A su espalda, vislumbré un correo electrónico abierto en la pantalla del ordenador, pero estaba demasiado lejos como para leer lo que había escrito.

—Has llegado tarde —dijo—. ¿Todo anda bien?

Olía a jabón. Ni marihuana, ni alcohol, ni siquiera una sospecha de cigarrillos. Quizá eso formaba parte de su disculpa por lo ocurrido el sábado.

—¿Dónde está enterrada la abuela? —pregunté, sin rodeos.

Abrió los ojos de par en par.

—No recuerdo el nombre de ese lugar. Está cerca del río. ¿Por qué lo preguntas?

—Me gustaría ir allí —contesté—. Ahora.

—Imposible. Está anocheciendo.

—Me da lo mismo.

Noté el pinchazo de un millón de agujas clavándose en mis entrañas; era una sensación extraña y espantosa que me hacía creer que algo se estaba despertando en mi interior.

—Quiero ir, de verdad.

—Iremos mañana —concluyó—. Después de clase.

—No tienes por qué acompañarme. Si me dibujas un mapa, podré ir hasta allí en bici.

—¿A qué viene tanta prisa?

—Al acabar el instituto, he ido al asilo como voluntaria. Estar allí me ha hecho pensar en la abuela y, no se por qué, pero deseo ver dónde está. Es muy importante para mí.

No había planeado contarle la verdad. Mentir siempre había sido la opción más fácil, ya que así, cuando me ignoraba, no me dolía tanto. En mi defensa, debo admitir que tampoco había planeado encontrármelo despierto y sobrio. Me resultaba muy difícil entrar en un juego cuyas reglas no dejaban de cambiar. Miró por encima del hombro, hacia la ventana.

—Necesitaremos una chaqueta.

Las viejas lápidas que se alzaban en la primera línea del cementerio estaban tan erosionadas y desgastadas que los arrendajos azules y los carboneros se burlaron de mí por tratar de leer las inscripciones. Caminamos a paso rápido durante unos minutos. De pronto, papá se detuvo en un cruce, donde las piedras sepulcrales estaban mejor conservadas y por lo tanto eran legibles. Entornó los ojos hacia el atardecer y buscó el camino correcto. Mientras tanto, aproveché para estudiar el panteón familiar que tenía ante mí.

ABRAHAM STOCKWELL 1762-1851
RACHEL STOCKWELL 26 FEB 1765-22 FEB 1853
THADDEUS STOCKWELL 1789-12 NOV 1844 DESCANSE EN PAZ
SARAH D. 1827

Cuatro lápidas más pequeñas, decoradas con unas ovejitas de piedra, yacían junto a la de Sarah.

BEBÉ 1822
BEBÉ 1823
BEBÉ 1825
BEBÉ 1827

—¿Sabes cómo lo llaman? —preguntó papá con voz de profesor.

—¿Un cementerio?

—No, boba. A este momento del día.

—¿Atardecer?

—Cuando el sol ya se ha escondido tras el horizonte, pero todavía hay suficiente luz como para ver, se llama «crepúsculo civil». Existe otra palabra, una más antigua, pero no la recuerdo —dijo. Se rascó la nuca y continuó—: Están más lejos, o eso creo. Al lado de unos pinos. Apresurémonos, es casi de noche.

—¿Están? —repetí—. ¿Quiénes?

A pesar de la cojera, me había tomado la delantera. Le alcancé en la cima de una pequeña colina.

—Ya los he encontrado —anunció en voz baja antes de descender por la ladera.

Me estremecí. Bajo mis pies se extendía lo que habría podido denominarse un valle de los muertos; vislumbré centenares de cadáveres ahí enterrados, formando unas filas perfectamente definidas y me pareció oír sus susurros desde las lápidas: «Estoy aquí, estaba aquí. Recuérdame. Recuerda».

Subí la cremallera de la chaqueta y bajé la colina corriendo. A mis espaldas dejé tumbas repletas de flores, algunas de plástico, otras naturales y marchitas, o adornadas con pequeñas banderas. Papá estaba esperándome junto a una lápida manchada de liquen color verde perla, junto a una hilera de pinos esbeltos y oscuros. Se arrodilló para retirar el liquen. Estaba muy enraizado, por lo que intuía que hacía mucho que nadie iba allí. Sacó una navaja del bolsillo y rascó la inscripción con el filo:

REBECCA ROSE RIVERS KINCAIN 1978–1998
BARBARA MASON KINCAIN 1942–2003

—No sabía que ella también estuviera aquí —dije cuando leí el nombre—. Mi madre.

Para mí, era una palabra de un idioma extranjero. Cada vez que la pronunciaba, me atragantaba.

—Becky se llevaba de maravilla con mamá, y por eso me pareció una buena idea enterrarla aquí —explicó papá—. Tu abuela le enseñó a hacer trampas en el bridge. Eso es lo que imagino que hacen en el cielo.

—¿Dónde está la tumba de tu padre?

—En Arlington. Mamá siempre estuvo en contra, pero él insistió. Siempre había que hacer las cosas a su modo.

Estudié los nombres de nuevo. Esperaba que, en cualquier momento, se me saltaran las lágrimas. No sabía cómo me sentía. Confundida, quizá. Sola. Me pregunté si la abuela estaría viéndonos, allí plantados, perdidos y rodeados de sombras cada vez más oscuras. Traté de visualizarla. No recordaba cómo era, y eso me entristeció más que cualquier otra cosa.

—¿La añoras? —pregunté—. Bueno, a las dos.

—Echo de menos a todo el mundo —contestó. Papá se levantó y guardó la navaja en el bolsillo—. De nada sirve obsesionarse con ello —añadió. Se sacudió las manos para quitarse el liquen de los dedos—. Debería haber venido antes para limpiar todo esto.

Señalé las lápidas que se alineaban en la siguiente fila.

—¿Por qué esas tienen floreros de piedra y las nuestras no?

—Mamá encargó la lápida cuando Becky falleció —dijo—. Mi madre detestaba las flores. Prefería las flores silvestres que crecían en el campo. Quizá por eso optó por una lápida que no incluyera un florero.

—Deberíamos hacer algo para que no tengan este aspecto tan descuidado.

—Supongo que sí —acordó él. Se acercó a mí y señaló un espacio de césped a la izquierda de la tumba—. Ahí es donde debes enterrarme cuando sea el momento.

Tragué saliva.

—No vas a morir —murmuré, y apoyé la cabeza en su hombro—. Al menos hasta dentro de cien años.

Me abrazó. Cerré los ojos y respiré hondo, llenando mis pulmones de pino y tierra húmeda. Tan solo piaban un puñado de pájaros y, a lo lejos, distinguí el canto de un búho. Y ahí, apoyada en mi padre, por fin la tristeza me embargó por completo, vaciándome el corazón para dejarme desangrada. Sentía que tenía los pies anclados al barro. Allí había más de dos cadáveres enterrados. Pedazos de mí que ni siquiera conocía yacían bajo el suelo. Y también pedazos de mi padre.

—Ocaso —dijo papá.

—¿Qué?

—La palabra que no lograba recordar. Ocaso. Ese instante breve y nebuloso, entre la penumbra y la oscuridad —explicó. Me estrechó entre sus brazos y murmuró—: Ya es de noche, princesa. Vayamos a casa.

137

Capítulo 40

$\mathcal{F}$inn me envió un mensaje el martes por la mañana para preguntarme si quería que me llevara al instituto en coche. En parte estaba sorprendida, pero acepté el ofrecimiento y me puse una camisa limpia y recién planchada. Cuando llegó el jueves, aquello ya se había convertido en una especie de rutina. Sobre las seis y media de la mañana, él decía:

?

a lo que yo contestaba:

ok

Así que cuando doblaba la esquina de la siguiente manzana (no estaba dispuesta a que me recogiera en un lugar donde papá pudiera vernos), me encontraba a Finn apoyado en el capó del coche. El motor de aquel trasto seguía echando humo porque todavía no había reparado la válvula que perdía aceite. Finn también había convertido en un hábito desayunar burritos y batido de chocolate durante la hora del almuerzo. Ahora ya siempre se sentaba en nuestra mesa, con Gracie y Topher. Además, después de clase, se reunía conmigo en la biblioteca en un intento de convencerme de que la introducción al cálculo no era una especie de broma que algún palurdo había inventado.

Empezaba a entender por qué la gente se escandalizaba cuando me vanagloriaba de que, en lugar de asistir a la escuela, entre séptimo y undécimo curso había estado recorriendo el país en el camión de mi padre. El no haber cantado en el coro de la escuela o perderme la emoción de recrear la batalla de Gettysburg con globos y pistolas de agua no había arruinado mi vida. Pero hasta ahora nunca había conocido Las Normas.

De hecho, no supe de la existencia de Las Normas hasta esa misma semana. Sin embargo, tampoco me consideraba una ignorante salvaje. Ver *Animal Planet* ya me había alertado de la existencia de gestos de cortejo y apareamiento. Además, puesto que me había zampado un sinfín de bocadillos de mortadela en áreas de servicio para camiones, había oído ese tipo de cosas que los hombres comentan entre ellos sobre el asunto en cuestión. Pero estaba segura de que el baile de galanteo del alcatraz patiazul no iba a llevarme a ningún sitio con Finn y, si me acercaba a él del modo en que los camioneros me habían aconsejado, aquello no acabaría bien.

Pero el asunto era todavía más complicado, ya que había algo raro en Finn. No era un zombi, eso era evidente. Era más bien un ciborg con una imaginación brillante. Pero había pasado mucho tiempo rodeado de zombis y, por lo tanto, había adoptado algunas de sus costumbres. Conocía Las Normas. Yo no.

Finn podía presentarse por sorpresa junto a mi taquilla un día y, al siguiente, no asomarse. ¿Se suponía que debía devolverle el gesto, y aparecer junto a su taquilla antes de que él diera el siguiente paso, fuera el que fuese? Nos poníamos a improvisar teorías conspirativas y, de repente, nos enzarzábamos en una discusión sobre el servicio militar obligatorio (yo estaba a favor; él, puesto que era una nenaza con privilegios, en contra) y gritábamos hasta el punto de que nos expulsaban de la biblioteca. Y luego, de camino a casa, ninguno de los dos decíamos palabra.

El problema, el de siempre: no podía hablar del tema con él. Y/o mi padre no podía/estaba dispuesto a charlar del tema conmigo, aun suponiendo que él quisiera, aun suponiendo que aquel culebrón no fuera producto de una intoxicación de estrógenos o síntoma de un tumor cerebral consecuencia de un exceso de productos alimenticios con mucho sirope de maíz y un alto contenido en fructosa y colorantes artificiales, productos que formaban parte de mi dieta diaria cuando era pequeña. (Las áreas de servicio para camiones no son famosas por su selección de fruta y verdura orgánica.)

Durante todo el trayecto estuve observando a todas las pa-

139

rejas de enamorados para así comprender cómo funcionaba el asunto, pero solo sirvió para confundirme todavía más.

Gracie, por otro lado, no podía ayudarme. La situación en su casa pasó a otro nivel, a alerta nuclear 4, cuando su padre decidió irse de casa. Al día siguiente, su hermano pequeño se negó a asistir al colegio. La señora Rappaport se las ingenió para meterlo en el coche y, a pesar de las patadas y los gritos, logró que al final entrara en clase. Gracie agarró a su madre por el brazo para que parara, pero esta se volvió y le asestó una bofetada en la cara. El vecino, que presenció toda la escena, llamó a la policía.

La única relación que había mantenido mi padre desde que mamá murió fue con Trish y, durante la mayor parte de esos años, él estuvo destinado a la otra punta del mundo. Cuando por fin le despidieron, los dos convirtieron el piso en que vivíamos en un campo de batalla. Sin embargo, aunque su relación no hubiera sido tan siniestra, era imposible hablar con él. El ocaso que se había cernido sobre nosotros en el cementerio ahora caminaba por su piel. No quiso hablar, ni probar bocado. Se limitó a sentarse frente al televisor.

140

En conclusión: no podía hablar con Finn sobre lo que de veras me apetecía; con Gracie, el único tema de conversación posible era lo horribles que eran sus padres. Y mi padre, bueno, mi padre era todo un misterio.

Para empeorar todavía más la situación (¿era posible?), no estaba del todo segura de qué pretendía tener con Finn. ¿Me gustaba? A veces creía que sí, otras que no. ¿Quería gustarle? Ídem. ¿Cómo podía gustarme, cómo podía gustarle, si apenas nos conocíamos? Lo poco que logré averiguar sobre su familia (una familia de clase media perfecta, o eso parecía) me hacía sospechar que, en cuanto conociera a mi padre, huiría despavorido. Esa sería una reacción lógica, por supuesto, pero ¿de veras quería enamorarme de alguien que fuera incapaz de dar a mi padre una oportunidad? Teníamos que conocernos. Poco a poco. Pasito a pasito. Y, para ello, no quedaba otra que sincerarnos y hablar sobre asuntos más importantes que el tamaño de letra de los periódicos *online*, o sus delirios febriles sobre la época que pasó estudiando telequinesia junto a un grupo de monjes en una cueva de hielo en el Himalaya.

Pero no tenía ni idea de cómo hacerlo.

El miércoles por la noche empecé a rastrearle por la red,

pero me sentí tan asqueada conmigo misma que opté por matar el tiempo jugando a *Skulkrushr III*. Como era de prever, al día siguiente suspendí el examen de vocabulario de chino. Redacté una nota de disculpa a mi profesora en chino. Me dijo que, en realidad, había escrito algo sobre cerdos y paraguas.

Por un lado, nada de eso importaba. Ya era bastante duro sobrevivir al día a día; ahora no solo tenía que abrirme camino entre las hordas de adolescentes zombis sino que además debía estar atenta a la bomba que amenazaba con explotar en la cabeza de mi padre. ¿Coquetear un poco con Finn? Eso no haría daño a nadie. Pero al final, llegué a la conclusión de que no podíamos ir más lejos. Así que desde aquel día siempre me encargué de que nos separara una mesa y, cuando me subía a su coche, me colocaba la mochila sobre el regazo, clavaba la mirada en el cristal y mostraba una actitud gélida que gritaba «No me toques».

A pesar de mi estrategia, la plaga de zombis cuchicheaba sobre nosotros. Mis compañeras de clase de educación física me avasallaban con preguntas sobre Finn. Gracias a ellas, descubrí que su familia se había mudado al vecindario hacía tan solo un año. También me contaron que había liderado al equipo de natación hasta los campeonatos estatales. No obstante, este año había decidido abandonar la natación, pero nadie sabía el motivo. También me enteré de que las chicas estaban ofendidas hasta el punto de la indignación; habían asumido que Finn era gay. Desde su egocéntrico punto de vista, eso explicaba por qué no había intentado coquetear con ellas. Hice gala de mi mirada de asesina en serie y, al final, me dejaron en paz.

Hasta los profesores se dieron cuenta. Un día, el señor Diaz pasó por delante de mi taquilla justo cuando Finn había venido a verme y dijo:

—Por el amor de todo lo sagrado; ustedes dos háganme el favor de no tener descendencia.

¿De verdad?

El tema sexual era la cuestión de fondo, el cable eléctrico que iluminaba todas esas tonterías. Desde que las clases habían empezado, había afinado el oído para oír conversaciones ajenas sobre sexo. En mi humilde opinión, siempre creí que la mayoría de las anécdotas que escuché eran una mera invención. Pero quizá me había precipitado en mis conclusiones. ¿Qué dictaban

141

Las Normas sobre el tema? Si todos los alumnos del instituto mantenían relaciones sexuales, ¿por qué se empeñaban en guardar las apariencias en el aula cuando lo gritaban a los cuatro vientos en las redes sociales y en la cafetería? Era un asunto paradójico, sin duda alguna. Si de veras el sexo era algo habitual, ¿por qué no había más chicas con panza de embarazada? Las estadísticas clamaban al cielo. Y sabía que la clínica de aborto más cercana estaba a cientos de kilómetros de distancia. Casi todas las chicas que deambulaban por el instituto ni siquiera se acordaban de atarse los zapatos por la mañana. Así que dudaba mucho que supieran utilizar algún método anticonceptivo. O nadie echaba un polvo, o todo el mundo mentía, o las cocineras inyectaban anticonceptivos en las galletas de uva y avena.

No me extrañaba que las zombis estuvieran locas. Se habían convencido de que debían procrear incluso antes de aprender a hacer la colada. Charlaban sobre eso, pensaban en eso, quizás incluso lo practicaban, y todo mientras asistían a clase para aprender conceptos y así dar un paso más allá y convertirse en adultas productivas. Sea lo que fuere que eso significara. Todo eso bastó para abrirme los ojos y desear huir a las montañas y vivir como un ermitaño, siempre y cuando encontrara una madriguera con una biblioteca pública decente y lavabos con cadena; las letrinas portátiles eran lo peor.

Pero entonces me topaba con Finn en el pasillo, o estudiaba su perfil por el rabillo del ojo de camino a casa y él me dedicaba la mejor de sus sonrisas. Y en esos momentos me olvidaba de la idea de convertirme en un ermitaño.

142

Capítulo 41

*E*l viernes, cuando salí del aula de castigo, Finn me estaba esperando.

—¿Rogak? —preguntó.

—Diaz —corregí.

Me acompañó hasta la taquilla.

—¿Qué has hecho esta vez?

—No ha sido culpa mía.

—Eso es lo que dicen todos.

—Tan solo recalqué que referirse a una guerra como la guerra México-Americana da una impresión equivocada, ya que da a entender que fueron los mexicanos quienes la iniciaron. Y de hecho, en México la denominan la Invasión de Estados Unidos, lo que es un fiel reflejo de la realidad, o la Guerra de 1847 que, al menos, es más neutral.

—¿Y te han castigado por eso? —inquirió Finn.

—No exactamente. El señor Diaz, que debería poner su falta de control de la ira en manos de un profesional, me gritó por interrumpirle la clase con lo que calificó de «mis nimiedades pedantes». Y entonces el idiota de Kyle la cagó, porque confundió la palabra «pedante» con «pedófilo». Casi me muero de vergüenza —expliqué. Le pedí que me sujetara los libros y traté de abrir la taquilla—. Y no me comporté de forma pedante, ni quisquillosa. Diaz, en cambio, se comportó como un conquistador imperialista.

—¿Por qué sabes todas esas anécdotas históricas tan estrambóticas? —preguntó Finn.

—Papá estudió historia en West Point. Creo que podría relatar la caída del Imperio romano con más detalle que los propios romanos —presumí, y levanté el cerrojo. La taquilla no se abrió, así que volví a introducir la combinación—. Pero esa no es la cuestión. Lo que de veras importa es por qué todo el mundo es tan patético y estúpido, por qué siempre lloriquean y se lamentan de lo trágica e inclemente que es la historia americana. En lugar de enviarme al aula de castigo, deberían darme una medalla por no abofetear a profesores y alumnos cada día.

El candado seguía sin abrirse. Asesté una patada a la dichosa taquilla, pero cuando recordé que ese día me había calzado unas deportivas en lugar de mis botas ya era demasiado tarde.

Finn me dio un empujoncito e hizo rodar el candado.

—Tú lloriqueas y te lamentas por precálculo.

—Eso es distinto —puntualicé mientras trataba de aparentar normalidad. El pie me ardía de dolor—. Los jefes supremos de los zombis están empeñados en paralizar nuestros cerebros con tantas matemáticas. Así les resultará más fácil implantar su retorcida cultura capitalista en todos nosotros.

Finn tiró del candado y, como por arte de magia, la puerta de la taquilla se abrió.

—Te odio —murmuré.

—No quiero parecer obtuso —dijo, y se cruzó de brazos—, pero eres una chica muy aguda.

—¿Qué diablos significa eso?

—Es un chiste matemático.

Guardé los libros en la taquilla.

—Un chiste matemático es un oxímoron, cabeza de chorlito, como «comida de almuerzo» o «servicios a la comunidad de voluntarios obligatorios».

—Creo que deberíamos llevarnos al límite para ver si así convergemos —bromeó Finn.

—Cierra el pico.

—Estoy coqueteando contigo, señorita Blue, coqueteando en el apasionado idioma del cálculo. Creo que eres tan dulce como el número pi. ¿Lo pillas?

Me quedé muda. Había pronunciado el verbo «coquetear» dos veces. De pronto, la rabia contenida por haber sido expulsada de clase de historia se disipó. Finn arqueó las cejas, esperando, quizá, que yo dijera algo. ¿Qué se suponía que debía decirle a un tipo fastidiosamente guapo que utilizaba absurdos juegos de palabras matemáticos para coquetear conmigo en mitad de un pasillo vacío un viernes por la tarde?

—Eres el mayor cretino de todos los tiempos —declaré.

—Aunque admito que tienes un valor medio —respondió con una amplia sonrisa—, sé que no tardarás en integrar mi registro natural.

—De acuerdo. Esto se te está yendo de las manos —dije.

—Puede ser —contestó—, pero he conseguido que dejes de refunfuñar.

—La biblioteca cierra en cinco minutos, así que podríamos saltarnos las clases particulares hoy —apunté, y cerré la taquilla de un portazo—. ¿Me llevarías a casa?

—Um… —murmuró. De repente, frunció el ceño mientras cerraba la taquilla de al lado—. Sí… sobre eso…

—¿Qué ocurre? ¿Se te ha averiado el coche?

—No —contestó, y echó un vistazo al candado para comprobar si lo había roto—. Había pensado que quizá podríamos hacer algo. Juntos. Hacer algo juntos.

—¿Ahora?

—Sí, bueno. Ahora.

—¿Algo como qué? ¿Escribir otro artículo?

—Ejem, no —balbuceó sin dejar de juguetear con el candado—. Se me había ocurrido que podíamos ir al cine, o a dar una vuelta por el centro comercial.

—¿Cine? ¿Centro comercial? ¿Me estás pidiendo una cita?

—No exactamente —respondió, y se apartó el pelo que le tapaba los ojos—. ¿Qué palabra utilizaste en el partido? ¿Una anti-cita?

—Sí, un antídoto a la necedad de lo que representa una cita. Una anti-cita, por definición, no puede implicar una película mata-neuronas ni un paseo destroza-ánimos por el centro comercial.

—¿Y en qué consiste entonces?

La conversación se había trasladado a un terreno pantanoso.

—No lo sé. Supongo que podríamos ir al centro comercial y poner en libertad a todos los animales que están en la tienda de mascotas, por ejemplo.

—Nos arrestarían y nos meterían en la cárcel —razonó Finn.

—Eso podría ser divertido.

—No, eso arruinaría cualquier posibilidad de entrar en una universidad decente. Y mis padres se pondrían como locos.

—O te daría la idea brillante que necesitas para redactar tu solicitud universitaria.

145

—El centro comercial del pueblo no tiene tienda de mascotas.

—De acuerdo, ahí tenemos un problema —admití—. Liberar perritos calientes de la zona de restaurantes no suena tan interesante. ¿Qué harías un viernes por la tarde cualquiera? ¿Atiborrarte de comida basura y viciarte con el ordenador hasta caer en un coma?

Él sacudió la cabeza.

—Seguramente iría a la biblioteca. Los viernes por la tarde está vacía y puedo utilizar los ordenadores.

—Una afición bastante aburrida para un tipo cuyo segundo nombre es Lío —dije—. ¿Y la cantera?

Finn parpadeó, perplejo.

—¿Quieres llevarme a la cantera?

—¿Qué hay de malo?

—No es el lugar más habitual para ir un viernes por la tarde, a plena luz del día.

—Bueno, sí lo es si de veras quieres verlo.

Finn parecía confundido, lo cual me confundió también a mí. Mejor eso que ser la única que no comprendía la situación, pensé para mis adentros.

Capítulo 42

$\mathcal{N}$unca me había percatado de que la cantera estuviera tan cerca de mi casa. Estaba escondida tras la calle Trece, en mitad de un cálido bosque de arces con follaje carmesí y caramelo. Nos sumergimos en aquella pequeña arboleda hasta llegar a un sendero sin asfaltar y empezamos a ascender por una colina muy empinada. La cantera estaba a la derecha, protegida por una alambrada de tela metálica y unos seis metros de barro y roca. Presentí la soledad de aquel lugar incluso antes de verlo. En la cima de la colina había un pequeño altiplano; Finn giró el coche de manera que quedara frente a la valla y aparcó.

—Las vistas son más espectaculares por la noche.

—No dejas de insistir en ello —dije—. ¿Nos arrestarán?

—Lo dudo —respondió, y apagó el motor—. La policía solo patrulla por la noche, cuando las vistas son mejores y se dan las condiciones para todo tipo de cosas.

Me desabroché el cinturón de seguridad y abrí la puerta del coche.

—¿Adónde vas? —exclamó una vez hube salido—. ¿Hayley?

La valla era bastante nueva: tres metros de altura por lo menos, de malla de hierro y casi tan gruesa como mi dedo meñique. Metí un pie en uno de los agujeros, me agarré a la malla con las manos y empecé a trepar.

—Espera —dijo Finn.

—¿Te apuntas? —invité.

—No deberías hacer eso.

—¿Y? —dije mientras cogía impulso para seguir escalando por la valla.

—De hecho, ¿no te has fijado en la señal que había a la entrada? —continuó—. Ponía «prohibido entrar en esta propiedad».

Levanté el pie izquierdo para apoyarme en un agujero aún más alto.

—Ya hemos violado la ley al llegar hasta aquí en coche —dije cuando ya estaba a punto de alcanzar el final de la malla.

—Sí, pero lo que estás haciendo ya es otro nivel.

Me sujeté de la barra de hierro que había en la parte superior y, con sumo cuidado, balanceé las piernas y empecé el descenso por el lado prohibido.

—¡Tachán! —exclamé, y levanté ambos brazos, victoriosa. Ante mis ojos, una montaña de granito se extendía hasta el lindero de la cantera. Aquello me hizo pensar en un antiguo mapa. Si llegábamos a ese lindero, estaríamos para siempre perdidos en «Lo Desconocido». *A partir de aquí solo hay dragones...*

—¿Y ahora qué? —preguntó Finn.

—Voy a ir hasta ahí para echar un vistazo.

—Ah, no, no lo harás —aseguró, y saltó hacia la valla y empezó a trepar—. No te muevas. Ni te atrevas a subir por ahí. Esa montaña podría venirse abajo en cualquier momento.

—Estoy sobre un bloque de granito, Finnegan. Esto no se derrumbará ni en un billón de años.

Con una agilidad asombrosa, balanceó las piernas por encima de la barra de hierro y descendió la verja en un periquete. Aunque estaba más en forma que yo, acabó sudoroso y jadeando.

—¿Y si nos sorprende un terremoto?

Se plantó ante mí, pero sin soltarse de la valla metálica. Tenía los nudillos blancos y agrietados.

—Los únicos desastres naturales que azotan esta zona son las tormentas de nieve. Calculo que hay unos diez grados de temperatura, así que intuyo que estaremos a salvo al menos durante los próximos diez minutos.

—¿Y qué me dices de las fisuras hidráulicas? —insistió. Se lamió los labios y tragó saliva—. Los terremotos pueden producirse en cualquier punto del planeta por culpa de las fisuras hidráulicas. Podrías estar sentada cómodamente en el cine, con la cabeza metida en las palomitas, y bum, un terremoto azota la ciudad, parte la tierra por la mitad y mueren miles de personas.

—Otra razón para evitar el cine y el centro comercial —añadí, y me alejé un paso de la verja.

—¡No! —gritó—. Quiero decir… que es peligroso, acercarte al borde.

—No tienes que acompañarme si no quieres.

—Te equivocas —replicó con tono triste—. Es una Regla de Hombres.

—No puedo creer lo que acabo de oír.

—Yo no soy quien pongo las normas. Tan solo las sigo.

—Es ridículo, además de condescendiente —opiné, y di otro paso.

—Para, por favor —gruñó—. ¿Te importaría al menos hacerlo sentada?

—¿Qué?

—Así. —Por fin se soltó de la verja e, hiperventilando, se sentó—. Arrastra el trasero poco a poco. Es más seguro. ¿Por favor?

Obedecí sin rechistar y me alejé unos metros más.

—¿Feliz?

—No, pero al menos no sufriré un ataque de pánico.

—Puedes quedarte ahí, ¿sabes? Vigila la verja.

Negó con la cabeza y murmuró:

—Regla de Hombres.

Y arrastró su culo tras de mí.

149

Cuando por fin llegué al límite de la cantera, crucé las piernas, inspiré hondo y disfruté del paisaje que se extendía bajo mis pies. De punta a punta, la cantera era casi tan ancha como la longitud de un estadio de fútbol. En los salientes se distinguían varias matas de arbustos ralos y poco frondosos, con un puñado de nidos de pájaro escondidos entre las ramas. El agua estaba, al menos, a veinticinco metros de profundidad, aunque resultaba imposible calcular cuán hondo debía de ser aquel gigantesco charco de agua.

Según Finn, un manantial subterráneo había inundado la cantera hacía varias décadas. Aseguró que los fantasmas de los trabajadores que murieron en semejante accidente todavía seguían merodeando por la cantera y, en ocasiones, incluso conducían los camiones y excavadoras. (Los fantasmas de todos aquellos que se suicidaban ahí también debían rondar por la cantera, pero preferí no mencionarlo.) Una carretera de gravilla ascendía desde el agua y se perdía en el horizonte. A lo lejos se divisaba un pequeño edificio con árboles que crecían de su interior y cuyas copas sobresalían del tejado. A ambos lados de la carretera se advertían unas cadenas muy pesadas que, quizá, servían para proteger a los fantasmas.

Finn avanzaba con suma lentitud y, a juzgar por su respiración, cualquiera habría jurado que acababa de correr una maratón.

—¿Estás bien? —preguntó.

Me reí entre dientes y me moví unos centímetros. Tenía las piernas colgando del borde. La piedra sobre la que tenía apoyado el culo era lisa y la notaba caliente, y la brisa que soplaba me arremolinaba el pelo como si fuera una mano gigantesca. El agua de la cantera formaba unas olas diminutas y, en su superficie, se reflejaban las nubes del cielo. Aquel lugar parecía tener vida propia. Me dio la impresión de que la tierra sobre la que estábamos era consciente de nuestra presencia, como si, de algún modo, recordara a todas las personas que habían venido a gozar de aquellas vistas. O quizá cada visitante había dejado algún rastro personal: huellas dactilares, ADN, secretos susurrados a aquella gigantesca roca que, en lugar de vociferarlos a los cuatro vientos, los guardaba hasta el final de los tiempos. Quizá la inundación era un aviso, un escudo para proteger esos secretos y evitar que los hombres pudieran sacarlos a la luz con aquellas máquinas monstruosas.

—Este lugar es maravilloso —dije.

Finn se arrastró unos centímetros más, aunque seguía a varios metros de distancia y, por primera vez, vislumbró la cantera.

—Oh, Dios.

Dobló las rodillas y hundió la cabeza entre ellas para evitar mirar el paisaje.

—No pasa nada. Estamos a salvo —le tranquilicé, mientras daba unos suaves taconazos al muro de la cantera—. Esta roca no va a irse a ningún lado. Tócala.

Él no contestó, pero poco a poco sacó las manos del bolsillo de su sudadera y acarició aquel granito caliente por el sol.

—¿Cuántos metros de profundidad?

—No tantos.

Alargó el cuello para echar una ojeada y se puso a temblar.

—Ohdiosohdiosohdiosohdios.

—¿Tienes miedo a las alturas? —pregunté.

—¿Ahora lo pillas?

—Eres nadador casi profesional. ¿Acaso no saltas del trampolín?

—Ni loco —contestó—. Por favor, no me digas que eres de esas que se tiran a la piscina haciendo un triple mortal y salen del agua desternillándose de risa.

—Ni loca —repetí—. No sé nadar.

—¿Qué? —exclamó, y me miró fijamente—. Todo el mundo sabe nadar.

—Yo no.

Y ahí volvió a aparecer, ese terrible cuchillo...

rasgándome... el sol brilla con toda su fuerza sobre la piscina... a su alrededor, un montón de adultos, pero no consigo encontrarle... la música está tan alta que nadie me oye cuando resbalo y me caigo en la parte más profunda de la piscina... abro la boca para pedir ayuda, pero el agua ahoga el grito... el agua cada vez es más y más espesa... y los adultos siguen bailando...

—¿Por qué no? —preguntó Finn.

Un par de pájaros pasó volando por delante de nuestras narices.

—Nunca aprendí —dije.

rasgándome... estoy en el agua, consigo llegar a la superficie, pero vuelvo a hundirme... adultos gritando... adultos chapoteando en el agua... sigo sin encontrarle...

Finn se acercó unos centímetros y se secó el sudor de la frente con la manga.

—Yo te enseñaré.

—Déjate de bobadas. El agua no es lo mío. Solo somos amigas en la ducha.

—Gallina.

—Nunca he oído que una gallina se ahogue.

Él se arrastró otro puñado de centímetros.

—No querría pasar por alto el hecho de que ahora mismo estoy afrontando mi fobia a las alturas, avanzando sobre ese precario anaquel en un intento de impresionarte.

—Por favooooooor, Finnegan. Estás al menos a un metro del borde.

—Si consigo llegar hasta el borde, ¿dejarás que te enseñe a nadar?

151

Solté una carcajada.

—Pero las piernas tienen que colgarte del borde.

Finn me lanzó una mirada de desprecio y, con la velocidad de un caracol, se fue deslizando como una serpiente, con las piernas por delante, hasta que las suelas de sus zapatillas sobresalieron apenas unos milímetros del borde de aquel acantilado.

—Lo conseguí —graznó. Tenía la frente llena de sudor y no dejaba de temblar, aunque la piedra sobre la que nos apoyábamos irradiaba un calor casi insoportable.

—¿Y no es divertido? —pregunté.

—No —espetó—. Es lo contrario a divertido. Es como lidiar con ratas de alcantarilla, infecciones resistentes a antibióticos o a los asquerosos *nuggets* de pollo del comedor. ¿Cómo es que no tienes miedo?

—Cuanto más alto, mejor —dije. Bostecé y cerré los ojos—. Cuando era pequeña jugaba a que podía volar porque tenía unas alas escondidas bajo la piel. Podía desplegarlas —y extendí los brazos a la altura del hombro—, echarme hacia delante —estiré la espalda y revolví el culo, arrojando así varias piedrecitas por el abismo. Abrí los ojos y en ese instante Finn soltó un grito y me agarró por la camisa. Tiró de mí y los dos nos quedamos tumbados sobre el suelo.

—Lo siento —se apresuró a decir—. Casi te caes. No estoy exagerando, lo juro. Te has inclinado hacia delante y he pensado que perdías el equilibrio. Oh, Dios. Ahora me odias, ¿verdad?

Me incorporé y me palpé la cabeza. Me había dado un buen golpe. En ningún momento creí que iba a desplomarme por aquel precipicio. Me dio la impresión de que algo me estaba incitando a subir hasta el cielo. Lo cual era demente. Eso era ilógico.

—Y bien, ¿me odias? —repitió Finn mientras me sacudía el polvo del pelo—. ¿Quieres que te lleve a casa? Yo preferiría quedarme contigo, pero si no quieres verme, lo entenderé.

Parpadeé dos, tres veces, y fingí tener motas de polvo en los ojos. Por fin toqué de pies en el suelo: había estado a punto de arrojarme por aquel despeñadero.

—No te odio —aseguré—. ¿Tú me odias?

Finn suspiró y dibujó una sonrisa.

—Claro que no, aunque quisiera, no podría odiarte.

Capítulo 43

$\mathcal{D}$espués de la cantera fuimos a la biblioteca (Finn rastreó la red en busca de pruebas que demostraran que su miedo a las alturas era una señal de inteligencia; yo, por otro lado, ojeé unos nuevos cómics de manga) y luego nos sentamos en Friendly's para tomar un helado. Yo pedí un helado de calabaza. Finn, en cambio, se zampó un helado de chocolate y almendras, con chocolate fundido por encima, nata montada y virutas de colores. Cuando la camarera nos sirvió, se produjo uno de esos silencios agonizantes tan incómodos y empecé a plantearme la opción de escapar de la heladería por la ventana del cuarto de baño.

—Y bien —dije. («Brillante, Hayley. Magnífico, brillante, ingenioso y deslumbrante.»)

—Y bien —dijo él.

Di un lametón a mi bola de helado y solté lo primero que se me pasó por la cabeza.

—¿Por qué no estás en el equipo de natación este año? Gracie me comentó que se te daba bastante bien.

—Es una historia aburrida —respondió, y clavó la pajita en el fondo de su copa en un intento de absorber el helado—. Cuéntame cómo fue conocer al primer ministro ruso mientras cazabais jabalíes en la taiga.

—Equipo de natación primero.

—¿Chicos medio desnudos zambulléndose en piscinas de agua caliente? ¿Qué hay de interesante en eso?

—¿Qué parte no te gustaba? —pregunté—. ¿El agua, los chicos o la desnudez?

—El entrenador —sentenció Finn. Sacó las virutas de colores que decoraban su copa de helado y las colocó sobre la mesa formando una línea—. Era muy obstinado; convertía cada competición en algo de vida o muerte.

—Pero llegasteis a competir a nivel nacional, ¿verdad? Si hubieras nadado este año, ¿no crees que hubieras podido ganarte una beca y matricularte en la universidad gratis?

—Eso son chorradas —respondió con tono rencoroso—. Es el gran mito que los padres repiten hasta la saciedad porque así pueden forzar a sus hijos a practicar un deporte y presionarlos hasta límites insospechados. Siempre se escudan tras la misma excusa: al final, amortizarás todo ese tiempo y presión porque recibirás la bendita beca estudiantil. ¿Sabes cuántos alumnos consiguen una matrícula gratuita? Muy pocos. Catorce, quizá.

—¿Catorce becas deportivas para todo el país?

—De acuerdo, quince. El caso es que los padres y los entrenadores se creen a pies juntillas ese mito. El entrenador de Belmont me hizo odiar la natación, y por eso lo dejé.

Apoyé la yema de un dedo sobre una viruta de chocolate y me la llevé a la boca.

—¿Qué te gustaba de ese deporte, cuando te parecía divertido?

Se quedó cavilando unos segundos antes de contestar.

—Salir disparado del trampolín al inicio de la carrera. El ruido del estadio era ensordecedor, pero cuando me sumergía en la piscina como un misil, todo era silencio. Podía bucear casi treinta y cinco metros. Odiaba tener que salir a la superficie para coger aire.

—De acuerdo. Así que la natación es genial, pero los entrenadores y los padres son un incordio.

—Más o menos.

Cogió una cucharada de helado y, de nuevo, nos sumergimos en otro silencio atroz e insoportable.

—¿Tienes pensado ir a la universidad? ¿O prefieres entrar directamente en la CIA? —pregunté por fin.

Él sonrió y, como si alguien me hubiera dado una colleja, me di cuenta de que no era la única que se sentía incómoda cuando no sabíamos qué decir.

—Entregué los mejores años de mi vida a la CIA —respondió él—. No pienso volver a menos que me lo pidan de rodillas.

—Y se metió una segunda cucharada de helado en la boca—. La pregunta más apropiada aquí es: ¿cómo voy a ir a la universidad si mis padres no pueden costearme la matrícula?

Levanté la mano derecha y dibujé un círculo con los dedos pulgar e índice.

—Dónde te gustaría estudiar —empecé, y realicé el mismo movimiento con la izquierda—. Dónde puedes permitirte estudiar —continué. Después, muy despacio, acerqué los dos círculos, los sobrepuse y miré por ellos como si fuera un telescopio—. ¿Qué universidad reúne ambas cualidades?

—Acabas de convertir el diagrama de Venn en algo sexy —apuntó—. Nuestras clases particulares podrían ser mucho más interesantes, ¿sabes?

—Cállate. Universidad. ¿Dónde?

—¿Honestamente? Swevenbury, lo cual no es más que un sueño. No puedo pagar la matrícula ni vendiendo mi alma. Y por eso —dijo mientras se comía otra enorme cucharada de helado—, voy a portarme como un niño bueno. La semana que viene visitaré algunas de las facultades del estado. Mi madre ya ha concertado todas las entrevistas —añadió, y relamió el dorso de la cuchara—. ¿Y tú? ¿Dónde vas a estudiar?

—Todavía no lo he pensado, la verdad. Universidad a distancia, supongo —dije, y di otro lametón a la bola de helado de calabaza, que empezaba a deshacerse y a gotear—. No puedo dejar solo a mi padre.

—¿Por qué no? —preguntó.

Las luces brillantes de la heladería se reflejaban en las piedras y en las paredes de acero cromado. Esas superficies amplificaban el zumbido de las conversaciones y el alboroto de la cocina. El ruido me resultaba tan agobiante que hice una mueca de dolor.

—Prefieres no contestar a eso, ¿verdad? —intuyó Finn.

Negué con la cabeza.

—De acuerdo, pasemos al siguiente tema de conversación —dijo—. Cámaras en las fosas nasales: ¿un viaje biológico fascinante o una moda pasajera humillante? Que empiece el debate.

—¿Dónde vivías antes de mudarte aquí? —pregunté.

—En la luna —murmuró—. Decidimos trasladarnos porque allí no había atmósfera.

—Hablo en serio. Quiero saberlo.

Finn respiró hondo y empezó a juguetear con el salero.

—En las afueras de Detroit. Mi padre trabajaba en el departamento de márketing de Chrysler. Un día, fue a trabajar y puf. —Dejó caer el salero de lado—. Se quedó sin trabajo. —Cogió el salero de nuevo y lo puso en pie sobre la mesa—. Y luego puf. —Y le dio un suave golpe para que se cayera de nuevo—. Nos quedamos sin casa —añadió. Sacudió el salero para formar una pequeña montaña de sal en el centro de la mesa—. Mi madre consiguió trabajo aquí y por eso nos mudamos. Ahora, mi padre trabaja como asesor en Boston. Solo le vemos una vez al mes, si llega. Así que mis padres están agotados, deprimidos… en fin, un desastre.

—¿Y tu hermana?

Levantó la mirada, perplejo.

—¿Cómo sabes que tengo una hermana?

—Me hablaste de ella. El primer día que pasaste a recogerme, ¿recuerdas?

Él arrugó el ceño, hundió un dedo en el montículo de sal y empezó a dibujar una espiral.

—No quiero hablar de ella.

De pronto, Finn se puso triste, lo que me sorprendió. Levanté el cono de helado y varias gotas aterrizaron en aquel dibujo de sal.

—Hay quien asegura que las cámaras en las fosas nasales son el inicio del Apocalipsis —murmuré.

Finn sonrió y me tiró un poco de sal. Después de eso, intercambiamos varias mentiras estrafalarias sobre nuestra infancia, hasta que la camarera nos puso un ultimátum: o pedíamos algo más o dejábamos la mesa libre para otros clientes.

El tiempo me pasó volando. No me di cuenta cuando el sol empezó a esconderse tras el horizonte y, cuando me asomé por la ventana, me quedé de piedra. Había anochecido y las únicas luces que alumbraban la ciudad provenían de las farolas y de los locales de comida rápida. Finn arrancó el motor y salimos del aparcamiento.

El silencio que reinaba en el interior del coche volvió a enrarecer el ambiente.

No conseguía acomodarme. Me revolvía en el asiento, miraba por la ventanilla, comprobaba el espejo retrovisor, echaba un vistazo al móvil, anhelaba que Gracie me llamara para así romper el hielo que empezaba a formarse, y volvía a mirar por la ventanilla, preguntándome qué podía decir, si es que debía decir algo. Cuánto más nos acercábamos a mi casa, más insufrible se hacía aquella tensión. Se me ocurrió que podía pedirle que parara en la siguiente señal de stop, como había hecho la primera vez que me trajo a casa.

Finn miró por el espejo retrovisor y puso el intermitente para doblar la esquina de mi calle.

—No me dejes delante de casa —recordé.

—Ni de broma —replicó, y tomó la calle—. Es de noche —dijo, y volvió a activar el intermitente—. Después de una cita, o anti-cita, prefiero dejarte en la puerta de casa. Es otra Ley Macho. La semana pasada me la salté porque creí que los amigotes de tu padre tenían metralletas. Pero no pienso volver a hacerlo.

Y antes de que pudiera protestar, aparcó delante de casa. Los faros del coche iluminaron toda la parte baja. De pronto, vislumbré un montón de leños delante del garaje. Por la mañana, cuando salí de casa, no estaban ahí. La puerta del garaje estaba abierta y todas las luces de la casa estaban encendidas. También advertí el mazo sobre el tocón que, sin lugar a dudas, papá habría utilizado para cortar leña.

Me tranquilicé. Todo apuntaba a que se habría quedado dormido en el sofá.

Finn apagó el motor y se desabrochó el cinturón.

—¿Qué estás haciendo? —inquirí.

—Acompañarte a la puerta.

—Sé el camino, gracias.

Aquel comentario le dolió, y me reprendí por ello. Estábamos coqueteando otra vez. ¿O no? Quizá no. ¿Por qué no había una especie de piloto automático en la frente de la gente para indicar si estaba en modo coqueteo o en otro comportamiento social confuso?

Finn pasó el pulgar sobre el plástico desgastado que cubría el volante. Tenía las manos fuertes, pero sin callos. Se mordió el labio. Yo esperé. («Debería irme.») Abrió la boca, como si pretendiera decir algo.

No musitó palabra.

Yo tampoco. («Debería irme, en serio.»)

Apoyó una mano en el freno de mano y se giró hacia mí. ¿Se disponía a besarme? ¿A decirme que tenía una viruta de chocolate entre los dientes? ¿Por qué era tan complicado?

No era complicado, me sermoneé a mí misma. Era estúpido.

157

Pulsé el interruptor para desabrochar el cinturón, que enseguida se replegó y golpeó la puerta, lo que nos sobresaltó a ambos. Agarré la manilla.

Finn apagó las luces. La luz azulada del garaje, ya de por sí tenue, apenas nos iluminaba. Alzó los ojos y me miró. Me atravesó con la mirada. Y por fin encajé las piezas, aunque tarde, como siempre: no quería que me besara.

Quería tomar la iniciativa, y besarle.

El corazón me palpitaba con tal fuerza que, por un momento, creí que estaba haciendo vibrar los cristales, como si tuviéramos la radio a toda pastilla y sonaran unos bajos de escándalo. Coloqué mi mano sobre la suya, horrorizada por todas las preguntas que se me estaban pasando por la cabeza. ¿Ojos abiertos o cerrados? ¿Qué tenía que hacer con la lengua? ¿Me olía el aliento? ¿Y a él? ¿Era la única chica de diecisiete años americana que jamás había besado a un chico? Él lo descubriría en cuanto nuestros labios se juntaran. ¿Por qué me preocupaba tanto lo que él pensara? ¿Y si a lo largo del día me había convertido en una idiota babosa?

No podía poner freno a ese torbellino de preguntas, igual que tampoco podía resistirme a acercarme a sus labios.

Apenas nos separaban unos milímetros.

De pronto, Finn abrió los ojos. Vacilé. ¿Había cometido algún error? ¿El hecho de que yo hubiera tomado la iniciativa le había aterrado hasta el punto de paralizarle?

—No te muevas —susurró, y clavó la mirada en la ventanilla de mi espalda.

—¿Qué ocurre?

—Un tiarrón. Con un hacha —balbuceó con una voz tan ronca que apenas le entendí—. Está frente a tu puerta. Creo que quiere matarnos.

—¡Hayley Rose!

Mi padre, con el ceño fruncido y furibundo, se acercó a la puerta, dio unos golpes en la ventanilla y me indicó que saliera.

«Mierda.»

—Hemos estado estudiando en la biblioteca —murmuré a Finn—. Después nos hemos comido un helado. Ni una palabra de la cantera.

Papá volvió a dar un golpe en la ventanilla.

—¡Sal de ahí!

Me giré y acerqué la cara al cristal.

—¡Espera!

—Dile que baje el hacha —susurró Finn.

—No es un hacha, es un mazo.

—Me da lo mismo. Pídele que lo baje.

—Arranca el motor y pisa el acelerador en cuanto baje del coche —avisé, y agarré la manilla para abrir la puerta—. Te llamaré mañana.

—No puedo —dijo.

—¿Por qué no? —pregunté.

—Es tu padre —contestó—. Tengo que conocerle, ¿no crees?

—No, tienes que largarte de aquí ya —ordené, y me giré hacia papá—. Papá, por favor, tranquilízate y baja esa cosa.

Tras una breve discusión, papá por fin se bajó del burro; volvió al garaje, apoyó el mazo sobre el tocón y cruzó los brazos sobre el pecho mientras observaba cómo salía del Acclaim. Por desgracia, Finn también salió del coche.

—Ley Macho —musitó.

—Idiota —contesté.

—¿Quién eres? —gruñó mi padre en cuanto nos acercamos a él.

—Papá, te presento a un amigo, Finn.

—Un placer conocerle, señor —saludó Finn, y le ofreció la mano para estrechársela—. Soy Finnegan Ramos. Voy a clase con su hija Hayley.

Papá rechazó el saludo y se mantuvo con los brazos cruzados.

—No te di permiso para salir con mi hija.

Traté de esbozar una sonrisa.

—No necesita tu permiso, papá.

—Y una mierda —masculló arrastrando las palabras.

Cuando papá arrastraba las palabras significaba que había bebido mucho.

—Vete a casa —farfullé a Finn.

—No era una cita, señor —insistió Finn—. Hemos estado en la biblioteca.

—Sí, claro —farfulló—. ¿Este chico te ha tocado, Hayley Rose?

Fue entonces cuando reparé en que había algo extraño en su mirada. No tenía los ojos rojos, como de costumbre, pero mostraba unas pupilas diminutas y parecía incapaz de enfocar.

—Papá, no es lo que te imaginas. Estás exagerando.

Me lanzó una mirada asesina.

—Entonces has dejado que te toque, ¿eh?

—No la he tocado, señor —interpuso Finn—. ¿Puedo explicarme?

Papá señaló a Finn con el dedo.

—¿Estás tratando de llevarme la contraria?

—¡Basta! —grité.

—No, señor —dijo Finn, pero esta vez alzó la voz—. Pero está sacando conclusiones precipitadas.

Me interpuse entre ellos.

—Finn es el editor del periódico del instituto. Tengo que escribir para el periódico porque, según la propia Benedetti, así mejoraré mi actitud. Tú eres quien me obligó a asistir a ese instituto. No puedes enfadarte porque siga las normas sociales e intente actuar como cualquier otra alumna.

Papá gruñó.

—Por favor, vete —susurré a Finn.

Él asintió y se marchó compungido.

—Sí. Ya… ya nos veremos.

Levanté la mano y me despedí, pero Finn se metió en el coche y no hizo ningún gesto.

Papá colocó un tronco sobre el tocón.

—¿Cómo has podido? —dije.

—¿Se puede saber qué quieres de mí?

Y, sin esperar la respuesta, balanceó el mazo sobre su cabeza y lo golpeó con tal fuerza sobre el leño que las dos mitades salieron disparadas en direcciones opuestas; una desapareció en la oscuridad y la otra casi me parte las piernas.

—Es tu culpa, maldita sea —murmuró papá—. Aléjate o acabaré por hacerte daño.

160

Capítulo 44

*E*l sábado, después del mediodía, Gracie se presentó en casa con una bolsa de lona y aporreó la puerta hasta despertarme. Cuando me levanté y abrí la puerta, anunció:

—Tienes que dejarme pasar aquí la noche.

Me froté los ojos.

—No sabes lo que dices.

—Si no me dejas quedarme, dormiré en el parque.

Bostecé.

—¿Qué ocurre?

—Garrett se ha ido a pasar el fin de semana con papá, y tendré que soportar a mi madre yo sola. Se derramará sangre, lo prometo. Pero no sé si suya, o mía. Quizá de ambas.

—Mi padre está enfermo —murmuré—. No puedes quedarte aquí.

—Entonces ven conmigo —rogó—. Mi madre no se atreverá a perder los estribos contigo delante; actuará como si todo estuviera en orden. Te lo suplico, Hayley, por favor.

Suspiré.

—Dame cinco minutos.

Me planté ante la puerta de la habitación de papá y le dije que pasaría la noche en casa de Gracie.

Él murmuró algo, todavía medio borracho, medio de resaca.

—¿Qué? —pregunté.

—¡He dicho que no cierres con llave! —gritó—. Michael está de camino.

Hice la maleta en un santiamén.

Gracie parloteó como un loro de camino a casa. Su madre estaba hecha polvo, su padre se sentía culpable, su hermano pequeño estaba tan furioso que rompía todos los juguetes. Pero no solo eso, la ex novia de Topher, Zoe, le había estado escribiendo últimamente. Al parecer, quería que la ayudara a escribir una redacción de inglés, pero Gracie también había leído algún que otro mensaje subido de tono.

—¿Cómo se puede pedir ayuda para escribir una redacción con mensajes obscenos? —pregunté.

—¿Me tomas el pelo? ¡Es Shakespeare! Fíjate en Romeo y Julieta; tienen, qué, quince años, se conocen en una fiesta y bam, se van a la cama. Follan en la habitación de Julieta, con sus padres merodeando por la casa, después les pillan y todo el mundo muere.

—En realidad la historia es un poco más complicada.

—Quinceañeros viciosos y obscenos y gente violenta. No puedo creer que nos obliguen a leerlo en el instituto —protestó, y pateó una piedra de la calle—. Odio a esa Zoe.

Decidí posponer el momento para contarle lo ocurrido entre Finn y papá. Ahora, Gracie estaba demasiado tensa y sabía que no dudaría en montar un numerito en plena calle. Lo que no tenía intención de explicarle, ni a ella ni a nadie, era nuestra pequeña visita a la cantera. Todavía no lograba entender lo sucedido: un vahído seguido de una bajada de tensión provocada por la ansiedad. Pero no tenía pavor a las alturas, sino todo lo contrario. Me fascinaban. Quizá había algo en la roca, una especie de palpitación magnética que alteró mi cerebro o mi sentido del equilibrio. A lo mejor nunca nadie había pretendido quitarse la vida ahí. Sencillamente habían trepado hasta allí para disfrutar de las vistas, pero la energía que desprendían aquellas piedras les había perturbado las ideas hasta el punto de incitarles a intentar volar.

Cuando llegamos a casa de Gracie, horneamos varios *scones* de canela, galletas con trozos de chocolate y un pan que se negó a fermentar. En cuanto metimos la primera bandeja de galletas al horno, oímos a su madre aparcar el coche en el garaje. Se quedó ahí por lo menos diez minutos, lloriqueando y gritándole al teléfono. Después, dio marcha atrás y se fue.

Gracie me pidió que no recogiera la cocina pero, después del jaleo que habíamos montado, no podía hacer como si nada. Le dije que lavar los platos me relajaba. Justo entonces Topher la llamó. Subió las escaleras furiosa y chillando al auricular. Los gritos de Gracie me recordaron a su madre, y se me pusieron los pelos de punta.

Cuando me mudé al barrio, Gracie insistió en acompañarme a dar una vuelta por el pueblo porque, según ella, eso me ayudaría a desempolvar mis recuerdos de infancia: el sótano de la iglesia, donde íbamos los domingos (la abuela tocaba el órgano, o eso decía), el cementerio donde en una ocasión jugamos al escondite y unos hombretones armados con palas vinieron a regañarnos, el colmado en el que llevábamos unos carritos de juguete, el parque cuyo tobogán ardía tanto en verano que se nos quemaban las piernas. Era como escuchar un cuento de hadas, o la biografía de un completo desconocido. Gracie se molestó cuando admití no recordar nada de todo eso, así que empecé a mentir. Fingí. Cómo olvidar aquella vez que cocinamos galletas con sal en lugar de azúcar, o el día en que una mofeta dejó al perro de Gracie apestando y le echamos todo el perfume de su madre para ocultar el hedor.

Gracie y Topher seguían discutiendo cuando acabé de fregar los platos. Deambulé por el pasillo y eché un vistazo a todas las fotografías de Gracie y Garrett, colocadas por orden cronológico, hasta llegar al salón familiar.

(«¿Se sigue llamando "salón familiar" aunque tus padres estén divorciados?»)

Las instantáneas que adornaban la pared, justo encima del piano, eran la personificación de la familia ideal. En ellas se veía a una Gracie risueña y feliz, a su hermano, de apenas un par de años de edad, y al señor y la señora Rappaport. Estaban en Disneyworld, en un zoológico y en una playa, siempre sonrientes. No advertí ninguna fotografía de los abuelos de Gracie, o de cualquier otro miembro de su familia. Era como si los cuatro hubieran aparecido sobre la faz de la tierra como por arte de magia y hubieran vivido felices comiendo perdices durante unos años, encerrados en una burbuja de cristal con lucecitas de colores. Cogí un retrato de Gracie. Debía de tener cinco años y llevaba un disfraz de ángel. Seguramente fue tomada durante una fiesta de Halloween.

La casa olía a panadería. Gracie continuaba reprendiendo a su novio, pero al menos había dejado de insultar a todo el mundo y de gritar. Me enrosqué en el sofá y hojeé las revistas de la señora Rappaport. La fotografía de Gracie vestida de ángel me observaba. De vez en cuando alzaba la vista, como si esperara encontrármela batiendo las alas por la sala.

No me gustaba admitirlo, pero lo cierto era que los recuerdos habían empezado a aflorar. Primero en clase de la señora Rogak, tras recibir la carta de Trish, y luego en la cantera. Quizá Gracie llevaba razón. Puede que visitar esos lugares de infancia me estaba ayudando. O a lo mejor era porque estaba madurando. O porque había decidido dejar que la memoria recuperara su lugar. O porque ahora que por fin nos habíamos establecido en un lugar fijo, podíamos ponernos al día con nuestro pasado.

Y ahora. Sentada en el salón no familiar, a solas, pasando páginas repletas de recetas, cortes de pelo y fotografías de bebés famosos. Por el rabillo de mi ojo izquierdo me vi jugueteando con un gato, con un cachorro blanco y negro. Seguí hojeando la revista (cincuenta fabulosas recetas para cocinar pavo, presume de una cintura de ensueño) porque temía que si dejaba de hacerlo, el recuerdo se evaporaría...

... *un gatito blanco y negro jugando con un ovillo de lana,*

... *un ovillo de lana entre mis manos, con el sonido metálico de las agujas de tricotar de fondo...*

... *un sonido metálico acompañado de una conversación entre mujeres, y el aroma a limón y maquillaje, el chasquido de las agujas,*

... *un chasquido continuo, un ovillo de lana amarilla en mi mano y otro ovillo de lana verde que asomaba de la cesta y subía hasta las agujas de mi abuela,*

... *su voz, y la de otra mujer parloteando como dos pájaros sobre la copa de un árbol, y riendo. El sonido de sus risas flotaba en el ambiente como una pluma y*

... *apoyé la cabeza en la rodilla de mi abuela.*

Regresé a la cocina y aclaré de nuevo todas las cazuelas con agua hirviendo.

Cuando oí que Gracie había zanjado la discusión con Topher, serví unas cuantas galletas de chocolate en una bandeja, llené un par de tazas de leche y subí a su habitación.

—¿Y bien? —pregunté.

—Me ha prometido que jamás volverá a dirigirle la palabra —contestó. Se sonó la nariz y tiró el pañuelo. Había una pila altísima de pañuelos usados—. Se ha enfadado conmigo por no haber confiado en él.

Eso era incontestable, desde luego. Mordisqueé una galleta.

—¿Te apetece ver una película sobre catástrofes? —preguntó, y cogió el mando a distancia—. ¿Una en la que todo el mundo muere?

—Suena genial —dije, y tomé un sorbo de leche.

En cuanto empezó la película, sacó su cajita de caramelitos mentolados del bolso, se tragó una de las pastillas que contenía y después me la ofreció. Tenía más pastillas que el día anterior, aunque eran distintas: unas redondas pequeñas y amarillas y otras en forma de diamante de color rosa pálido y puntos blancos.

—¿Se las has robado a tu madre?

—Las he comprado —reconoció—. ¿Quieres una o no?

—¿Qué efecto tienen?

—Depende —dijo—. Esta te adormece, esta te espabila y el resto hace que el mundo no sea un asco. A ver, no colocan ni nada parecido. ¿Por qué me miras así?

—No te estoy mirando de ningún modo.

Gracie se encogió de hombros.

—Mis padres tienen la culpa; empezaron a medicarme cuando tenía cinco años para tratar mi déficit de atención. Créeme, cuando tú y yo tengamos hijos, habrá una pastilla para todo, incluso para engañar a tu pareja.

—Él no te está engañando, Gracie.

—Todo el mundo lo hace —sentenció y cerró la cajita—. ¿Unas palomitas?

Una hora más tarde, su madre entró en la habitación sin llamar. Se quedó de piedra al verme allí.

—Oh —exclamó—. Hola, Hayley.

—Hola, señora Rappaport.

—Hola, mamá —saludó Gracie. Sonrió y miró a su madre con inocencia—. Hayley se quedará a dormir hoy aquí. Hemos hecho galletas, ¿quieres una?

—No recuerdo haberte dado permiso para invitarla a dormir —dijo la señora Rappaport.

—Te lo dije —murmuré—. Me iré a casa.

Gracie me empujó para evitar que me levantara.

—No —farfulló, y luego se dirigió a su madre—. Su padre no está en casa este fin de semana. No pretenderás que se quede sola, ¿verdad? ¿Y si alguien entra a robar?

—¿Adónde ha ido? —quiso saber su madre.

Esta vez fui más rápida que el viento.

—De caza. Con unos amigos del ejército. Estaré bien, no se preocupe. Llega mañana mismo.

La señora Rappaport dejó escapar un suspiro.

—De acuerdo, puedes quedarte. Pero no hagáis ruido. Tengo una migraña horrible.

Finn no llamó. Ni un triste mensaje.

En algún momento, en mitad de la segunda película, la cajita de caramelos de menta repleta de píldoras se deslizó sobre las sábanas, abrió la tapa y, antes de que me diera cuenta, tenía una pastilla metida en la boca que tragué con un poco de leche.

Pensé que me había tomado la pastilla que te despertaba, pero en cuestión de minutos, sentí que los párpados me pesaban y cerré los ojos. Me quedé dormida mientras Gracie hablaba de organizar una excursión al fuerte Lauderdale para Semana Santa. Me enrosqué bajo la colcha de su cama. El gato de Gracie se acomodó en mi cadera y empezó a ronronear. Entonces caí en un sueño profundo, y la voz de Gracie desapareció. El ronquido del gato se confundía con un motor diésel bien cuidado, eso me trasladó de nuevo a la carretera. Era de noche. Me encontraba en el asiento del copiloto del camión de papá. Sin embargo, no había nadie al volante, y estaba demasiado lejos como para poder alcanzarlo.

Capítulo 45

Bebemos té preparado con agua mugrienta junto a una hoguera cerca del pueblo, lejos de las montañas. El programa radiofónico se corta constantemente; las interferencias son continuas. Sujetamos las tazas metálicas, y esperamos. Aunque no sabemos muy bien el qué.

Y entonces empiezan los gritos.

El fuego explota en mitad de aquel cielo teñido de ocre, devorando a sus hijos, envenenando a su amante. De pronto una montaña cobra vida propia y, hambrienta, avanza hacia esa aldea, hacia nuestro campamento: simún.

Arrojamos el té en la hoguera. Gritamos en siete idiomas y apuntamos a ese terrible viento que nos azota con todas nuestras armas. Huimos. Nos escondemos. Rezamos.

La joven junto al camello camina con dificultad. Ese huracán insaciable está casi encima de nosotros, y lo único que ella puede hacer es renquear. Doy media vuelta. Alguien me agarra por el brazo, me empuja hacia dentro, me grita, pero yo sigo observándola. El viento la despoja de su pañuelo rojo. Cojea. La aldea desaparece. El viento es un león que devora todo lo que se encuentra a su paso. Engulle a la muchacha del camello y le arrebata la vida.

Tengo arena en la boca y no logro zafarme del olor a león. Los lamentos de los moribundos me ensordecen los oídos. Los vientos del desierto tienen nombres. Se alimentan de cuerpos de niños inocentes y arrancan el corazón de los hombres.

Capítulo 46

*L*a madre de Gracie nos despertó el domingo por la mañana. Gracie debía acompañarla a la iglesia y me dijo que, si estaba de humor, podía ir también. Sospechaba que aquella mujer no quería que me pegara a ellas como una lapa todo el día, así que aunque Gracie me miró como si quisiera estrangularme, puse la excusa de siempre, que tenía una pila de deberes por hacer, y después de un bol con cereales, recogí todas mis cosas.

—Nunca vamos a la iglesia, esto es ridículo —refunfuñó Gracie cuando salimos de casa.

—Quizá quiera rogarle a Dios que le ayude a reconquistar a tu padre.

—Como si a Ese le importara algo.

Fui al parque que había justo delante de su casa y me quedé ahí sentada hasta ver desaparecer el coche de la señora Rappaport a lo lejos. Gracie se había desplomado sobre el asiento del acompañante de mala gana, con el móvil en la mano para tener algo con qué distraerse. Después, crucé la calle e introduje el código secreto que abría la puerta del garaje. (Para ello no tuve que hacer gala de mi ingenio y talento; había visto teclear a Gracie ese código —112233— al menos una docena de veces.)

Lo primero que hice fue poner una alarma en el teléfono por si se me iba el santo al cielo. No quería que me pillaran con las manos en la masa.

Entré de nuevo en el salón no-familiar, hojeé otra vez las revistas y después cogí unos álbumes de fotos que había sobre la primera estantería de la biblioteca. Pero no vislumbré nada por el rabillo del ojo. Las páginas seguían igual de lustrosas. Aquella habitación parecía negarse a compartir secretos o reproducir escenas que habían ocurrido allí hacía más de una década.

De repente vi algo. La persona que subía las escaleras hacia el cuarto de baño de la señora Rappaport se parecía un poco a mí. Pude observar lo que hacía por el reflejo del espejo. Abrió el botiquín, sacó todos los frascos de pastillas, leyó cada una de las etiquetas y después los volvió a guardar en su sitio. Salvo uno. Vació el frasco en la mano. Parecían vitaminas genéricas o pastillas para la alergia, un medicamento, a primera vista, normal y corriente. ¿Era solo eso? Jugueteó con las pastillas, pasándolas de una mano a otra, como si fueran un puñado de monedas o perlas de bisutería. Su padre se había tragado esas pastillas para aliviar el dolor. Años atrás, esas pastillas venían en un frasco blanco y en su etiqueta se leía el número de teléfono de la farmacia y el nombre del médico que las había recetado. Ahora, cuando las compraba, venían en botes para chicles o en una bolsa de plástico usada. Daba lo mismo dónde las había conseguido. No servían para nada. Tan solo nublaban las ideas y ahogaban las voces.

De pronto, el rostro de aquella joven se difuminó, se fue transformando centímetro a centímetro, como el dibujo de un folioscopio cuando pasas las páginas con el pulgar a toda pastilla. Todo ocurrió a cámara lenta. Esperé a ver en qué o en quién se convertía. Su tez palideció. Las pecas de las mejillas se desvanecieron. Perdió el color de sus labios y después el de su cabello. Las cejas y las pestañas se tiñeron de blanco, después se volvieron transparentes y, en un segundo, se esfumaron. Después desapareció el mentón, la boca, la nariz. Los ojos apenas eran dos manchas oscuras que no tardaron en borrarse. Ya no había nada frente al espejo.

Pestañeé varias veces.

Cuando volví a abrir los ojos, aquella joven se había evaporado y yo recuperé la consciencia. Mis ojos. Mis mejillas con pecas. Mi cabello alborotado. Mis manos temblorosas y cubiertas de sudor. Volví a meter las pastillas en el frasco y salí corriendo de esa casa antes de tropezarme con alguien que prefería no conocer.

169

Nuestro comedor apestaba a alitas de pollo y pizza. Y a marihuana.

Papá estaba postrado delante del televisor.

—Hola, princesa —saludó con una sonrisa—. ¿Te lo has pasado bien?

Colgué la chaqueta en el armario de la entrada.

—Están jugando los Giants —dijo—. Contra Filadelfia. Primera parte. Te he guardado un poco de pizza. Doble de queso —comentó y frunció el ceño—. ¿A qué viene esa mirada?

—Estás de coña, ¿no?

—Pero si te encanta con doble de queso.

—No es por la pizza.

—¿Es por las alitas de pollo? Si no recuerdo mal, dejaste de ser vegetariana hace un par de años.

—¿A qué estamos jugando, papá?

—Los vegetarianos pueden comer pizza con doble de queso.

—No es por la comida —insistí.

—¿Estás molesta por lo del cementerio?

—¿Qué?

Papá puso la televisión en silencio.

—He estado dando vueltas a lo que dijiste. Mañana mismo llamaré al cementerio para averiguar cuánto cuestan esos jarrones especiales. A mamá no le gustaban las flores, es verdad, pero recuerdo que se ponía como una fiera cuando los vecinos tenían un jardín más arreglado que el nuestro. Además, esa lápida es horrible. ¿Te parece bien? —preguntó. *Spock* trotó hacia él y le lamió la grasa de pizza de los dedos—. ¿Por qué sigues con esa cara de enfadada?

—¿Has pasado el filtro mágico de Alicia en el País de las Maravillas por tu memoria? ¿Por el espectáculo que diste el viernes por la noche? ¿Por eso ahora te sientes como un héroe o algo parecido en lugar de como un completo capullo?

Apagó el televisor.

—¿Filtro mágico?

—¿De veras crees que no tengo derecho a estar molesta?

—No sé de qué estás hablando. El viernes por la noche corté madera y me quedé dormido en el sofá mientras leía la historia de los espartanos.

—¿Y cuando llegué a casa?

—Pero si no saliste —dijo.

—¿No te acuerdas?

Arrugó la nariz.

—¿Acordarme de qué?

Cuando empezamos a recorrer todo el país en el camión de papá, era demasiado pequeña para entender y asimilar las cosas. Apenas tenía doce años. Estaba confundida y con el corazón roto por el modo en que nos habíamos largado de casa, y por Trish. Mi estrategia consistía en capear el temporal sin preverlo, ir trampeando los problemas tal y como venían. Eso fue al menos un año antes de que papá empezara a tomarse «días libres por enfermedad» en el trabajo, y un año después de que yo empezara a atar cabos. Papá se pasaba la noche metido en el bar, y yo era quien tenía que despertarle, ayudarle a vomitar y aguantar sus lamentos. Le despidieron de un par de empleos por ese motivo. Cuando eso ocurría, tomaba cartas en el asunto y, durante unos meses, cumplía a rajatabla con las entregas, hasta que volvía a desmoronarse y a entrar en ese agujero negro. Pero jamás había llegado tan lejos. Nunca había tenido lagunas mentales, ni se había olvidado de lo sucedido el día antes.

—Esto es absurdo —gruñó, y cogió el mando a distancia—. No pienso permitir que mi propia hija me someta a un interrogatorio.

Le arrebaté el mando.

—Estabas como una cuba, papá, por eso no lo recuerdas.

Apretó los labios.

—Cuando llegué a casa, te pusiste a menear el mazo como un pirado, parecías sacado de una película de miedo. Me humillaste, y no estaba sola.

Spock saltó del sofá, se sacudió el pelaje y se fue hacia la cocina.

—¿Qué le dije a tu amiga? —preguntó.

—A quién?

—A tu amiga.

—Era amigo, no amiga. Madre mía, no recuerdas nada en absoluto. ¿Tan solo te emborrachaste o también tomaste pastillas?

Se quedó pálido.

—No hay ninguna ley que prohíba a una persona adulta achisparse un poco en su propia casa.

—Pero hay una ligera diferencia entre achisparse un poco y pillar una turca descomunal y tener lagunas mentales —apunté—. No es buena señal, papá.

—Ahórrate el sermón, jovencita. Bebo. Y eso provoca que a veces no recuerde ciertas cosas. Así es como funciona el mundo.

—¿Esto te ha ocurrido antes?

—Tema zanjado. ¿Quieres pizza?

—Dásela al perro.

Capítulo 47

Solo había estado fuera de casa un día, pero la casa estaba hecha un desastre. El fregadero estaba a rebosar de platos sucios y el cubo de basura olía a carne podrida. Las indicaciones de Roy seguían clavadas en la pared, bajo una chincheta. En el comedor, oí que los Giants marcaban un tanto por el furor de las gradas.

Estaba muerta de hambre y habría matado por unas alas de pollo o la porción de pizza, pero no estaba dispuesta a darle el gusto. Sabía que había un bote de mantequilla de cacahuete en el armario, junto a los fogones, y pan y plátanos sobre la encimera. Así que me preparé un bocadillo y cuando abrí la nevera para coger un refresco me quedé de piedra. En la estantería de arriba, junto a un bote de pepinillos en vinagre y una cuña de queso caducado, había una pila de cartas.

Otra primera vez. Papá jamás dejaba el correo en cualquier sitio, y mucho menos en la nevera.

Cada mes llegaban catálogos de jardinería y de herramientas para manos con artritis, a pesar de que la abuela había muerto hacía más de diez años. En aquella pila también había un par de solicitudes de tarjetas de crédito y la revista que recibían todos los veteranos de guerra mensualmente. Sabía que papá la tiraría a la basura sin leerla. Los últimos dos sobres también eran para él. Me serví un vaso de leche.

No está bien cotillear el correo ajeno, ¿verdad? Sobre todo si está dirigido a tus padres, porque se supone que son ellos los que están a cargo del equilibrio familiar, quienes toman las decisiones que afectan a toda la familia. El correo puede contener cosas personales, que no te implican en absoluto y porque, aunque estés en el instituto, sigues siendo una cría. O al menos, en algunas ocasiones, preferirías seguir siéndolo.

Abrí el primer sobre con sumo cuidado. Era del banco. Papá tenía un descubierto de 323,41 dólares en su cuenta, más intereses. Di un mordisco al bocadillo y tomé un sorbo de leche antes de abrir la segunda carta. Era una nota de la administración de veteranos. En ella había una lista de todas las citas a las que no había acudido y le «instaban» a llamar a la oficina lo antes posible. Se me hizo un nudo en el estómago y ya no pude probar bocado. Lavé los platos, vacié el cubo de basura, coloqué una bolsa nueva y tiré todos los catálogos. Y fue entonces cuando me percaté de la existencia de una tercera carta que se había quedado traspapelada entre las páginas de la revista de jardinería. Iba dirigida a mí.

Era de Roy.

Había hablado con papá por teléfono un par de veces, pero según el propio Roy, no había servido de nada. Me pedía disculpas por no haber podido hacer nada más. También se lamentaba de que la carta fuera tan corta, pero el escuadrón estaba a punto de trasladarse.

Sé que no es justo, pero debes ser fuerte —había escrito—. *Debes tener paciencia con él, incluso en esos momentos en que crees perder los nervios. La herida aún está reciente, no lo olvides. Llamaré en cuanto pueda.*

Tengo que irme.

«Tío» Roy

174

Obligué a *Spock* a sentarse entre papá y yo en el sofá; un perro desmilitarizado separándonos, como esa línea fronteriza que mantiene la paz entre las dos Coreas. Me comí un trozo de pizza y tres alas de pollo. Sabía que eso le haría feliz. Miraba fijamente la pantalla e intentaba no hacer ninguna mueca cuando papá se ponía a chillar a los árbitros como un loco. Los jugadores se abalanzaron los unos sobre los otros, se embistieron con el casco y, de pronto, una multitud de cuerpos cayó sobre el terreno de juego. Papá se crispaba y revolvía con cada encontronazo. Algo captó mi atención y, de reojo, advertí un espejo. Estábamos sentados en ese mismo sofá. Yo con veinte, con treinta, con cuarenta, con cincuenta años, pero para papá no pasaba el tiempo. Siempre estaba igual: desaliñado, sin afeitar, con los ojos rojos y vacíos. El quarterback de los Eagles fue expulsado al comenzar la tercera parte y tuvo que ir directamente al vestuario. A partir de ese incidente, los Giants empezaron a golear al adversario.

Después del partido, saqué a *Spock* a dar un paseo. Cerré los sobres como mejor pude y los guardé en el bolsillo de la sudadera. Caminamos por el vecindario hasta que cayó la noche. Todas las casitas que se alineaban a nuestra derecha habían bajado las persianas y corrido las cortinas. Excepto la nuestra. Papá se había quedado dormido en el sofá, con una botella de cerveza en la mano. Metí todas las cartas en el buzón con la esperanza de que el lunes fuera un día mejor para él.

175

Capítulo 48

*E*l lunes, a primera hora, cogí el autobús. Intuía que Finn jamás volvería a ofrecerse para llevarme a ningún sitio.

No le vi en la cafetería del instituto, así que ni siquiera me tomé la molestia de entrar. Fui directa a la biblioteca. El mostrador con folletos informativos sobre la concienciación del genocidio había desaparecido, y ahora estaba vacío. Traté de conciliar el sueño en un rincón donde nadie pudiera verme. Pero no fui capaz de pegar ojo. Conté los agujeros del techo. Deduje que seguramente se debían a un producto químico que, a parte de agujerear el techo de la biblioteca, también provocaba cáncer de pulmón.

Cada azulejo tenía 103 agujeros.

La mañana fue fatigosa, ardua. Clase. Taquilla. Vestíbulo. Clase. Vislumbré mi silueta en el reflejo de los ventanales del pasillo que se extendía por el ala B del instituto. Caminaba arrastrando los pies y los libros me pesaban demasiado. Parecía derrotada, un cadáver que alguien acababa de desenterrar, pero no era una zombi ávida y hambrienta. Todavía no había incorporado esa conciencia colectiva tan delirante.

La señorita Benedetti me paró en mitad del pasillo y me acusó de jugar al teléfono estropeado con papá. Después me entregó una pila de papeles para selectividad y no dejó de parlotear sobre lo necesario que era que cambiara de paradigma de una vez por todas. Tiré toda la documentación en cuanto la perdí de vista. En clase de inglés, ese tal Brandon No-sé-qué se dedicó a lanzarme bolitas de papel cada vez que la señorita Rogak se giraba hacia la pizarra. Y yo me limitaba a quitármelas del pelo antes de que se diera cuenta. La verdad es que me daba lo mismo. En educación física me enteré de que habían dejado a Gracie irse a casa porque estaba enferma, así que me inventé que tenía náuseas y me pasé las dos clases siguientes contemplando el techo de la enfermería. Los azulejos eran más pequeños que los de la biblioteca. Quizá no fueran tan cancerígenos, pensé.

Había bajado la guardia, ese era el problema. El lunático que papá llevaba dentro de sí me había contagiado, me había debilitado. Así que cuando Finn me regaló una de sus sonrisas, me volví vulnerable. Había salido de ese caparazón de protección y me había engañado, creyendo que a Finn pudiera gustarle una chica como yo.

Era una idiota.

En clase de historia, el señor Diaz expuso varios datos erróneos sobre las causas que llevaron a la Guerra Civil norteamericana. Por un momento pensé que estaba provocándome, incitándome a morder el anzuelo. Cuando sonó el timbre, se acercó y me preguntó si todo andaba bien.

—Estoy bien —murmuré.

Al acabar las clases, me apresuré porque quería ser la primera en subir al autobús. Ocupé el asiento de la izquierda de una de las últimas filas. Observé a todos los zombis que merodeaban por la acera; recitaban sus versos con tono dramático, caminaban hasta el borde del escenario, interpretando que tenían una vida.

Y allí, mientras admiraba esa magnífica obra de teatro, me pregunté cuántos de esos alumnos tendrían padres que habían perdido la chaveta, padres que les habían abandonado sin dejar una dirección de contacto, padres que se habían enterrado en vida, capaces de enzarzarse en una discusión y cortar madera sin ser plenamente conscientes de ello. ¿Cuántos de ellos creían lo que decían cada vez que parloteaban sobre la universidad a la que asistirían, el posgrado que elegirían, el sueldo que cobrarían al mes y el coche que comprarían? No dejaban de repetir esa cantinela día tras día. En cierto modo parecía un hechizo que, si se pronunciaba de forma correcta, les abriría las puertas a esa vida con la que siempre habían soñado. Si echaban un fugaz vistazo a sus padres, a su estado de ánimo, a su psicoterapia, a sus recetas médicas y a sus colecciones de hijos, hijastros, medio-hijos o a los hábitos que habían cogido en secreto, tanto a nivel físico como emocional, seguramente maldecirían ese hechizo.

¿Y luego qué?

A pesar de mis buenas intenciones, por fin empezaba a entender la visión del mundo que tenía mi padre. Todos estábamos envueltos de sombras y penumbra. Secretos, mentiras, tonterías. Incluso la cajita de caramelos de Gracie había comenzado a cobrar sentido.

—¿Perdón? —dijo una voz—. ¿Puedo sentarme aquí?

Me volví para decir que no, pero ya se había sentado.

Finnegan Lío Ramos.

Abrí la boca, pero él no me dejó hablar.

—Shh —susurró—. Por favor. Déjame hablar antes de que me acobarde como un gallina, ¿vale? Primero, siento mucho no haberte llamado o escrito un mensaje. Perdón por no haberte pasado a recoger esta mañana —empezó. Tragó saliva y, a juzgar por el balanceo de su nuez, intuí que estaba muy nervioso—. Me gustas, Hayley Kincain. Quiero estar contigo. Entiendo que las cosas en tu casa no andan bien, que dan un poco de miedo incluso. Sé que tu padre a veces se comporta como un patán. No tienes que explicármelo si no quieres, pero me mata por dentro. Eres una chica preciosa, lista, maravillosa… y no quiero que vivas con miedo, solo quiero…

Hizo una pausa para tomar aliento.

Alargué el brazo y le acaricié la nuca; me acerqué a él y le besé hasta notar que todo el dolor que me quemaba las entrañas se derretía en un charco de agua oscura tan profundo que era incapaz de alcanzar el fondo. Mientras pudiera tocarle, no me hundiría.

Capítulo 49

*P*ues bien. Eso. ¿Verdad?

Esa sensación en el estómago cuando le oyes silbar desafinado por el pasillo. Ese momento en que él te mira y te sonríe como un niño desde lo alto de una colina, y de repente se te para el corazón y luego te martillea tan fuerte el pecho que crees que vas a morir. Quizá fueran las hormonas, o un primer síntoma de contagio zombi, o un sueño placentero del que no quería despertar; no sabía lo que era, ni me importaba.

Fuera lo que fuese, me gustaba.

Capítulo 50

*D*os días después, cuando llegué a casa después de clase me llamó la atención que el capó de la camioneta de papá estuviera ardiendo. Deduje que acababa de aparcar, así que para cerciorarme abrí la puerta y comprobé el cuentakilómetros. Había recorrido treinta y siete kilómetros.

—¡Súbete! —dijo papá desde el garaje.

Aquella voz tan alegre encendió todas mis alarmas.

—¿Por qué?

Se levantó; estaba sujetando una bomba manual y un balón de baloncesto. Hizo botar el balón una vez y sonrió.

—Tengo una sorpresa para ti.

Vacilé. Desde el domingo había estado muy tranquilo, aunque no sobrio.

—¿Puedes conducir?

Soltó una ruidosa carcajada.

—Solo he bebido café esta mañana, nada más —contestó, y me pasó la pelota—. Serán un par de minutos. Sube a la camioneta.

No me había fijado en la pintura. Cuando ya estábamos de camino a quién sabe dónde, me percaté de las manchas amarillas y azules que tenía en el antebrazo y en los nudillos. También tenía pintura en la camiseta y en los tejanos. Tarareó la canción de la radio, aunque no acertó ni una sola nota. El aliento le olía a chicle de menta, y apenas le temblaban las manos. Por fin empezaba a ver un patrón. Después de la tremenda discusión junto a la hoguera, había adoptado una actitud mucho más cariñosa e incluso había accedido a llevarme al cementerio. Y tras la escenita del hacha en el garaje, volvía a actuar como si nada y parecía vivir en un mundo de piruleta.

Sentí que el teléfono vibraba. Probablemente sería Finn, pero no me atreví a sacar el móvil del bolsillo. No quería sacar al hombre furibundo que papá llevaba dentro.

Cuando acabó la canción, sonó un anuncio casi repulsivo de un tipo que vendía coches de segunda mano. Papá enseguida apagó la radio.

—Me he encontrado con Tom Russell en el supermercado —dijo, y respiró hondo—. Estaba comprando zanahorias.

No sabía qué rumbo estaba tomando la conversación.

—¿Estaban de oferta?

Giró hacia la izquierda y aparcó justo delante de un parque diminuto que jamás había visto. El columpio estaba vacío. En el banco había un par de ancianos que hacían corretear a sus perros por la cancha de baloncesto. Les lanzaban pelotas de tenis y los animales se volvían locos.

—No me he fijado, la verdad —dijo papá—. El caso es que Tom es contratista. Se dedica a trabajos pequeños, chapuzas: reparación de tejados, goteras, manos de pintura, ese tipo de cosas. Así que estaba comprando zanahorias, como ya te he dicho, y me reconoció del instituto. Nos pusimos a charlar y una cosa llevó a la otra. Y acabó contándome que uno de sus trabajadores no se había presentado esa mañana.

Señaló una pequeña casa de persianas verdes que había al otro lado del parque.

—*Voilà.*

—*Voilà?*

—He pintado la cocina y la despensa de esa casa. Y he tardado solo cinco horas. Tom me ha pagado en efectivo, bajo mano, por supuesto. No está mal, ¿eh?

Su mirada brillaba con luz propia. Y, por una vez en mucho tiempo, no era la chispa que venía en una botella, o en un cigarrillo. No recordaba la última vez que le había visto así.

—Es fantástico, papá.

—Pensé que te gustaría saberlo.

—Cuéntame más —rogué—. ¿Será una cosa de media jornada? ¿De jornada completa? ¿Has conocido a algún otro trabajador?

—He trabajado solo —contestó—. He puesto la radio y he abierto las ventanas. Ha sido un día perfecto, princesa.

—¿A qué hora te ha citado mañana? —pregunté.

—¿Quién?

181

—Pues tu jefe, el tipo que te contrató.

—¿Tom? —murmuró, y giró la llave para mirar el reloj—. Me dijo que, si le salía otro trabajillo, me llamaría. —Después sacó la llave del contacto, cogió el balón y abrió la puerta—. Hace una eternidad que no jugamos al baloncesto. Vamos.

Tardó muchísimo en pillarle el tranquillo. Yo me encargaba de recoger todos los balones que no entraban en la canasta o se salían de la cancha. Durante al menos diez minutos, de cada diez tiros que lanzaba, solo acertaba uno.

—Pintar me ha dejado los brazos molidos —se quejó.

—Bueno, hacía tiempo que no hacías ejercicio —murmuré.

Barajé varios temas de conversación; no quería decir algo que pudiera molestarle para, una vez más, acabar discutiendo. No podía hablarle de Finn por razones evidentes. Y él se negaba en rotundo a hablar de trabajo. Tampoco me apetecía hablar del instituto. La política estaba completamente descartada. *Spock* había empezado a mordisquearse la pata, pero si hablábamos del perro, llegaríamos a la conclusión de que necesitaba una visita al veterinario. Y al final, acabaríamos hablando del dinero que no teníamos.

Papá había empezado a sudar y la pierna que tantas veces le habían operado le fallaba. Avanzaba casi renqueando, pero eso no le impidió seguir jugando. Regateó una, dos y hasta tres veces, se apoyó en la pierna sana, alzó el codo en la posición correcta y lanzó el balón. Este formó un arco perfecto, rodeó la canasta y entró.

—¡Buena!

Él sonrió de oreja a oreja y metió tres canastas seguidas.

—¿Qué hora es? —preguntó mientras yo cogía el rebote.

Le pasé el balón y comprobé la hora en el teléfono. (Finn me había escrito cinco mensajes.)

—Y cuarto. ¿Por?

—Curiosidad —contestó, e hizo una finta con la mano izquierda—. Hoy por fin he hablado con tu orientadora estudiantil.

—¿La señorita Benedetti? Ni la escuches. Es una mentirosa compulsiva.

—No te preocupes. Le caes bien.

—¿Qué quería?

Hizo botar el balón entre las piernas y luego me lo pasó.

—Te cuestan las matemáticas, ¿eh?

Apoyé el balón en la cadera.

—Me han asignado un tutor.

Se secó el sudor con la camiseta.

—Por lo visto pasas muchas horas en el aula de castigo.

Boté el balón y regateé por la cancha.

—Una sanción cruel y desmesurada ¿no te parece?

—Quizá deberías mejorar tu diplomacia.

Lancé, pero fallé.

—Son unos lunáticos.

—Se pasan el día en un aula, tratando de enseñar a adolescentes como tú—bromeó. Cogió el rebote, me rodeó y trató de encestar desde debajo de la canasta—. ¿Qué esperabas?

Le arrebaté el balón y empecé a botarlo a mi espalda.

—¿Qué más?

—Nada más.

Le pasé el balón y observé cómo realizaba un par de tiros a apenas un metro de la canasta. Quizá Benedetti no le había mencionado el mensaje de Trish, o a lo mejor sí, pero él no quería comentarlo conmigo. Una ruidosa motocicleta alteró la tranquilidad del parque. Llegaron un par de tipos y se pusieron a jugar al baloncesto en la otra canasta. Papá los miró durante un minuto. Después se plantó en la línea de tiros libres, metió el balón por el aro y alzó un puño triunfante.

—No está mal para un viejo como yo, ¿eh?

Sabía que si le preguntaba sobre Trish, echaría ese momento a perder. Y no merecía la pena.

—Fíjate en esto —avisó papá.

Regateó por la cancha, girándose hacia la izquierda, después hacia la derecha, como si estuviera esquivando a un oponente invisible. Dobló las rodillas y trató de saltar, pero perdió el equilibrio, tropezó y se cayó de bruces sobre el suelo. El balón salió rodando de la pista.

—Oh, Dios —exclamé—. ¿Estás bien?

—Sí —farfulló, aunque cojeaba—. Solo necesito andar un poco. Ve a buscar el balón, ¿quieres?

Encontré el balón bajo un todoterreno, al otro lado de la calle. Oí que una motocicleta entraba en el parque. Me levanté, balón en mano, pero enseguida volví a agacharme y a esconderme tras el vehículo. No quería que papá se diera cuenta de que iba a presenciar el encuentro. Miró a su alrededor y después corrió hacia la Harley Davidson. Sobre ella, montado a horcajadas, estaba Michael. El intercambio, algo en la mano de papá, algo en la mano de Michael, fue tan rápido, tan fugaz, que nadie se habría percatado de ello.

El teléfono vibró en mi bolsillo.

Suposiciones?, había escrito Finn.

> te han secuestrado los extraterrestres?
> te están torturando?
> un helicóptero está sobrevolando la zona. en cuanto pueda, iré a tu rescate.

A lo que contesté:

> ojalá

Capítulo 51

$\mathcal{A}$l día siguiente, de camino al vestuario, Finn me preguntó si querría acompañarle a visitar una escuela.

—Ya estamos en una escuela, zoquete —dije.

—No, palurda —dijo, y me dio un golpe con la cadera—. Me refiero a una universidad. Mi madre ha concertado una entrevista mañana. La verdad es que no me entusiasma, pero si aceptas y vienes conmigo, podemos convertirlo en una escapada. Una escapada épica.

—Épica es una palabra estúpida —observé—. Los de segundo creen que los nachos del comedor son «épicos». Esa actriz, cómo se llama, la que parece una estatua, dice que su perro es «épico», al igual que su barra de labios.

—Al menos podremos pasar un día fuera de aquí —dijo—. Y mi madre correrá con los gastos de la gasolina.

—¿En serio?

Él asintió.

Le besé.

—Esto sí es épico, te lo garantizo.

Falsificar la firma de mi padre en la autorización de ausencia fue pan comido y, en cierto modo, me gustó ver cómo a la señorita Benedetti se le iluminaba la cara. Estampó el sello y aprobó oficialmente mi ausencia. Me garabateé una nota en la mano para recordar traerle un recuerdo.

Finn me recogió a primera hora, tal como habíamos acordado. Pensé que estaría frenético, que se habría tomado varias bebidas energéticas para celebrar lo «épico» de aquella aventura, pero apenas dijo palabra. Casi no me miró en todo el viaje. Cuando llegamos al peaje de Thruway, a punto estuvo de meterse en el aparcamiento de los trabajadores en lugar de pasar por la cabina de peaje.

—¿Qué ocurre? —pregunté al fin—. ¿Se ha encendido la luz del aceite? ¿El coche se ha sobrecalentado?

Meneó la cabeza, pero aun así estiré el cuello para echar un vistazo al salpicadero, por si acaso. Los pilotos automáticos no alertaban de ningún desastre inminente. Finn suspiró, pero no dijo nada.

—¿Quieres que conduzca yo? —me ofrecí.

—Me dijiste que todavía no tenías carné.

—Técnicamente, no.

Ni siquiera sonrió.

—No es por el coche, ¿verdad? —insistí.

Volvió a suspirar y echó un vistazo a la hilera de vehículos que se había formado en la cabina de peaje.

—Me he peleado con mi madre esta mañana —contestó—. Antes de desayunar.

—¿Por qué?

—Se puso a darme la lata con un montón de consejos estúpidos y ridículos para la entrevista y acabó recriminándome otra vez el haber dejado el equipo de natación. Y luego, pues lo de siempre. Empezó a quejarse de la subida del alquiler y del hijo tan malcriado que tenía. Y por primera vez, le chillé para pararle los pies —explicó. Dio un suave puñetazo al volante y continuó—: Se echó a llorar. No pensé que le afectaría tanto.

—Llámala y pídele perdón —sugerí—. O envíale un mensaje, al menos.

—Ya lo he hecho. Pero ese no es el problema —dijo. Se inclinó hacia delante y secó el vaho del parabrisas con la manga de la camisa—. Esta entrevista es una total pérdida de tiempo. No quiero ir a Oneonta.

—¿Y dónde quieres estudiar?

—Te lo dije la otra noche. Swevenbury.

—¿Y qué tiene de especial?

—¿La Universidad de Swevenbury, hogar de Los Errantes? ¿Elegida como la universidad independiente más estrambótica durante tres años seguidos? Te dan la oportunidad de diseñar tu posgrado casi a medida; solo estás obligado a cursar un par de años presenciales y luego te envían durante un año a una universidad extranjera. Swevenbury es la quimera, la meta de todas las universidades. Dicen que está construida sobre campo sagrado. En cuanto pones un pie en el campus, cambias para siempre. Es...

Hizo una pausa dramática, como si intentara encontrar la palabra más apropiada para describirla, algo que nunca había visto en él hasta entonces.

—¡Es el Nerdvana! —declaró al fin.

Asentí con la cabeza.

—¿A cuánto está de aquí?

—A casi trescientos kilómetros hacia el noreste.

Encogí los hombros.

—Pues arranca.

—¿Qué pretendes? ¿Torturarme? No, gracias. Necesito un cupón de lotería ganador para poder pagarme la matrícula.

—No iremos hasta allí por eso, tarugo —contesté—. Los viajes por carretera te hacen cambiar el modo en que ves las cosas. Créeme.

Suspiró.

—No sé.

—No tienes nada que perder —perseveré—. Los ojos que pones cuando pronuncias Swerva-blabla...

—Swevenbury —corrigió.

—¿Ves? Con solo decirlo, sonríes —apunté—. Me prometiste algo «épico», Finnegan. Cambia el destino en el GPS y pisa el acelerador. O al menos intenta alcanzar el límite de velocidad.

Traté de entretenerle con anécdotas bien variopintas. Le conté algunas de las historias que me ocurrieron durante la época en que me infiltré en un grupo de cazadores furtivos en el sur de Camerún. Le expliqué que, en una ocasión, tras una tormenta de nieve, me quedé atrapada con el Dalái Lama en un refugio y estuvimos jugando a las damas hasta el amanecer, pero Finn no estaba para charlas. Estaba tenso, encorvado sobre el volante. A veces arrugaba el ceño, a veces hacía un mohín. Así que me rendí, me enrosqué en el asiento y saqué un libro. Tres horas y media y una novela sobre dragones después, pasamos por debajo de un gigantesco arco de piedra maciza con las palabras SWEVENBURY COLLEGE esculpidas. En cuestión de

187

minutos nos adentramos en un bosque frondoso tras el que se extendía el campus principal: antiguos edificios de piedra, jardines increíblemente verdes y alumnos vestidos casi de alta costura. Parecía la versión americana y mejorada de Hogwarts, pero sin túnicas.

Aparcamos y salimos del coche.

—Parece que acaben de peinar el césped —dije.

—Lo que tú digas —gruñó Finn—. Por aquí.

La oficina de admisión estaba en un castillo de piedra rojiza. No le faltaba detalle. Tenía una torrecilla y una escalera de caracol. La recepcionista nos explicó que el primer tour ya había empezado, pero que, si no teníamos prisa, podíamos esperar y apuntarnos al tour de la tarde.

Finn refunfuñó.

Nos entregó varios panfletos de la universidad y un par de insignias con la palabra «visitante» impresa en rojo y mayúsculas.

—Las necesitaréis para entrar en la biblioteca y el recinto estudiantil —informó—. Estos cupones son para el comedor; son de cinco dólares cada uno.

—Da lo mismo —murmuró Finn, y le devolvió la insignia y los cupones—. No tenemos tiempo.

Y salió de la oficina sin mediar palabra.

—Lo siento —dije, y recogí la insignia y los cupones del mostrador—. Necesita un buen tazón de chocolate caliente. Estaremos de vuelta para el tour de la tarde. Gracias.

La mujer me guiñó un ojo.

—Buena suerte.

Atrapé a Finn en la parte superior de la escalera del edificio principal.

—Pero ¿qué te pasa?

—¿Quieres un tour? Pues deja que te haga de guía —espetó, y señaló el edificio que se alzaba a nuestra espalda—. Esa es la facultad que instruye a niños ricos a hacerse aún más ricos. Detrás...

—Cierra el pico —interrumpí—. Este sitio es fantástico. Fíjate en estos escalones. Están desgastados —dije, y le señalé la escalinata de mármol—. ¡Desgastados por gente que lee libros! ¿No te parece genial?

—No sé cómo he dejado que me convencieras para venir aquí. ¿Has visto los coches que había en el aparcamiento?

—La verdad es que no —admití—. Me he quedado embobada con los castillos.

—Dime una universidad nacional que hayas visitado que no tenga un castillo en el campus. Deberíamos irnos.

—¡No! —exclamé—. Es la primera vez que visito una universidad, capullo, y quiero verla. Deja de lloriquear. Eres más inteligente que la mayoría del planeta, tienes una sonrisa perfecta y tus padres pueden permitirse comprarte unas gafas. Tu vida no es un asco, créeme. —Y empecé a bajar la escalera—. Nos vemos en el aparcamiento a las tres.

—Espera —instó, y se colocó delante de mí—. Retrocedamos unos segundos. ¿Nunca habías visitado una universidad?

—No. ¿Y?

—¿Ni siquiera cuando estabas en primaria? ¿Para una competición musical o algo por el estilo? —preguntó. Finn ladeó la cabeza, como si estuviera confuso, como si no pudiera imaginarse una vida que no incluyera visitas a universidades durante la adolescencia.

Le había contado pequeñas anécdotas de mi peculiar vida, pero lo cierto era que la había disfrazado un poco. Había pintado a mi padre como un Don Quijote que trataba de entender las verdades filosóficas y vagaba por el mundo en busca del mejor té del país. Le había dicho que aquel episodio demente de mi padre con el hacha había sido producto de un exceso de alcohol y, desde entonces, había tratado de evitar el tema.

Se pasó la mano por el pelo.

—¿Tu padre nunca te ha llevado a dar una vuelta por algún campus universitario?

No estaba dispuesta a arruinar el día discutiendo sobre la pedagogía que mi padre había seguido para criarme.

—Métete en la biblioteca —dije—. Quizá allí se te pase el enfado. Te iré a recoger cuando haya dado una vuelta por el campus.

Se mordió el interior de la mejilla.

—Me estoy comportando como un cretino, ¿verdad?

—Sí.

Se quedó mirando a los alumnos que subían y bajaban las escaleras, asintiendo con la cabeza, como si estuviera manteniendo un diálogo interno y, al fin, inspiró hondo y soltó un suspiro.

—Por favor, perdonadme Lady Blue —murmuró. Colocó la

189

mano derecha sobre la hebilla del cinturón y realizó una pomposa reverencia—. A partir de este instante, prometo que todo el día de hoy estará dedicado a informarla sobre esta prestigiosa y reputada institución educativa y a todas las cuestiones que puedan estar de algún modo, relacionadas con ella.

—Levántese, granuja —contesté con grandilocuencia—. Levántese, y que empiece el jolgorio.

Finn no se había equivocado; no necesitamos un tour guiado. Había memorizado cada rincón del campus navegando por su página web. Me mostró el edificio de ciencias del comportamiento, el centro deportivo, donde había un gimnasio repleto de cintas para correr, cada una con su propia pantalla televisiva, y una piscina gigantesca, una residencia de estudiantes repleta de alumnos que parecían demasiado cómodos y felices. Cuando me informó del número de volúmenes que albergaba la biblioteca, no le creí, así que me planté en el mostrador y el tipo me mostró una pantalla con un resumen de las colecciones. Me quedé de piedra, sin respiración. Para evitar desmayarme y ponerme en evidencia, me senté en una silla, con la cabeza entre las rodillas.

Pero, sin lugar a dudas, lo que más me impresionó fue pasear por los pasillos de la propia universidad. Algunas aulas tenían la puerta abierta y, ni cortos ni perezosos, nos acercamos a escuchar alguna de las clases magistrales y debates sobre Kant, historia de Indonesia, vinculación afectiva, escansión y el rey Lear. Nos asomamos a las ventanas y discutimos si los garabatos que colmaban la pizarra pertenecían al ámbito de la física o de la astrología.

Poco a poco Finn se fue transformando. Pasó de ser el gruñosaurus maximus a mi atractivo y sensual casi-novio. (Todavía no había decidido si esa era la etiqueta más adecuada.) Utilizamos nuestros cupones de comedor y nos sentamos bajo la sombra de un viejo roble, en mitad de un patio interior, para degustar nuestro almuerzo: un bocadillo, leche con chocolate y una galleta de mantequilla de cacahuete del mismo tamaño que mi cara. Finn, que no fue capaz de zamparse aquella monstruosa galleta, se tumbó en el césped recién peinado.

—¿Nerdvana? —pregunté.

—Aún no, pero al menos me he animado un poco. Tenías razón. Venir aquí ha sido buena idea.

Las campanas de la torre del reloj empezaron a sonar. Señalé a un chico que en ese momento atravesaba el patio interior montado en un monopatín mientras tecleaba algo en su móvil.

—¿De veras te gustaría ser como él?

—Si está aquí gracias a una beca completa y está cursando ciencias políticas, soy capaz de cortarme un huevo por ocupar su plaza. Aunque, para ser honesto, no montaría en ese monopatín.

—Entonces ve —dije—. Sé amable con la recepcionista que se encarga de las admisiones. Pídele que te concierte una entrevista con alguien. Con quien sea. Impresiónales.

—Vale; consigo la entrevista, presento la solicitud y me aceptan. ¿Qué hago después? O peor todavía, ¿y si rechazan mi solicitud?

—Si no son capaces de ver que eres el candidato perfecto para esta universidad, es que no son tan listos. Y si eres lo suficientemente inteligente para entrar aquí, entonces también deberías serlo para encontrar un modo de costearte la matrícula, ¿no crees? Y ahora, vete.

Una vez entró dentro del castillo rojo (prácticamente de un salto), me estiré sobre aquel césped tan maravilloso. Fue entonces cuando adiviné que no era campo sagrado, sino un suelo repleto de hormigas.

Busqué la página web de la universidad en el teléfono y eché un vistazo al formulario de inscripción. Qué tontería. ¿Cómo era posible que rellenar un puñado de espacios en blanco y escribir una redacción sobre un «momento crucial» en mi vida bastaran para determinar si era lo bastante buena como para entrar? Pero las otras alternativas eran igual de penosas:

Narra un acontecimiento que te mostró el verdadero significado de la frustración.

Reflexiona sobre un día en que desafiaste una creencia o una idea.

Relata un acontecimiento que marcara la transición de niño a adulto en tu cultura, comunidad o familia.

¿Quién presentaba tales propuestas? ¿Qué diablos tenían que ver con la capacidad intelectual o madurez de los candidatos universitarios?

Traté de conectarme al Wi-Fi de la universidad porque no podía permitirme consumir todos los datos de mi tarifa telefónica. Todas las contraseñas que se me ocurrieron (bienvenidos, invitado, vagabundo, consentido, nerdvana) fallaron, lo cual me tocó mucho las narices. Lo que en realidad quería buscar era un mapa y un atajo para llegar a casa antes de lo previsto.

Capítulo 52

$\mathcal{A}$l acabar la cuarta hora de clase, me acerqué al despacho de la señorita Benedetti y le regalé un lápiz de búhos de Swevenbury.

—¿Qué te pareció? —preguntó—. ¿Te gustaría estudiar ahí?

Resoplé

—Ni de broma.

—Hay muchas becas —dijo con una sonrisa sincera.

—No para mí —respondí de camino a la puerta—, pero gracias de todas formas.

El jueves, después de clase, aparcamos en un lugar recóndito y nos liamos hasta que sonó la alarma del móvil. Nos ajustamos un poco la ropa y nos abrochamos botones y cinturones.

—¿Ya sabes qué te pondrás mañana? —preguntó en cuanto puso en marcha el coche.

Una pregunta sencilla, ¿verdad? Estaba atontada porque, ostraaaaaaaaaas, qué bien besaba ese chico. Podría haberme preguntado cualquier cosa, cómo la gravedad exacta de la miel o el tipo de sujetador que solía llevar María Antonieta. En ese momento nada me habría sorprendido.

—¿Hayley? —dijo, y pasó la mano por delante de mis ojos—. ¿Me has oído? ¿Qué vas a ponerte mañana?

Parpadeé y aterricé de nuevo en el mundo real.

—No, todavía no.

—Pues yo sí —contestó él.

Aunque no hubiera estado tan embelesada, el hecho de que me preguntara sobre mi armario me habría parecido igual de raro. Pero a una manzana de mi casa, detuvo el coche, me dio un beso de despedida y volví a olvidarme de todo.

Quizá la culpa la tenían mis deberes de chino.

Empecé los ejercicios, pero luego me metí en Internet para buscar algo, una cosa llevó a la otra y, cuando quise darme cuenta, estaba jugando con Finn en una galaxia muy lejana. Le vencí, lo cual ofendió sobremanera a su amor propio, así que iniciamos otra partida. Y otra. Habríamos seguido jugando toda la noche, yo ganando, él perdiendo, pero Sasha, que se había convertido en mi compañero de penurias en clase de chino, me envió un mensaje. Me preguntaba si solo teníamos que estudiar el tema cuatro para el examen, o todo lo que habíamos hecho desde principio de curso.

No sé qué me pasó. Supongo que podría echar la culpa a los besos. La saliva de Finn me había contagiado el virus del Síndrome de Éxito Convencional de Finnegan Ramos. Dejé de jugar y me quedé hasta altas horas de la madrugada memorizando más de ocho semanas de caracteres chinos.

Me desperté con la cara sobre el teclado y el teléfono martillándome el oído.

194

—Llevo esperándote aquí diez minutos —protestó Finn—. ¿Estás bien?

La noche anterior había estado tan atareada que ni siquiera me había acordado de ponerme el pijama, así que por la mañana no tuve ni que cambiarme. Recogí cuatro cosas y bajé las escaleras todavía adormilada. Bajé la calle corriendo y, cuando entré en el Acclaim, el olor a aceite me embriagó más que nunca.

Cuando vi a Finn tuve que pellizcarme para comprobar que no seguía dormida.

—¿Te gusta? —preguntó, y se dio media vuelta.

Me quedé sin palabras.

Señaló una pipa de cartulina que él mismo había recortado y colocado sobre el salpicadero.

—¿Adivinas quién soy?

—¿Qué llevas en la cabeza?

—Un gorro de cazador —respondió—. Es el sombrero de los detectives. Y esto —añadió antes de ondear una cosa gris que le colgaba de los hombros— es una capa. Pensaba ponerme unos zapatos más elegantes, pero me han quedado pequeños. No está mal, ¿eh?

—Acabo de levantarme, Finn. Me estás confundiendo. ¿Qué ocurre?

—Elemental, querida Kincain —contestó con un terrible acento británico—. ¡Es Halloween!

Me contó todos los detalles de camino al instituto (hubo momentos en que se emocionó tanto que casi alcanzó el límite de velocidad), pero no le creí. Lo cual fue un error por mi parte.

El director era una araña viviente. Las secretarias iban de convictas. Los conserjes se habían transformado en clones de Luigi, el personaje de videojuegos. Todos los profesores se habían disfrazado, incluso el personal que trabajaba en la cafetería y en el comedor: se habían cardado el pelo y llevaban faldas con vuelo, típicas de los cincuenta.

Gracie se había puesto una camiseta donde se leía «disfun». El resto de la palabra estaba escrito en la camiseta de Topher, «cional». Los dos estaban histéricos, como un par de críos de seis años en una fiesta de cumpleaños a rebosar de bandejas de magdalenas y chucherías.

—No lo entiendo —repetí—. ¿Por qué el personal de la escuela se toma tan en serio el tema de los disfraces, incluso más que los propios alumnos?

—Porque son quienes ponen las normas —propuso Gracie.

—Porque los alumnos aprovechan que es Halloween para ir medio desnudos —dijo Topher.

—Es un juego —explicó Sherlock Finn Holmes—. Así pues, ¡empecemos a jugar! El objetivo: no cruzar la fina línea que separa los disfraces que la administración se empeña en etiquetar como…

Los tres hicieron la señal de comillas con los dedos:

—¡Demasiado picantes!

—Y disfraces que simplemente son, ejem…

Los tres me miraron fijamente, incluyendo a Sherlock.

—Aburridos —acabó Gracie—. Tu ignorancia me tiene alucinada. ¿A qué hora quieres que te pasemos a recoger?

—¿Quién? ¿Y para qué? —pregunté.

—¡Truco o trato, por supuesto!

Aquel día fue surrealista. La señorita Rogak dio la clase de inglés vestida como la novia de Frankenstein. Mi profesora de chino era un bocadillo de jamón y queso andante. Por suerte, canceló el examen y vimos una película. El profesor de ciencia forense se había disfrazado de escena del crimen y, a decir verdad, no le faltaba detalle: polvos para revelar huellas dactilares, Luminol y cinta policial amarilla. A medida que las horas iban pasando, empecé a disfrutar del día. De hecho, me lo pasé en grande. Halloween, ese día del año en el que podíamos fingir ser lo que nos viniera en gana, sacaba lo mejor de cada uno. El mero hecho de pintarse la cara o llevar una máscara les daba el permiso, y la oportunidad, de dejar de actuar como zombis. Incluso los alumnos que prodigaban la zombificación parecían más humanos que nunca.

Al finalizar la última clase me convocaron en el despacho de orientación. Debo reconocer que me tomé mi tiempo para llegar hasta ahí, ya que quería admirar las decoraciones del aula de música, que parecía el mismísimo palacio de Versalles. (El director del coro y el profesor de música se habían disfrazado de Mozart y Scarlatti.) Imaginé que si todos los días pudieran ser Halloween, el promedio del expediente del alumnado subiría de forma estratosférica.

Gerta, la secretaria del despacho de orientación, estaba recubierta de escamas de pez de color naranja. Y sobre la cabeza, una gigantesca almeja abierta con una perla en su interior.

—¿Sin disfraz? —preguntó Gerta en cuanto entré.

—Esta noche me pondré otro traje —dije—, pero esta mañana he decidido disfrazarme de adolescente rebelde y molesta.

—Muy convincente. Casi no te reconozco.

La señorita Benedetti se había disfrazado de bruja, pero no de bruja de cuento. Era la personificación de una bruja de la vieja escuela, dispuesta a espantar a todos los adeptos a las nuevas religiones paganas, con su sombrero puntiagudo, una verruga peluda en la barbilla y varias telarañas y arácnidos de plástico colgando de su peluca.

—Fee-ee lí agh allowee —farfulló. Hizo varias señas para invitarme a entrar y apartó las telarañas que colgaban del techo—. Traaa.

Para llegar a la silla, tuve que abrirme camino entre una caldera inflable y saltar varias ratas de plástico que habría jurado que eran reales.

—Tee ooo mi... —empezó Benedetti.

—Señorita —interrumpí, y le señalé la dentadura falsa—. ¿Te importaría?

—Ah —exclamó. Se sacó los dientes y se quitó el sombrero—. Después de un rato, te olvidas de que los llevas puestos.

Tuve que concentrarme para resistir la tentación de hacer un comentario jocoso.

Me ofreció un cuenco de plástico naranja.

—¿Palomitas dulces?

No quería aceptar nada que viniera de ella, pero el estómago me rugía y, al final, cedí y cogí un puñado de palomitas.

Esperó a que tuviera la boca llena antes de continuar.

—Hayley, me temo que tenemos un problemilla.

Dejé de masticar. Pensé rápido y traté de recordar los innumerables desastres que podrían acompañar a esa declaración inicial.

—Me he reunido con el señor Cleveland —prosiguió.

Empecé a masticar la masa de palomita dulce.

—Me comentó que te ha asignado un tutor.

Asentí con la cabeza y crucé los dedos. No quería que mi orientadora se percatara de que me había ruborizado. El tutor que me había asignado hacía días que no me enseñaba nada nuevo sobre matemáticas.

—Y sin embargo tus notas no han mejorado en absoluto.

Encogí los hombros y tomé otro puñado de golosinas.

—Según él, mostraste cierto interés por ayudar a recuperar el periódico del instituto, pero por lo visto también has dejado ese tema de lado. Además…

—¿Le contaste algo a mi padre sobre Trish? —interrumpí—. Me dijo que había hablado contigo.

—No le conté nada sobre Trish —contestó—, pero sí le mencioné que está preocupada por ti.

—¿Y por qué, si se puede saber?

—Básicamente, por la educación académica que recibiste durante los años que no estuviste matriculada en una escuela estatal. Trish asegura que no fue del todo convencional. Y tu padre me confirmó que no había sido del todo sincero cuando te matriculó aquí.

—¿Estaba enfadado?

—En absoluto. Solo me preguntó si te costaba alguna asignatura en especial. Consulté a todos tus profesores y, al parecer, no tienes ningún problema con los contenidos, salvo en matemáticas, claro está.

—Antes has dicho «básicamente». ¿Qué más?

—Para comprender mejor a un alumno, nos resulta muy útil poder establecer una dinámica familiar completa.

—Pamplinas —dije—. ¿Le preguntaste a mi padre sobre esta «dinámica»?

—Lo intenté —contestó, y cogió una palomita dulce con su uña de bruja—, pero me dio la sensación de que tú podrías contarme muchas más cosas que él.

El timbre que anunciaba el final de la jornada estudiantil sonó.

Me puse de pie de un brinco.

—¿Podemos continuar la conversación el lunes?

—Supongo que sí —suspiró la bruja, y se llevó la palomita a la boca—. Ándate con cuidado esta noche.

Capítulo 53

*L*a lavadora y la secadora estaban en el rellano que había a los pies de la escalera del sótano. Tras los electrodomésticos se abría una puerta al resto del sótano.

—Uau —exclamó Gracie—. Cuánto ha cambiado esto.

Cuando nos mudamos a esa casa, papá se pasó toda una tarde ordenando los trastos de la abuela en el sótano. Le estuve ayudando hasta que nos enzarzamos en una discusión absurda sobre unos libros viejos. Apestaban a moho e insistí en que debíamos tirarlos lo antes posible. Él se puso como un loco y decidí marcharme y dejar que él se encargara de clasificar el resto de las cosas. Esa era la primera vez que me aventuraba a abrir la puerta desde aquel día. Y, a juzgar por el desorden, papá se había dado por rendido en cuanto di el portazo.

—Te juro que todo esto no estaba aquí —prosiguió Gracie. Se refería a una estantería metálica y desvencijada con botes de plástico y cajas de cartón—. Recuerdo que había una mesita redonda, tres sillas, una alfombra, un baúl lleno de juguetes...

—Corta el rollo, anda —espeté—. Empiezas a asustarme. Tu memoria no es de este planeta. Apuesto a que tienes un tumor cerebral o algo por el estilo.

Me sacó la lengua. Desde que sus padres habían firmado una tregua temporal, después de que la terapeuta familiar les amenazara con darles una patada en el culo, Gracie estaba de mejor humor.

—Esto es ridículo —protesté—. No encontraremos nada aquí. ¿Y si llevo un paraguas abierto? Podría ser una tormenta, ¿no crees?

—No seas pesimista —dijo Gracie, que no dudó en sacar un

cubo de la estantería para rebuscar en su interior—. ¡Agh! Pelucas viejas y caca de ratón.

Tras hurgar en varias cajas, por fin Gracie gritó triunfante: había encontrado varios disfraces antiguos y un cubo lleno de manualidades que, a primera vista, no estaban manchados de excrementos de roedor. Subrayé que habíamos crecido un poco en la última década, a lo que ella respondió que era una zorra desagradecida, así que vaciamos las cajas en el suelo y empezamos a buscar un disfraz que pudiera valerme.

—¿Qué te parece princesa sexy? —preguntó Gracie, y se puso una tiara sobre la cabeza.

—Ni de broma —contesté.

—¿*Cowgirl* sexy? —propuso con una pistola de juguete.

—Preferiría no pasar frío, gracias —dije, y cogí una especie de poncho—. Creo que esta noche va a bajar la temperatura.

Hurgó en otra caja.

—¡Plumas! —gritó, como si hubiera encontrado un gran hallazgo—. ¡Podrías ser un pájaro sexy!

—Eso es repugnante —protesté.

Pero antes de que pudiera rebatirme, escuchamos unos pasos que bajaban apresurados por la escalera de madera. Se me hizo un nudo en el estómago.

—¿Papá? —llamé.

Mi padre se asomó por la puerta.

—¿Qué estás haciendo aquí abajo?

—Necesito un disfraz para Halloween —contesté—. Gracie tiene que acompañar a su hermano pequeño a pedir caramelos, y me ha pedido que no la deje sola.

—Será súper seguro —añadió Gracie—. Solo iremos a casas de vecinos que conocemos y…

Se calló porque mi padre alzó la mano.

—Genial, parece divertido —murmuró—. ¿Dónde está la aspiradora?

—¿Qué?

—La aspiradora —repitió—. No la encuentro. Y eso que utilizas para limpiar el baño.

—El cepillo y el estropajo del baño están en el garaje. Y la aspiradora en mi armario.

—Gracias —dijo, y echó un vistazo al montón de ropa que había esparcida por el suelo—. ¿A qué hora os iréis?

—Prepararé la cena antes de irme —prometí.

—No te preocupes de la cena, hoy me ocupo yo.

—Recuerda que esta noche duermo en casa de Gracie —dije.

—¡Claro! —exclamó—. ¡Pasadlo bien!

—De eso puedes estar seguro —suspiró Gracie.

—¡Sshh! —advertí.

La madre de Finn se había marchado a Boston el fin de semana porque su marido había pillado la gripe. No volvería a casa hasta el domingo por la noche. O quizá hasta el lunes por la mañana. Así que teníamos la casa para nosotros todo el fin de semana.

—¡Hey! —gritó papá, y volvimos a oír cómo bajaba a pisotones la escalera—. Nada de fiestas. Y ni os acerquéis a la cantera, ¿entendido?

—Por supuesto, señor —respondió Gracie, que sonó tan sincera que hasta yo la creí—. Mis padres tienen las mismas normas.

—Bien —murmuró papá—. Me alegra saberlo. Chicas, ¿cuándo os vais?

De pronto, se me encendieron todas las alarmas. Michael.

—No lo sé, papá —contesté—. Quizá debería pasar la noche en casa, contigo. ¿Y si vienen docenas de renacuajos a pedir caramelos? ¿Y si algún idiota se acerca y empieza a tirar huevos? Te volverás loco. Me quedaré contigo y me encargaré de todo eso.

—Vete —ordenó—. Hoy cenaré acompañado y, entre los dos, ya nos apañaremos.

«Michael, sin lugar a dudas.» Se me encogió el corazón. Podía pasar la noche en casa para evitar que sucediera una catástrofe o dormir con Finn pero no pegar ojo en toda la noche.

—Señor Kincain, ¿tiene usted una cita? —bromeó Gracie.

Pero en lugar de perder los nervios o contestar como un maleducado, mi padre sonrió y se aclaró la garganta.

—Bueno, puede que sí —dijo—, o puede que no. Mañana os lo diré.

«Por el amor de Dios. Michael le ha preparado a mi padre una cita a ciegas con una tiparraca sucia y asquerosa.»

201

Capítulo 54

*T*ardamos toda la tarde, incluyendo un asalto al armario de la señora Rappaport y una hamburguesa con queso (poco hecha, con mostaza picante y pan crujiente), pero cuando Finn y Topher llegaron a casa de Gracie, las dos estábamos disfrazadas.

—¿Y bien? —preguntó Gracie y me obligó a hacer un ridículo desfile por el jardín—. ¿Qué os parece?

—Ohhh —exclamó Topher, que solo tenía ojos para su novia. El disfraz de Gracie, enfermera sexy, le había dejado boquiabierto, sin palabras.

—Mmmm —dijo Sherlock Finn con los ojos como platos—. ¿Tengo tres oportunidades?

—Si dices pájaro sexy, te daré un puñetazo en la garganta —avisé.

—No se me había ocurrido —comentó Finn.

—¡Vamos! —gritó Iron Man, es decir Garrett, que agarró a su hermana de la mano y la arrastró hacia la acera. Topher la siguió embobado.

—Venga, chicos —dijo Gracie.

—Un minuto —prometí.

Se había levantado viento. Soplaba con tal fuerza que agitaba las últimas hojas de otoño y creaba pequeños tornados, embudos en miniatura que cogían fuerza a medida que avanzaban por la calle y se topaban con superhéroes, brujas y monstruos, todos con sus bolsas llenas de caramelos, danzando de casa en casa, brincando y riendo.

Finn esperó a que nuestros amigos se alejaran unos metros y luego me empujó hacia la sombra de unos árboles.

—Me gusta la máscara.

Le besé.

—Aunque las alas son un puntazo, la verdad —añadió después.

Había cosido un sinfín de plumas al viejo chal de mi abuela. Gracie me había colocado las más coloridas en el pelo. También había hurgado en su cofre del tesoro, repleto de productos de maquillaje, y me había pintado los ojos con rayas lilas, grises y turquesas. Bajo el chal, me había puesto unas mallas negras y una camiseta de fútbol americano de su padre que me llegaba hasta las rodillas. Mientras no me quitara las alas, nadie podría percatarse de los números dorados de la espalda.

La brisa revolvía las plumas. Acaricié el colgante de cristal ámbar que me rodeaba el cuello. Lo encontré tirado en el fondo del joyero de mi abuela. Al sacarlo, me había parecido una baratija de segunda mano. Pero ahora, a la luz de la luna y con las ráfagas de viento agitándonos, empezó a brillar. Sentí que me estaba transformando.

—Es un amuleto mágico —le susurré al oído—. Soy un búho, una criatura de la noche. Lo veo todo. Lo sé todo.

—¿Y adivinas qué estoy pensando?

—Sí. Y ándate con cuidado, chaval, o te convertiré en un sapo y te comeré.

203

Seguimos a Garrett varias horas: corrimos como niños por las aceras, atravesamos jardines y patios interiores para evitar rodeos, le suplicamos que compartiera el botín con nosotros y nos desternillamos de risa cuando recitaba las mil y una razones por las que no iba a hacerlo. Su disfraz de Iron Man era uno de los más conseguidos, pero creo que a él poco le importaba. En una ocasión, se encontró con unos amigos del colegio y les acompañamos. Los padres también iban disfrazados de personajes de videojuegos famosos, jugadores de fútbol, vampiros (muchos vampiros), y la mayoría con un café para llevar en la mano.

Topher se pasó un buen rato colgado al teléfono. Se quedó relegado y hablando en voz baja, de modo que nadie pudimos saber qué decía. Gracie le fulminó con la mirada cuando se unió de nuevo a nosotros y, cuando trató de abrazarle la cintura, ella se apartó de mala gana.

—¿Qué ocurre? —preguntó Finn.

—Por lo visto, la fiesta en la cantera está que arde —contestó Topher en voz baja para que los padres que nos acompañaban no le oyearan.

—No —sentenció Gracie.

—No hay fantasmas en ese sitio —comentó Topher—. Ya lo he preguntado. Pero hay chupitos, música y, quién sabe, quizá podamos pillarnos una buena turca.

—Allí nunca ocurre nada bueno —insistió Gracie—. No pienso ir.

—No son más que leyendas urbanas —dijo él—. Así las chicas se ponen nerviosas y sus novios tienen la excusa perfecta para acercarse más a ellas.

—Bueno, entonces lo mejor será que te busques otra novia —contestó Gracie.

A pesar de la magia que se respiraba en el ambiente, de la alegría de los niños, de la música de terror y de las golosinas gratis, aquellos dos tenían que ponerse a discutir. Empezaba a ver señales de zombificación en ambos, pero Halloween no era, ni de lejos, el día para sacar el tema y, además, tenía cosas mejores que hacer.

Finn y yo aprovechábamos cada rincón oscuro para escabullirnos y besarnos. Cuando las nubes empezaron a eclipsar la luz de la luna, sentí que iba a desmayarme.

La madre de Gracie le había dado permiso para que Finn y Topher se quedaran en casa hasta medianoche para ver una película de miedo, así que cuando Garrett hubo cargado su bolsa hasta los topes, los cuatro volvimos a casa de los Rappaport.

—Creo que deberías abrigarte un poco más —dijo Finn por undécima vez—. No podrás presumir de ser un búho inteligente si coges una neumonía.

—No soy solo un búho. Soy Atenea —anuncié, y batí las alas con gesto dramático. Di un par de vueltas para evitar que Finn se diera cuenta de que me castañeteaban los dientes por el frío—. Diosa de la sabiduría, del hilo y la aguja, de las armas y de las hamburguesas con queso. Las diosas no llevan pantalones de chándal.

—Sí cuando adoptan su forma humana. Estoy segura de que es una Ley de Diosa.

Estornudé.

—¿Ley de Diosa? Me encanta.

—No pienso besarte hasta que bajes del burro. Debes abrigarte.

—¿Cómo puedes ser tan aburrido y a la vez tan atractivo?

Alcanzamos a Gracie, Topher y Iron Man para avisarles de que nos desviaríamos un poco para así pasar por mi casa y cambiarme. Nos reuniríamos de nuevo con ellos en unos minutos. Finn insistió en prestarme su abrigo. Lo colocó sobre mis hombros con tal suavidad que no perdí ninguna de las plumas. Me negaba a admitirlo, pero estaba muerta de frío.

El coche de alquiler que había aparcado delante de casa me devolvió a la cruda realidad.

—Puf —dije—. Mi padre tiene una cita. Espérame aquí, ¿vale? No quiero que te quedes ciego al verla.

Capítulo 55

*L*os pillé riéndose. Cuando me vieron, los dos se quedaron de piedra. Papá había puesto un mantel azul sobre la mesa del comedor. Avisté un par de velas blancas que iluminaban la sala y, entre las velas, una jarra de cerveza que hacía las veces de florero. Había comprado un ramo de flores, lo cual me extrañó. También me fijé en un salero y pimentero que jamás había visto. Percibí la cutre melodía de una canción vieja que papá detestaba.

De repente, mi padre se levantó. La servilleta que tenía en el regazo se cayó al suelo como una pluma.

—Pensé que te quedabas a dormir en casa de Gracie.

—He venido a buscar unos pantalones.

Se había afeitado. También había encontrado la plancha, porque no advertí ninguna arruga en su uniforme militar. Se había abotonado la camisa, que también estaba impoluta, y se había subido un poco las mangas. Me llamó la atención que se hubiera puesto el reloj en la muñeca izquierda. También llevaba la corbata de gala, que se había anudado con una precisión militar.

Apreté el interruptor que había a la izquierda de la puerta y encendí todas las luces del comedor.

—Pensé que no vendrías hasta mañana —continuó, y parpadeó varias veces—. Bueno, esto… ejem.

De pronto, Trish se levantó y silenció el teléfono.

Amenaza.

—¿Qué hace ella aquí?

No reconocí mi voz. Era como si fuera otra persona quien hablara, alguien tranquilo, sosegado, capaz de contener los nervios.

Bajo la mesa del comedor, *Spock* se puso a gimotear.

—Yo la he invitado —contestó.

—¿Estás loco? —repliqué. Seguía sin perder los estribos, aunque las manos me habían empezado a sudar.

—Hola, Hayley —saludó Trish. Se levantó y dejó la servilleta junto al plato. Se acercó varios pasos—. Uau. Has crecido muchísimo.

—Uau —imité. Mantén la calma, mantén la calma—. Tú también has envejecido. Bueno, no. Esa no es la palabra más apropiada. Has «enfermado».

—Hey, princesa —intercedió papá, que alzó las manos como si alguien le estuviera apuntando con una pistola—. Esto no es necesario.

—¿Que no es necesario? —grité—. ¿Cuándo la invitaste, si puede saberse? ¿Fue antes o después de decirme que iba a venir a casa? Ah, espera. No me lo dijiste, ¿verdad?

Y en ese momento se quitó la máscara de amabilidad. Y yo sentí un chute de adrenalina por todo el cuerpo.

—Preferiste no contármelo porque sabías cuál sería mi respuesta: «¿Trish? ¿La borracha que nos abandonó?».

Alguien llamó a la puerta.

La víbora abrió su bocaza.

—Hayley —dijo—, dame una oportunidad.

—¡No pienso darte una mierda!

—¡Basta! —vociferó papá. Hasta las paredes temblaron.

El ruido que oía en mi cabeza me impedía oír lo que decía. Crucé el comedor a zancadas y, de golpe y porrazo, me planté delante de Trish.

—Sal de aquí ahora o llamo a la policía.

Alguien volvió a aporrear la puerta. *Spock* salió disparado hacia la entrada, y la puerta se abrió.

—Perdón —dijo Finn—. Es solo que... estabais gritando tanto... ¿Todo va bien?

—Estamos bien —contestó papá.

—¿Señorita Blue? —preguntó Finn.

Evaluación.

Trish no reculó ni un centímetro. Me miraba fijamente a los ojos, aunque yo era unos centímetros más alta y aproveché ese segundo para fijarme en todos los detalles. Llevaba lentes de contacto en lugar de gafas. Se había maquillado las ojeras, aunque no lograba disimularlas, se había teñido el pelo de cas-

207

taño oscuro con mechas más claras. Estaba pálida, así que el colorete que se había echado parecía una señal de stop sobre sus mejillas.

Finn cerró la puerta. No me giré, pero oí que entraba en el comedor.

—Hola, señor Kincain. Soy Finn, ¿me recuerda? Nos conocimos hace un par de semanas.

—¿Qué haces aquí? —inquirió papá.

Trish me rodeó y se acercó a Finn para saludarle.

—Me llamo Trish Lazarev —se presentó—. Soy una vieja amiga de la familia.

Finn hizo gala de su buena educación y le estrechó la mano.

—Finnegan Ramos, señora, un nuevo amigo de la familia.

—Me dijiste que estarías con Gracie y su hermano —apuntó papá.

—Hemos pasado toda la tarde con ellos, pero nos hemos hartado de tanto truco o trato —explicó Finn—. He acompañado a Hayley a casa porque tenía frío.

—Tienes frío porque no te has dignado ponerte unos malditos pantalones —me regañó papá.

—Es un disfraz de Halloween, Andy —intercedió Trish—. Es muy bonito.

—Pues debería ver la máscara —añadió Finn, y enseñó la máscara de búho.

—¡Dejadlo de una vez! —grité. No iba a permitir que actuaran como si nada hubiera ocurrido mientras dos leones hambrientos merodeaban por la sala.

—Hayley, por favor —rogó Trish.

Señalé a mi padre con un dedo acusador.

—Esto no es por Halloween, ni por unos dichosos pantalones —dije, y luego señalé a Trish—. Es por ti. ¿Le has drogado? ¿Está sufriendo una hemorragia cerebral? Dios…

—¡Basta ya, jovencita! —gruñó papá.

—¡No, Andy, no lo hagas! —chilló Trish.

La historia volvía a repetirse. Ahora venía cuando papá perdía los estribos, la agarraba y la sacudía con fuerza. Eso era lo que estaba escrito en el guion; ella se rebotaría, empezaría a insultarle y él se pondría a gritar como un loco. Daba igual cómo empezara, la pelea siempre acababa con empujones, chillidos y cosas rotas. A veces era ella quien se rompía, y otras él. Nunca fui yo porque era pequeña y podía esconderme en el armario, o debajo de la cama.

Pero las cosas habían cambiado. Había crecido y no podía escabullirme a esos escondrijos.

El aliento de papá olía a whisky y pastel de manzana. De cerca, su mirada parecía no tener vida, ni expresión. Ni siquiera desprendía ira. Me miraba como si no me reconociera. Quizá si todavía llevara trenzas, si midiera un par de cabezas menos y me faltaran algunos dientes, quizá entonces sí me hubiera conocido.

Finn gritó algo incomprensible y, en un abrir y cerrar de ojos, se colocó a mi lado. Papá lo apartó de un empujón. Finn se revolvió, pero papá le agarró del cuello del abrigo. Y entonces Trish se interpuso entre nosotros. Ese era el momento en que ella soltaba una bofetada, que podía aterrizar en mi mejilla, en la de papá o incluso en la de Finn. Ese era el momento en que los gritos se hacían ensordecedores y algo saldría volando por los aires, un cenicero, una botella de cerveza, una mesa... los dos se pondrían a rugir como animales salvajes y alguien acabaría sangrando y...

—Andy —susurró Trish con voz dulce—. Mírame.

Papá estrujó el abrigo de Finn todavía más.

—Por favor, Andy —rogó—. Por favor, mírame —murmuró, y rodeó el puño de papá con sus manos—. ¿De qué hemos estado hablando toda la noche?

Mi padre cerró los ojos y soltó a Finn.

Finn y yo retrocedimos varios pasos.

—Vete —articulé, pero él sacudió la cabeza. Papá se desplomó en el sofá, inexpresivo. *Spock* subió de un brinco al sofá y apoyó su cabecita desgreñada sobre el regazo de papá.

—¿Qué te parece si dejamos que Hayley se ponga unos pantalones y pase la noche en casa de su amiga, tal y como había planeado? —sugirió Trish.

El único ruido que se oía era el *ump, ump* de la cola de *Spock* azotando los cojines del sofá mientras papá le rascaba las orejas.

—O puedo irme —propuso Trish—. Dime qué prefieres.

Ump, ump, ump, ump, ump.

Papá miraba al perro, pero cuando habló se dirigió a mí:

—Deberías irte, Hayley.

—Pero...

209

—Necesito hablar con Trish. ¿Este chico puede acompañarte hasta la casa de Gracie?

—Por supuesto, señor —aceptó Finn.

—¿Te importaría esperarla fuera? —preguntó Trish.

Acción.

Capítulo 56

$\mathcal{V}$acié la mochila sobre la cama para después llenarla con un par de tejanos, calcetines, ropa interior, dos libros y todo el dinero que tenía guardado en mi hucha secreta... *el corazón se acelera, las piernas tiemblan y los pulmones se quedan sin oxígeno...* Me quité las medias y me vestí con unos leggins y unos pantalones de chándal... *sal de aquí, sal de aquí sal de aquí...* Me puse una camiseta de cuello vuelto y una sudadera afelpada... *corre, escóndete, cúbrete las espaldas...* También cogí el cuchillo de caza del cajón de los calcetines y lo metí en uno de los bolsillos laterales de la mochila.

Me controlé y no incendié mi habitación, ni hice añicos todos los espejos y cristales. Sentí el impulso de arrancarme el corazón para apalearlo hasta que dejara de latir, o hasta que me cansara.

Salí de mi habitación. Bajé las escaleras hasta el vestíbulo.

Trish y papá estaban sentados a la mesa del comedor. Ella sujetaba una taza de café, y él tenía la mirada perdida en la llama de la vela.

Recogí el chal de plumas del suelo. Cerré de un portazo, con la esperanza de que, del golpe, el techo se viniera abajo. Pero ni siquiera miré atrás para comprobarlo.

Capítulo 57

—¡*E*spera!

En cuanto llegué a la acera, giré hacia la derecha y seguí caminando.

—Espera, ¿adónde vas? —gritó Finn detrás de mí.

Camina, camina...

Me alcanzó y se puso a mi lado.

—Gracie no vive por aquí.

¿Y si mata a mi padre? ¿Y si él se cabrea, pierde los nervios, le dispara, y después se pega un tiro y se suicida?

—No voy a casa de Gracie.

—Entonces, ¿adónde vas?

Camina. No pares...

—A la estación de autobuses.

—Eso es ridículo. Uno no huye porque no le cae bien la cita de su padre.

¿Y si su empeoramiento es culpa de Trish? ¿Y si esta vez de veras ha perdido el control y necesita que lo aten a una camilla, o que vuelvan a someterlo a una terapia de electroshock cerebral? ¿Y si ha cruzado el límite y es imposible volver atrás?

—Venga, va. ¿En serio?

Avanzó unos pasos para adelantarme y siguió caminando, pero de espaldas y mirándome a los ojos.

—¿A qué hora sale el autobús? ¿Qué paradas hace? No tienes ni idea, ¿verdad?

—Me da lo mismo. Subiré en el primer autobús que salga de este pueblo.

—¿Y si va a Poughkeepsie? —preguntó—. Nadie en su sano juicio querría ir a Poughkeepsie.

—Deja de seguirme.

—Eres tú quien me sigue a mí —corrigió—. Yo voy delante.

—No estoy para bromas, Finn.

—Lo sé. Y eso me asusta.

Camina, y punto.

—Pues déjame puntualizar algo: vas en la dirección equivocada. A menos que pretendas caminar cuarenta kilómetros para llegar a la estación de Schenectady.

—Si vas a por tu coche, podrías llevarme.

—Si voy a por mi coche, desaparecerás.

No contesté. Bajé la cabeza y seguí andando. Tenía razón.

Cinco minutos. Diez.

Dejamos el último semáforo atrás, pero la luz de las estrellas iluminaba la calle. Pasamos por delante de una granja abandonada y esquivamos un pequeño descampado que apestaba a algo muerto y podrido.

De repente, Finn tropezó y se cayó de bruces.

Quería ignorarle, pasarle por encima si era necesario, pero el grito que se le escapó cuando se golpeó contra el suelo, un suave «au», sonó tan real que paré.

—¿Te has roto algo?

Él se incorporó.

—No estoy seguro —farfulló mientras se palpaba el tobillo derecho y, con sumo cuidado, flexionaba el pie.

Le ofrecí la mano para ayudarle a levantarse. Se sacudió las piedrecitas del abrigo y dio un par de pasos.

—El tobillo no me hace daño, pero creo que me hecho un esguince en el coxis —dijo. Siguió caminando como si nada y, al ver que no le seguía, se volvió—. Vamos.

Un soplo de aire frío, el mismo que horas antes nos había acompañado mientras mendigábamos caramelos de casa en casa, ahora me atravesó como un puñal, metiéndose por debajo de mi ropa, mordiéndome la piel. Ese viento enfrió el calentón que me hostigaba desde que vi a Trish sentada a nuestra mesa.

—¿Crees que ya hemos cruzado la frontera? —pregunté.

—Canadá está por ahí —dijo Finn, y señaló hacia el norte—. Nos queda una buena caminata.

—Me refería a la frontera de la ciudad.

—¿Por qué?

213

La luna se rio. En serio. La oí.

—Ojalá pintaran unas líneas negras en el suelo para señalar dónde están las fronteras, como si fuera un mapa —dije, y me sequé las lágrimas—. Como cuando eres niño y te subes a un avión, que no dejas de mirar por la ventanilla porque esperas ver unas líneas en el suelo que dividen todos los países.

—La empresa que fabricaba los pinceles gigantes para dibujar esas líneas ya no está en el mercado —explicó Finn, y se acercó a mí—. Sabotaje, creo.

Estaba tiritando de frío.

—¿Por qué haces esto?

Me arrancó una de las plumas que llevaba en el pelo y la sostuvo entre nosotros.

—Tengo debilidad por los pájaros sexys.

Traté de contenerme y apreté los puños, pero al final no pude evitar sonreír. Nos besamos, al principio castamente, y luego con pasión. Con ardor. Nos besamos bajo la luz de la luna, en mitad de la nada, abrazados. Y por un segundo, ya no me sentí perdida.

—¿Tienes hambre? —preguntó al fin.

—No.

—Genial —murmuró, y me besó los nudillos—. Déjame que te prepare el desayuno. Llamaré a Topher. No quiero que nos estropee el momento. Desayunaremos y después te llevaré a la estación de autobuses que prefieras. Deber de un Boy Scout, ya sabes.

—Tú nunca has sido Boy Scout.

—¿Tortitas o gofres?

Capítulo 58

Las gafas de visión nocturna presentan el paisaje en tonos verdes, como en el mundo del Mago de Oz, pero no te permiten ver todos los detalles. Las gafas de visión térmica, en cambio, muestran los puntos calientes del enemigo. Mátale, y verás el calor abandonando su cuerpo como un espíritu fantasmal.

Soy un buen soldado, un buen oficial. Creo en mi país y en mi misión. Todavía creo en el honor, pero la arena empieza a taponarme el corazón. Se filtra por los agujeros de mi cerebro. A veces veo el mundo de color verde, como si llevara gafas de visión nocturna. Otras, veo puntos de calor. Parpadeo y me olvido de por qué entré en la habitación. Me olvido de por qué estoy conduciendo por esta carretera. Recordar me deja sin aliento. Me sirvo una copa, diez copas, para así olvidar que olvido. Fumo. Me trago varias pastillas. Rezo. Como. Duermo. Cago. Maldigo.

Nada puede espantar esa arena, ni los recuerdos grabados tras mis párpados. Esas imágenes giran en una espiral infinita, mezcladas con un sinfín de olores, sonidos y lamentos.

Capítulo 59

*F*inn vivía en un estrecho apartamento del centro. Era un edificio sin personalidad alguna, alineado junto a otros bloques idénticos. Parecían rebanadas de pan encajadas en una bolsa de plástico.

—No te imaginas lo que nos cobran de alquiler por esta madriguera —explicó antes de girar la llave en el cerrojo—. Mi madre se mudará en cuanto me gradúe del instituto.

Entramos y encendió las luces del recibidor.

—¿Estás seguro de que no aparecerá por sorpresa? —pregunté.

—No soporta conducir de noche, así que no hay de qué preocuparse.

Me encerré en el baño para intentar arreglar el desastre: tenía todo el maquillaje corrido por las lágrimas.

De repente, el espejo me mostró un atisbo del pasado:

... Trish ayudándome a subir a un autobús urbano, acompañándome a obtener la tarjeta de la biblioteca, montando en bici bajo unos árboles gigantescos, horneando cupcakes *de cumpleaños,*

... yo, de pequeña, secándole las lágrimas a Trish, ella envolviéndome en una manta y llevándome al coche,

... las dos huyendo de la bestia de mi padre, que rugía como un animal salvaje y lanzaba rayos, Trish abrazándome con todas sus fuerzas...

Apagué la luz.

Finn abrió la nevera.

—¿Leche, zumo de naranja o ese líquido rojo de dieta que

le gusta a mi madre? También puedo prepararte un tazón de chocolate caliente.

—Vodka.

—Leche, zumo de naranja, líquido rojo, chocolate caliente —repitió—. O té.

—Compraré una botella de vodka a alguno de los mendigos que duermen en la estación de autobuses.

Él suspiró, desesperado. Y luego cogió el cartón de zumo de naranja, sacó una botella de vodka de uno de los armarios y los dejó sobre la mesa, delante de mí, junto a un vaso de plástico usado. Desenrosqué el tapón de la botella de vodka y me serví, llenando el vaso hasta la mitad.

—¿No quieres un poco? —ofrecí.

—Mi droga es el batido de chocolate.

Lo miré a los ojos y algo captó mi atención bajo la luz blanca de la cocina.

—¿Has utilizado *eyeliner*?

—Has tardado mucho en darte cuenta —observó—. ¿Te gusta?

—Sí —dije con una risa tonta—. Te da un toque atractivo. Pero aléjate de la máscara de pestañas, ¿entendido? No quiero que nadie me vea con un tío que tiene las pestañas más largas que las mías.

Él clavó la mirada en el vaso de plástico y luego me besó en la nariz.

—¿De veras estamos hablando sobre esto?

—No.

Me armé de valor y tomé una decisión. Eché todo el vodka de nuevo en la botella y llené el vaso de zumo.

—Claro que no —añadí.

Mientras Finn cocinaba tortitas y bacon, trató de distraerme. Estuvo parloteando sobre sus años como aprendiz de cocinero en el palacio de un emir en mitad del desierto del Sáhara. Pero no funcionó. Sentía que la cabeza me iba a explotar en cualquier momento, y la cuerda del pánico empezaba a estrangularme.

¿Qué plan habría tramado Trish esta vez?

Nunca daba un paso en falso, de hecho, siempre iba cuatro o cinco pasos por delante de los demás, sobre todo de mi padre. ¿Pretendía robarle la pensión por discapacidad? Quizá creía que mi padre cobraba una fortuna por ello. ¿Papá volvería a

217

enamorarse de ella? ¿Se mudaría con nosotros de nuevo? ¿Conseguiría que papá la incluyera en la póliza de seguros para después ayudarle a suicidarse?

—¡Hey! —exclamó Finn, y chasqueó los dedos ante mis ojos—. Necesitas comer algo.

Y me sirvió un plato con tortitas recién hechas y una carita feliz dibujada con mantequilla que, con el paso de los segundos, se fue derritiendo.

—Qué mono.

—Y bacon —anunció antes de poner un plato repleto de tiras crujientes de bacon sobre la mesa—, y sirope de arce de verdad —añadió, y echó un chorro de una botella con forma de hoja.

—¿Eso es todo lo que tienes? —acusé.

—Mi familia se crio en el estado de New Hampshire; esto es un desayuno como manda la tradición.

—Te apellidas Ramos.

—Hay hispanos en Nueva Inglaterra, listilla.

—Lo siento —me disculpé—. No pretendía…

Sonrió y levantó una mano.

—No te preocupes. Eso me permite hacer comentarios estereotipados sobre chicas blancas.

—Genial —dije—. ¿Y qué hay de la familia de tu madre? ¿Podemos tocar el tema?

—Blancos anglosajones protestantes y de Conway.

—Ciudad de amantes del sirope de arce.

—Por eso debes probarlo.

Clavó el tenedor en un trozo de tortita y lo untó de sirope.

—Abre la boca.

—Olvídalo. Solo me gusta esa guarrería barata con sabor a sirope de maíz.

—Estás en la cuerda floja, querida. Pero eres tan cobarde que ni te atreves a probar el mejor sirope de arce del mundo.

Estaba haciendo todo lo que estaba en su mano por animarme y, a decir verdad, había empezado a funcionar, y eso que no había bebido una gota de vodka.

—¿Y si estás intentando envenenarme?

—Gallina.

—Ahora sí que te has pasado, chaval.

Metí el dedo meñique en su famoso sirope y lo probé.

—¿La gente paga dinero por esto?

218

(Después del berrinche, no fui capaz de admitir que estaba delicioso.)

—Savia de arce reducida, completamente natural —explicó—. Ni colorantes ni conservantes.

—Es sangre de árbol, lo que te convierte en un vampiro chupa-árboles. Apuesto a que tienes astillas en los labios.

—¿Por qué no lo compruebas por ti misma? —propuso, y se zampó una cucharada de sirope.

Y entonces alguien llamó al timbre.

—Hagamos como si nada —murmuró.

—Ya no son horas de ir pidiendo truco o trato —comenté.

Pero ese alguien no desistió y, tras varios intentos, empezó a aporrar la puerta.

Finn murmuró una grosería y se dejó caer sobre la silla.

—Maldita sea —farfulló—. Me olvidé de avisarle.

219

Capítulo 60

Gracie se tambaleaba como una peonza en el umbral. Topher bailaba tras ella con una sonrisa estúpida plantada en la cara. Y los dos tenían los ojos rojos.

—¿Has cogido el coche? —preguntó Finn.

—Nos han traído —balbuceó Topher—. Nos hemos librado por los pelos.

—Había un montón de coches de policía —farfulló Gracie, que no podía parar de reírse como una boba.

—¿Policía? —exclamó Finn y se asomó por la puerta para comprobar el pasillo.

—Han hecho una redada y se han presentado en la fiesta de la cantera —explicó Topher, que sonreía como un crío de diez años—. Hemos salido pitando y no nos han visto.

—Hemos volado —añadió Gracie. Después señaló a Finn con el dedo—. Esta noche dormiremos aquí, no tenemos otra opción. De hecho, nos mudamos a tu casa. Seremos hippies, viviremos en comuna y criaremos gallinas. Y cabras.

Topher abrazó a su novia.

—Lo siento, tío —murmuró—. Está un poco borracha.

—Vosotros dos —cortó Gracie— sois buenos. Amigos.

—He hecho tortitas —anunció Finn.

—¡Joder, tío! —gritó Topher, que no dudó en soltar a Gracie y correr hacia la cocina.

—Date prisa, cariño —dijo Gracie—. Quiero hablar con los muertos.

Finn me miró de reojo.

—¿Qué acaba de decir?

Y

Para cuando acabamos de desayunar, Gracie se las había ingeniado para convencer a Finn de algo inimaginable. Le instó a descolgar el gigantesco espejo que tenía su madre en su dormitorio para después colocarlo sobre el suelo del comedor. Finn accedió y después encendió una vela roja.

Gracie se enroscó en el sofá, bajo una manta de lana afgana y con la cabeza apoyada sobre el regazo de Topher. A pesar de su insistencia previa, en cuestión de segundos cerró los ojos y se durmió. Acto seguido, Topher también sucumbió y se quedó frito. Estuve a punto de sacarles de casa a rastras para que durmieran la mona bajo los arbustos, pero creí que así acumularía una cantidad considerable de mal karma, lo cual no me convenía en absoluto. Finn salió de la cocina con un plato a rebosar de bacon y un bol lleno de sirope de arce, pero tanto Gracie como Topher estaban roncando.

—Apaga las luces —dije.

Finn masculló algo que no comprendí, pero acabó apagando las luces y, a ciegas, cruzó el salón hasta sentarse frente a mí. Entre nosotros, la vela y el espejo.

—¿Y ahora qué? —preguntó.

—¿Nunca has hecho esto?

Me abrigué con el chal de plumas para protegerme de los pensamientos de Trish y de mi padre.

—La noche de Halloween es especial porque el velo que separa ambos mundos se vuelve muy fino. Cuenta la leyenda que los vivos podemos ver a los muertos a través de un espejo.

Finn mordisqueó un trozo de panceta.

—Mi madre jamás compraría un espejo con muertos incluidos.

—A veces puedes ser un verdadero incordio, la verdad —comenté. Gateé un par de pasos y encendí la vela con cuidado de no quemar el chal.

Él señalo el reflejo del espejo.

—¿Lo ves? Somos tú y yo. Vivitos y coleando.

—Quítate las gafas —ordené—. Deja que la vista se torne un poco borrosa.

—Si me quito las gafas, veré borroso de forma automática.

Resoplé.

—Hazlo y punto.

A regañadientes, Finn me hizo caso.

221

—De acuerdo —murmuró—. Haz salir a los muertos. Espero que no les guste el bacon.

Respiré hondo, con los ojos entrecerrados. Todo a mi alrededor se fue volviendo borroso. Solo advertía siluetas. Un espejo de marco plateado y ovalado. Una vela roja. Círculos. La media luna de la llama, que iba cambiando de color. Azul, amarillo, blanco, gris. La sombra de Finn, desgarbada y larguirucha que poco a poco se fue confundiendo con la oscuridad.

El tiempo parecía desperezarse como un felino tras una buena siesta, suntuoso y paciente. Inhalé de nuevo, pero esta vez contuve la respiración siete segundos. Después solté el aire. La llama de la vela brincó. Me dejé llevar y, por el rabillo del ojo, observé la superficie del espejo. Otra respiración profunda, *espera...*

Un búho ululó. Fue un trino largo, espeluznante. *¡Huuu-huuu-huu-huu!*

—Uau —musitó Finn.

Me llevé un dedo a los labios.

—Ssshh.

El búho aulló una segunda vez, y una tercera. El graznido cada vez se oía más cerca, más intenso. Creí que el animal haría añicos el cristal de la ventana y entraría volando en el salón. De pronto, atisbé una sombra en el espejo, una silueta vaga y difusa que empezaba a tomar forma. Me daba miedo mirarla de frente porque temía que se evaporara. No tenía frío, pero estaba tiritando.

Finn rompió el hechizo.

—Esto es aterrador.

Y todo a mi alrededor volvió a enfocarse.

—Has arruinado el momento. Alguien estaba intentando entrar en el espejo.

El búho ululó por última vez, pero esta vez apenas pude percibir el sonido. Se estaba alejando.

—Lo siento —murmuró.

Pero preferí no responder.

—¿Crees que era Rebecca? —preguntó tras unos segundos—. ¿Tu madre?

Le fulminé con la mirada, aunque quizá, sumidos en la suave luz de la vela, él no se percató.

—¿Cómo sabes su nombre?

Señaló a Gracie con la barbilla.

—¿Te dijo algo más?

—No —contestó. Estiró las piernas y se tumbó sobre el suelo, apoyándose sobre un costado y sujetándose la cabeza con la mano—. Solo que murió cuando eras una cría.

Esperé y anhelé que el búho regresara.

—Cuéntame algo de ella —invitó.

—¿Algo como qué?

—No lo sé. Algo divertido. Algo que nunca le hayas revelado a nadie.

Arranqué una de las plumas que había cosido en el chal y me quedé embobada mirándola mientras rumiaba las cuatro cosas que sabía acerca de mi madre.

—La historia de Rebecca basada en hechos reales —dije—. Saltó de un avión cuando estaba embarazada de mí. No sabía que llevaba un bebé en las entrañas, por supuesto. Era instructora de paracaidismo. Tuvo que dejarlo cuando se enteró de que también había un bebé a bordo.

Sumergí la punta de la pluma en un charco de cera líquida y dibujé una línea sobre el espejo.

—Te juro que aún recuerdo ese salto. Sé que es imposible, pero lo recuerdo: la caída, el aire en la cara, el tirón del paracaídas y el sonido de su risa. Creo que me regaló ese recuerdo. Fue lo primero que quiso enseñarme.

Finn hundió un dedo en la cera y, al levantarlo, dejó una huella dactilar perfecta.

—Y bien, ¿quién es Trish?

Estaban de camino. Batían sus alas sin cesar. Todas las imágenes y voces, olores y sabores, todos los recuerdos de mi pasado se acercaban volando hacia mí a toda prisa.

Pasé la mano por encima de la llama.

—No hagas eso —advirtió—. Te puedes quemar.

—¿Y?

Finn sopló la vela y el salón quedó sumido en una oscuridad absoluta.

—Te he contado un secreto —murmuré—. Ahora te toca a ti.

—Solo si me hablas de Trish.

—Solo si tu secreto es cierto.

—Cierto. —Su voz sonó como un eco. Adiviné que estaba jugueteando con el mechero por el ruido de la ruedecilla y las chispas que saltaban como minúsculos fuegos artificiales—. Ya

223

sabes que tengo una hermana, Chelsea. El secreto es que es una adicta. Esnifa y se fuma todo lo que encuentra.

—Uau. ¿De veras? Yo… no sé qué decir. ¿Dónde está?

—En Boston —contestó, y por fin encendió la llama del mechero—. Por eso mi padre aceptó ese empleo. Y por eso mi madre ha ido allí esta mañana. Chelsea asegura que ha conseguido dar un «gran paso». Yuuujuuu.

—¿Qué quieres decir con eso?

—Pues que pretende exprimir otra vez a mis padres. Sacaron todo el dinero de su plan de pensiones para pagar sus dos primeras rehabilitaciones. Se escapó del centro en las dos ocasiones. Para costear el tercer ingreso, tuvieron que volver a hipotecar la casa y pagar una clínica en Hawái. De esa no se fugó. Volvió a casa con un bronceado envidiable y se mantuvo limpia ocho semanas enteras.

En la penumbra, su voz sonaba gastada, como la de un adulto.

—Ahora viene con el cuento de que necesita pedirnos perdón y así volver a empezar el proceso de curación, palabras textuales. Vaya chorrada. Culpará a mi madre por darle dinero y después volverá a desaparecer del mapa.

En su rostro bailaban ondas de luces y sombras.

—¿Te ha parecido lo bastante cierta? —preguntó.

—Sí —murmuré—. Lo siento.

Encendió la vela.

—Te toca, señorita Blue. ¿Qué tiene esa bestia de Trish que te horroriza tanto? ¿Por qué has perdido los papeles?

Me metió en el autobús. En la bolsa del almuerzo, un bocadillo de mantequilla de cacahuete, sin cortezas, y un plátano. Entrenaba mi equipo de fútbol americano. Despidió a la niñera que me daba azotes. Hasta que no encontró una nueva, me llevó cada día a trabajar con ella. Bebía vino, no vodka. A veces se olvidaba de comer. Solo fumaba cigarrillos, y solo cuando yo dormía. Se olvidó de coger el teléfono cuando la llamé para que viniera a recogerme. Se olvidó de cerrar la puerta cuando se marchó.

—Se portó como una madre conmigo —dije—, y luego me abandonó.

Capítulo 61

*A*sí que se lo expliqué todo… bueno, casi todo.

Rebecca, mi madre biológica, murió atropellada cuando yo no era más que un bebé. El tipo que conducía iba como una cuba. Papá estaba combatiendo a los insurgentes en la montaña, pero el ejército le concedió dos semanas de vacaciones para que pudiera volver a casa y poner las cosas en orden. En tiempos de guerra no hay días libres que valgan, así que después de esos quince días, me llevó a casa de mi abuela, quien se encargó de mí hasta que se murió. Por aquel entonces yo tenía siete años. Y luego apareció Trish. Era el ojito derecho de papá, su novia en el campamento base que juraba y perjuraba que le encantaban los niños.

(Preferí saltarme la parte de la historia en que la quise y la llamaba mamá porque me negaba a parecer patética además de tonta.)

—¿Y qué hay de la familia de tu madre? —preguntó él.

—No recuerdo haber conocido a nadie. Supongo que estarían todos muertos. Mi abuela fue toda la familia que tuve, y necesité.

Desvié la mirada hacia el espejo, pero no vi a nadie.

—¿Qué le ocurrió a tu padre?

La ternura de Finn a punto estuvo de hacerme llorar. Me tomé unos segundos para volver a recomponerme. Me aclaré la garganta y le expliqué la versión corta: dos viajes a Irak y otros dos a Afganistán. Le conté que le habían condecorado con el Corazón Púrpura de las Fuerzas Armadas de los Estados Unidos. En algún momento mencioné que le habían dado varias decenas de puntos en la pierna, que estuvo ingresado en el hospital varios meses mientras recibía tratamientos de recupera-

LAURIE HALSE ANDERSON

ción. Rememoré la época en que bebía hasta hartarse. Nuestras discusiones. La felicidad que me embargaba cada vez que le destinaban a la otra punta del mundo y lo mal que me sentía por ser feliz. Le hablé del aparato explosivo que hizo estallar su camión, su cerebro y su carrera profesional. Más meses confinado en un hospital, después la gran fiesta de bienvenida a casa. Cada mañana recibía una placa de identificación distinta. Pero sus días en el ejército habían acabado. (Eso fue antes de descubrir que un par de cables de su cerebro se habían desconectado. Antes de saber que podía convertirse en un hombre lobo aunque no brillara la luna llena.)

Trish empezó a beber vino para desayunar. Y luego se marchó.

—Después de que Trish os dejara, ¿conoció a alguna otra mujer?

Negué con la cabeza.

—Fue entonces cuando decidió ser camionero. Como no sabía dónde ni con quién dejarme, me llevó con él.

—¿Y la escuela?

—Él se encargó de educarme. O de deseducarme, según como se mire. Durante unos meses reconozco que fue genial: él conducía, yo leía en voz alta, y después debatíamos sobre cualquier tema: fracciones, la evolución humana, el consejo de ministros de Abraham Lincoln o qué libro de Hemingway era mejor. A veces se cansaba de tanto conducir y nos establecíamos en algún pueblecito del país, pero tras unas semanas o meses, cambiaba de opinión y, bum, volvíamos a montarnos en el camión.

Finn se arrastró cual caracol por el suelo, y se sentó a mi lado.

—¿Y cómo habéis acabado aquí?

Cogí aliento.

—El año pasado le arrestaron en Arkansas. Embriaguez pública.

Finn me estrechó entre sus brazos, calientes y sólidos.

—No compartió celda con ningún otro preso, pero salió empeñado en mudarnos aquí. Dijo que debía ir a una escuela normal que pudiera prepararme para la universidad.

—Bueno, eso tiene sentido.

—Creí que la mudanza le ayudaría, que recuperaría viejas amistades y encontraría un trabajo decente. Pero qué va. Trasladarnos aquí ha sido como activar una bomba en su cabeza.

—¿Y qué pasa con Trish? —preguntó en voz baja.

—No tardará en hacer explotar esa bomba.

Sentí un pinchazo en el estómago. Había ido demasiado lejos; le había revelado demasiados secretos. Me había equivocado, pero no podía volver a cerrar la caja de Pandora. Temía que, al abrirla, ya no fuera capaz de seguir avanzando. Ese era el problema al que mi padre se enfrentaba a diario. Su pasado más oscuro le hostigaba, impidiéndole así pasar página de una vez por todas. Al menos, cuando recorríamos las carreteras del país, había momentos en que podía huir de esos recuerdos. Pero ahora nos tenían rodeados, acechándonos.

—No quiero seguir hablando de esto —comenté, y apagué la vela—. ¿Podemos irnos a la cama?

Subimos las escaleras, Finn un peldaño por delante de mí y sin soltarme de la mano. Encendió la lámpara que tenía sobre el escritorio, junto al teclado y la pantalla del ordenador. Todas las paredes estaban forradas de pósteres de grupos *indie* que nunca había oído, de antiguos carteles turísticos rusos y de fotografías con mujeres medio desnudas montadas sobre motocicletas deslumbrantes. A ambos lados del escritorio, unas estanterías altísimas desbordantes de libros de bolsillo y videojuegos. Olía a desodorante y Fritos.

—No estaba seguro —empezó—, de si, bueno, querrías subir a mi habitación. Pero la he ordenado y limpiado, por si las moscas.

—¿Por si las moscas?

—Sí.

Cerró la puerta y pulsó la tecla de espaciado del ordenador. Como por arte de magia, en la pantalla apreció la imagen de una chimenea muy agradable y empezó a sonar jazz de los altavoces. Apagó la lámpara, me abrazó y me besó. Sabía a sirope de arce, a mantequilla, a tortitas y a bacon.

«Ahora. Quiero quedarme aquí, congelar este instante. Construiré una fortaleza con Finn y el pasado jamás volverá a perseguirme.»

Y... de pronto me encontré tumbada sobre su cama. Finn cada vez llevaba menos ropa, pero me sentía bien. El mundo dejó de existir más allá de esa habitación. Su boca, sus manos, los músculos de sus hombros, el arco de su espalda; eso era lo único que importaba. Mañana...

227

«Mierda.»

Me incorporé.

—¿Qué ocurre? —susurró él, jadeando, y también se incorporó—. ¿He hecho algo mal?

—Una palabra soez.

—¿Una palabrota? Las conozco todas. ¿Tienes una favorita?

—Mañana.

—Mañana no es una palabrota —apuntó, y se apartó el pelo de los ojos—, ¿no crees?

—He dicho soez —puntualicé. Estaba tiritando, así que me tapé con la manta hasta la barbilla—. El mañana es una realidad, y no podemos ir tan lejos como queramos. La realidad apesta.

—Pero no pienses en el mañana —dijo mientras me acariciaba el brazo. Me estremecí—. No es sexy.

—¿Sabes qué no es sexy en absoluto? —espeté, y le aparté la mano—. Los bebés. Los bebés no son sexys.

—Pero he comprado condones —contestó él—. Incluso he practicado un poco.

La expresión de perro degollado me hizo sonreír.

—Estoy muy orgullosa de ti, señor Erección, pero no es suficiente. Soy la persona con más mala suerte del mundo mundial. Si alguien de este planeta fuera a quedarse embarazada hoy, sería yo. Y lo último que necesito es un bebé.

Él gruñó y dio un par de vueltas sobre la cama.

—¡Deja de decir esa palabra!

—Bebé, bebé, bebé —repetí. Luego recogí la camiseta del suelo y me la puse—. No puedo. De veras, no puedo.

—¿Por qué te estás vistiendo?

—Tienes que llevarme a casa.

Rebuscó entre las sábanas su camisa y se la puso.

—¿Quieres irte a casa?

—No. Pero eres la tentación hecha hombre y sé que no podremos controlarnos. Y si eso ocurre, ya puedo despedirme de mi vida.

—No pienso arruinarte la vida. No soy estúpido.

Abrió el armario y se puso de puntillas para coger algo del último estante.

—¿Quieres un saco de dormir?

—¿Para qué?

—He pensado que podríamos darle un toque posmoderno a

una antigua costumbre. Hace un siglo, los amantes que todavía no se habían casado compartían el lecho vestidos —explicó—. Pues bien, tú te quedarás en un saco, y yo en otro.

—Pero tienen cremalleras. Cremalleras que podemos bajar.

—Soy un hombre de palabra —dijo, y sacó un segundo saco de dormir—, e intuyo que a ti tampoco te gusta romper tus promesas.

Tardamos unos minutos en recolocar las almohadas y encontrar el modo en que los sacos no se escurrieran del colchón. Una vez metidos en nuestros correspondientes sacos, pusimos una alarma en el móvil para que nos despertara justo antes de amanecer. Nos quedamos dormidos al instante, como si alguien nos hubiera echado un hechizo. Ni siquiera tuvimos tiempo de darnos un beso de buenas noches.

Cuando apagamos la alarma, bajamos los escalones a trompicones y despertamos a Topher y a Gracie, que seguían roncando en el sofá, tal como les habíamos dejado. Finn me dejó delante de casa. Rallé el lateral del coche de Trish con la llave y entré a hurtadillas, sin alterar a *Spock*. Me metí sigilosamente bajo las sábanas, sin tan siquiera ponerme el pijama, y volví a conciliar el sueño, aunque esta vez no logré contener las lágrimas.

Capítulo 62

*E*sa misma tarde, cuando me cansé de dar vueltas en la cama, salí de la habitación. Estaban viendo un partido de fútbol en el salón. Trish estaba hecha un ovillo en el sillón reclinable, y se mecía hacia delante y atrás. Me fijé en el gigantesco libro que tenía apoyado sobre el regazo y las horrendas gafas de lectura que le colgaban de la punta de la nariz. Papá, tumbado en el sofá, se estaba tomando una cerveza. Sobre la mesa, un bocadillo mordisqueado y tirado en la alfombra, *Spock*. Oí un ruidoso tic tac que me martilleaba la cabeza. Era un reloj de cuco de madera espantoso que, hasta ese día, jamás había visto.

—Mira quién se ha levantado —dijo papá.

Señalé el reloj de cuco.

—¿De dónde ha salido esa cosa?

—Trish lo encontró en el sótano —contestó.

Ella me miró por encima de las gafas de lectura.

—Pareces cansada, Lee-Lee. ¿Has dormido algo?

Y así, sin previo aviso y sin pedirme permiso, las lágrimas volvieron a aflorar. Debí haber ignorado a Finn. Tendría que haber caminado hasta la estación de autobuses y haberme montado en el primero sin mirar atrás. *Spock* hizo el truco de la croqueta, que consistía en girarse panza arriba y lloriquear hasta que alguien le rascara la tripa. Aproveché ese momento de distracción y me sequé los ojos. No pretendía decírselo, ni mucho menos, pero Trish tenía razón. Necesitaba dormir más si quería enfrentarme a todo lo que se me venía encima, al ardor del filo del cuchillo, a ese sonido desgarrador, a la avalancha…

… me dio un bolígrafo y estampé mi firma en el que se-

ría mi primer carné de biblioteca. Me dejaron llevarme ocho libros que podía leer las veces que quisiera...

... el ruido de las tijeras y el olor a pegamento; encadenando una tira de papel a la siguiente, formando una guirnalda que alternaba colores navideños y que luego utilizaríamos para decorar el árbol...

... hileras de chocolates M&M sobre la mesa de la cocina, maltrecha y rascada, que ella utilizaba para enseñarme que multiplicar y dividir podía ser divertido...

Trish me miró. La luz que entraba por la ventana que había a sus espaldas no me permitía leer su expresión. En cambio, escudriñar las sombras me resultaba mucho más sencillo...

... ella le lanzó un cenicero, y él se agachó para esquivarlo. El cenicero explotó en una lluvia de diminutos cristales...

... el día en que la encontré inconsciente en el sofá, junto a un extraño; los dos estaban medio desnudos...

... el portazo que dio la última vez que salió de casa

para cerrar bajo llave todos esos recuerdos que ahora amenazaban con escaparse.

Trish levantó el libro para que pudiera ver la cubierta.

—Lo más nuevo de Elizabeth George. ¿Te gustan los misterios?

Spock empezó a gemir otra vez y a agitar la cola. Él también podía oler las situaciones absurdas. Trish estaba actuando como si viviera ahí, con nosotros. Si me fugaba de casa, papá volvería a caer rendido a sus pies y quién sabía cómo acabaría la historia esa vez. En cambio, si me quedaba en casa, y ella se empeñaba en mudarse, tendría que matarla y eso, todavía, era ilegal.

Papá y Trish intercambiaron una de esas miradas de adultos que no presagiaban nada bueno. Así pues intuí que lo que iba a ocurrir después no me iba a gustar.

Él apagó el televisor y se aclaró la garganta.

—Tenemos que hablar.

—Ahora no es un buen momento —balbuceé, y me di media vuelta—. Voy a cortar el césped.

—Todavía no —avisó papá.

—Por favor —añadió Trish.

Paré y me crucé de brazos.

—No me mires así —murmuró papá mientras se rascaba la

231

cabeza—. Debería haberte dicho que vendría, lo sé. El otro día, en la cancha de baloncesto, estuve a punto de contártelo, pero luego se me fue el santo al cielo.

Trish cada vez se balanceaba más sobre el sillón y los tornillos empezaron a chirriar.

—Perdón por lo de anoche. Perdí la paciencia —continuó.

—Como siempre —dije—, con un perdón lo arreglas todo, ¿verdad?

—Metí la pata, ¿vale? Y lo siento —insistió, y crujió los nudillos—. Tu comportamiento también dejó mucho que desear. En fin, el caso es que Trish necesita quedarse aquí.

Trish intercedió enseguida.

—Solo una semana, más o menos.

—Es una tontería que se gaste el dinero en una habitación de hotel —explicó papá.

—¿Y por qué no se queda en la granja de cerdos que hay al final de la calle? —propuse.

El graznido del sillón me recordó a un ratón apresado en una trampa. Entonces volvieron a mirarse de ese modo tan extraño y eso pudo con mis nervios.

—¡No quiero que la mires así! —grité.

—Hayley, por favor —suplicó Trish.

—¡Cállate!

—¡Hayley! —chilló papá.

Trish sacudió la cabeza.

—Déjale un poco de espacio, Andy, no la atosigues.

—¿Dejarme espacio? —repetí—. ¿Leíste eso en una galleta de la fortuna, o qué?

—Te contradices —acusó.

—¿Qué quieres decir?

—Me mandas callar pero luego me haces una pregunta. No puedes tenerlo todo. Tienes que elegir.

Deslizó las gafas y se las colocó en la cabeza.

—Ahora soy enfermera, Hayley. Me he sacado el título. Estoy aquí porque tengo varias entrevistas. Andy me ha ofrecido quedarme con vosotros, pero como una amiga, no te equivoques.

—Solo es una amiga —puntualizó papá—. Se quedará en la habitación de la abuela.

Ojalá el fantasma de la abuela hubiera oído eso. Deseé que su espíritu estuviera reuniendo a todas sus difuntas amiguitas para acosar y aterrorizar a Trish. Quizá incluso convencería a Rebecca para que les ayudara, o a todos los miembros de la familia Stockwell y a todos los muertos enterrados en el cementerio. Visualicé la imagen de inmediato: cientos de espíritus reunidos en la habitación y, entre ellos, mi abuela. La despertaría y, con la educación que siempre la había caracterizado, la invitaría a largarse de nuestra casa y a dejarnos en paz.

Spock dio un brinco y empezó a sacudirse, levantando así una nube de pelo blanco y motas de polvo que quedó sostenida en el aire.

—Pues todo arreglado, entonces —añadió papá. Tras una suave palmadita en las rodillas, se levantó, dando así el tema por zanjado e ignorando por completo que su hija estaba dispuesta a salir corriendo hacia el garaje para coger el hacha.

—¿Adónde vas? —le preguntó Trish.

—El obturador del cortacésped está atascado —contestó—. Voy a arreglarlo para que Hayley pueda utilizarlo.

—No te molestes —dije—. Me voy a casa de Gracie.

233

Capítulo 63

—*E*stoy viviendo una pesadilla —murmuré, y me dejé caer sobre el columpio. Las cadenas tintinearon con el peso—. Quizá el bacon que comimos anoche estaba caducado, o rancio. A lo mejor estoy sufriendo una intoxicación alimentaria que afecta al cerebro.

Gracie gimió e hizo una mueca.

—Por favor, no hablemos de comida.

—Es como si hoy todavía fuera Halloween, o algo así —proseguí—. Me levanto y me encuentro a una bruja en el salón. Y mi padre amanece con una máscara que se parece a él, pero que no es.

—No sé por qué te sorprendes tanto —dijo Gracie. Se sentó en la punta del tobogán. Su hermano pequeño estaba jugando con algunos amigos en la nueva atracción: una caseta que se podía escalar. Nosotras preferimos quedarnos en la parte antigua del parque para charlar tranquilamente, lejos del ruido que estaban haciendo esos críos—. Tu padre y Trish estuvieron juntos mucho tiempo, ¿verdad?

Hice girar el columpio, retorciendo las cadenas entre sí.

—Ese no es el problema.

El hermanito de Gracie, que se había empecinado en vestirse otra vez con el disfraz de Iron Man, vino corriendo hacia ella.

—La mamá de Kegan ha traído naranjas. Dice que puedo comerme una si me das permiso.

—Claro que sí —contestó Gracie—, pero no te alejes mucho, ¿vale?

—¿Me das permiso también para comerme un bocadillo de mortadela? —gritó.

—¡Sshh! —siseó Gracie—. Me duele la cabeza, ¿recuerdas?

—¿Me das permiso también para comerme un bocadillo de mortadela? La mamá de Kegan los prepara con mayonesa y kétchup.

Gracie soltó un bufido.

—Come lo que quieras, colega. Pero no hace falta que me des todos los detalles.

Esperé a que Garrett no pudiera oírnos.

—Deberías vomitar. Te sentirías mucho mejor.

—Detesto vomitar —admitió, y se humedeció los labios—. ¿Cuál es el problema con Trish?

Giré el columpio una vuelta más.

—El problema es que es una persona terrible.

—Preséntasela a mi padre, entonces —sugirió Gracie, y se recostó sobre el tobogán—. Eso solucionaría todos nuestros problemas familiares —añadió. Después gruñó como un animal del bosque—. ¿Una persona puede morir de resaca?

—Si fuera así, a Trish ya la estarían devorando los gusanos —dije, y solté el embrollo de cadenas que había formado. El columpio empezó a girar muy rápido—. Y a papá también, supongo.

—No sé cómo pude beber tanto anoche —protestó Gracie.

—Lo peor de todo es que se ha instalado en casa —continué. Clavé los pies en el barro y empecé a girar en dirección opuesta—. ¿Cómo es posible que no se dé cuenta de lo que Trish intenta hacer?

—Deja de estresarte. No puedes cambiar nada —aconsejó. Cuando las niñas del parque empezaron a jugar al pilla-pilla y a gritar como posesas, Gracie hizo un gesto de dolor—. Los padres tienen vía libre, pueden hacer lo que les venga en gana. Cállate y déjame que muera en paz.

—No sabía que eras tan quejica. Da las gracias de que no te arrestaran.

—No pensaba beber ni una copa —dijo, y se tapó los ojos con las manos—. ¿En qué estaría pensando?

—No pensabas, idiota, bebías. Son conceptos opuestos. Y ahora céntrate: ¿cómo puedo librarme de ella?

—No puedes —contestó. Se incorporó e hizo una mueca de dolor—. El mundo se ha vuelto loco. Para conducir, necesitas el carné. Para pescar, una licencia. Pero para formar una nueva familia, nada. Dos personas tienen sexo y ¡bam!, nace un niño

235

completamente inocente que tendrá una vida de mierda por culpa de sus padres —protestó, y se puso en pie—. Y no puedes hacer nada para evitarlo.

—Te equivocas.

—Entonces la idiota aquí eres tú —contestó, y se sentó en el columpio que se balanceaba a mi lado—. Quizá esto sea una señal.

—¿De qué?

—Una señal de que necesitas mirar hacia delante. Como con la universidad. ¿Vas a solicitar plaza en Swevenbury?

—Me parto de risa.

—¿Demasiado cerca? ¿Y qué te parece California? Hay un montón de universidades allí. Aléjate todo lo que puedas de esta ciudad.

—¿Y dónde ha quedado la idea de la comuna? —pregunté, y di otra vuelta al columpio. Las cadenas estaban tan enroscadas que tuve que inclinarme hacia delante para que no se me enredara el pelo.

—¿De qué hablas?

—Anoche aseguraste que los cuatro, Topher, Finn, tú y yo, deberíamos criar cabras en nuestra comuna.

—Mentirosa —acusó—. Ni siquiera me gustan las cabras.

—¡Tata! —exclamó Garrett, que vino disparado como una bala con su bocadillo de mortadela, mayonesa y kétchup para estampárselo en la cara a su hermana—. ¿Quieres un poco?

—Oh, Dios mío —gruñó Gracie, y se dirigió tambaleándose hacia la papelera.

—Dámelo, colega —dije—. Tu tata tiene el estómago algo revuelto.

Capítulo 64

*E*n los días posteriores a Halloween, Finn dejó de ser el Finn de siempre; estaba distraído, callado. La yonqui de su hermana había vuelto a la carga y estaba manipulando a sus padres, pero se negaba en redondo a hablar del tema. Tenía el móvil apagado todo el día (o quizá me había bloqueado), pero cada mañana se presentaba puntual en casa para llevarme al instituto. Ya no bromeábamos tanto en la biblioteca, ni en los pasillos del instituto. Había días en que apenas cruzábamos dos frases, pero seguía rodeándome los hombros con el brazo y yo siempre deslizaba una mano en el bolsillo trasero de sus tejanos.

(¿Sinceramente? Me sentí aliviada. Los secretos que nos habíamos revelado la noche de Halloween eran tenebrosos, oscuros. Verle a plena luz del día, o bajo la luz blanca del comedor, me hacía sentir vulnerable. Me daba la sensación de que mi piel se había vuelto transparente y que todo el colegio podía ver lo que había en mi interior.)

El miércoles por la mañana, sin embargo, llegó tarde a buscarme, bostezando y con cara de sueño. Me dijo que no había pegado ojo en toda la noche, pero cuando le pregunté por qué, se limitó a encogerse de hombros y encendió la radio. Me apoyé sobre el cinturón de seguridad e intenté echar una cabezadita.

El hecho de que Trish estuviera rondando por casa no estaba ayudando a papá en absoluto. Ese día, se despertó a las dos y media de la madrugada gritando como un demente. Era la tercera noche seguida que le ocurría, y eso que Trish tan solo había dormido en casa cuatro. Se levantaba vociferando que el camión estaba en llamas, o empeñado en pedir refuerzos aéreos para expulsar a un grupo de insurgentes.

Cuando recuperaba el sentido común, Trish se pasaba el resto de la noche hablando con él en el salón. Traté de oír lo que decían, pero el tictac del maldito reloj de cuco lo hacía imposible.

Debí de quedarme dormida porque cuando abrí los ojos ya habíamos llegado al aparcamiento del instituto.

Topher nos miró de arriba abajo; parecía que los dos acabáramos de salir de la cama, así que nos compró un par de cafés para llevar y unos deliciosos burritos untuosos. Arqueó las cejas en un gesto cómico y nos preguntó:

—¿Qué hicisteis anoche, chicos?

—Nada divertido —dije.

—Tuvimos una reunión familiar vía Skype —contestó Finn, que soplaba el café en un intento de enfriarlo—. Chelsea y papá en Boston, mamá y yo aquí.

—¿De veras? —dije; no tenía ni idea—. Qué bien.

Finn sacudió la cabeza.

—Qué va. Chelsea quiere volver a rehabilitación, pero no tenemos dinero. Mamá se está planteando vender todas sus joyas y el coche.

—Joder, tío —murmuró Topher.

Gracie rascó un trozo de chicle seco pegado en la mesa. Últimamente ella tampoco dormía mucho. Se quedaba despierta hasta altas horas de la madrugada para escuchar a escondidas las discusiones de sus padres sobre su custodia. Su padre reclamaba una custodia compartida y exigía estar con ellos de domingo a viernes. Su madre, en cambio, le exigía que no presentara su nueva novia a Gracie y a Garrett.

—¿Y qué hará luego? —pregunté. Tomé un sorbo de café y me quemé la lengua—. ¿Cogerá tu coche?

—Dice que irá a trabajar en autobús.

—¿Y cuando tenga que hacer la compra?

—Pues cogerá mi coche —admitió Finn.

Gracie alzó la cabeza.

—¿Has intentado decirle que no?

—¿Y qué hay del seguro? —añadió Topher—. ¿Qué ha decidido sobre eso?

—¿Qué ocurre con el seguro? —pregunté. Me chocó que Topher supiera algo que yo desconocía.

—La semana pasada me dijo que tenía que pagarlo yo. Y la gasolina también. Ayer el entrenador me contrató como socorrista para la piscina del instituto. Empiezo esta misma tarde.

—¿Y cuándo pensabas decírmelo?

—Lo siento —murmuró, con la mirada pegada en el café—. Se me pasó.

—La verdad, creo que tu madre está metiendo la pata, y hasta el fondo —acusó Gracie, que no dudó en robarme el café—. Si cede ante las exigencias de tu hermana, te arruinará la vida.

Finn se encogió de hombros y dio un bocado a su burrito.

—Por no mencionar otros cabos sueltos de su plan —prosiguió Gracie—. ¿Y si la despiden del trabajo? ¿Y si su jefe no quiere trabajadores que vengan en autobús porque siempre llegan tarde?

—No quiero seguir hablando de esto —farfulló Finn.

—Pues deberías —contestó Gracie—. Estás cediendo ante tu madre del mismo modo que ella cede ante tu hermana.

—Tú lo llamas «ceder», pero en mi familia lo llamamos «preocuparnos por el otro» —corrigió Finn, y después se dirigió a Topher—. Cambiando de tema, ¿te has enterado del tiroteo en esa escuela de Nebraska?

—Las noticias son deprimentes —dijo Topher—. Deberías ver más dibujos animados.

—¿Y por qué tenemos que cambiar de tema? —insistió Gracie—. Todos nuestros padres están pirados, salvo los de Topher.

—Es una relación muy equilibrada, lo que, por cierto, me parece patético —murmuró Topher, y negó con la cabeza—. Es vergonzoso.

—Cierra el pico, bobo —dijo Gracie, y le asestó un suave codazo—. ¿No creéis que deberíamos hablar de estos temas y así ayudarnos?

—Gracie lleva razón, Finn —dije.

—No —espetó Finn—. Tu amiga es una entrometida incapaz de estar callada. Igual que tú. Hablo en serio, no quiero volver a tocar el tema.

—¿Entrometida? —repetí.

—¡En fin! —exclamó Topher—. ¡Deporte! ¿Quién quiere hablar sobre deporte?

Debí callarme, pero no pude. Estaba cansada, frustrada y, con toda probabilidad, un poco enamorada, lo cual me horripilaba sobremanera. Estaba agotada. (¿Ya lo he dicho?) Mi irrita-

239

ción era cada vez mayor, como una bola de nieve que va creciendo a medida que desciende montaña abajo.

—Lo primero que has hecho nada más sentarte es contarnos que tuvisteis un consejo familiar vía Skype, que tu hermana quiere volver a rehabilitación, que tu madre está dispuesta a vender su coche y sus joyas para pagárselo —recriminé—. Nos lo has explicado porque tú has querido, no porque hayamos metido las narices.

Él se quedó callado.

—Y luego dejas caer que has aceptado una oferta de trabajo y que, casualmente, empiezas hoy, ignorando por completo que quizá eso me afecta.

—Ya te he pedido disculpas por eso.

La bola de nieve había alcanzado el tamaño de un volquete.

—Las disculpas no significan nada si se dicen por decir.

—¿Y qué quieres que haga? —preguntó.

—Pues podrías empezar por bajar la voz cuando te diriges a ella —reprendió Gracie.

Finn la señaló con el dedo.

—Entrometida e incapaz de cerrar esa bocaza, ¿lo ves?

—Estás enfadado conmigo, así que no lo pagues con ella —dije.

—No estoy enfadado contigo, pero me estás buscando las cosquillas.

De golpe, la cafetería enmudeció. Todos giraron sus cabezas de zombi hacia nosotros; podían oler la sangre. La bola de nieve era tan grande que podía derribar un pueblo entero.

—¡No te estoy buscando las cosquillas! —chillé, y di un puñetazo sobre la mesa.

—No me grites —avisó Finn.

—Está bien, niños —intercedió Topher—. Tiempo muerto.

—¡Si quieres que deje de gritar, no mientas!

—No estoy mintiendo —dijo él.

—No me explicaste que tenías que pagarte el seguro del coche, ni que habías aceptado un empleo, ni tampoco el último desastre de Chelsea.

—Tú no me cuentas con pelos y señales lo que le pasa a tu padre y no por eso me ofendo.

—Ni te atrevas a hablar de él —avisé—. Aquí no.

Pero él actuó como si no me hubiera oído.

—Imagino que, cuando estés preparada, querrás contármelo. ¿Por qué no puedes hacer lo mismo por mí? Mi familia no está, ni de lejos, tan loca como la tuya. Nunca verás a mi madre con un hacha por casa, ni borracha como una cuba, ni montando una escena absurda.

—¡Cállate!

Me levanté y empujé la mesa. Todas las tazas de café salieron volando. Algunos se lanzaron al suelo en un intento de rescatar los burritos del desayuno y los libros.

—¡Ya basta! —gritó la camarera, que se abrió camino entre el gentío hasta llegar a nuestra mesa—. Vosotros, moved el culo de aquí.

—Lo que tú digas —balbuceó Finn, y se marchó.

La camarera me dio un rollo de servilletas marrones, de las que no absorben ni una sola gota de agua.

—Tú has montado todo este lío —dijo—, así que tú lo limpias.

—Uau —dijo Gracie cuando los zombis dejaron de mirarme—. Menuda bronca.

Arranqué varias servilletas del rollo.

—Cállate, G.

241

Capítulo 65

*L*a señorita Rogak estaba leyendo la escena en que Atenea le pide al crepúsculo que se prolongue para que así amanezca más tarde y Odiseo pueda disfrutar de una larga noche con su esposa cuando la voz del director sonó por los altavoces.

—¡Atención! Es un protocolo de emergencia —anunció el director—. Todo aquel que esté en el pasillo, que entre en un aula. El personal de la escuela, por favor, que siga los procedimientos de emergencia.

La señorita Rogak puso los ojos en blanco, dejó el libro a un lado y se levantó para cerrar la puerta del aula con llave y bajar la persiana. En cuanto volvió a sentarse tras su escritorio, todos habíamos sacado el teléfono e intentábamos ponernos en contacto con el mundo exterior para asegurarnos de que todos seguían con vida. Mandé un mensaje primero a Finn, y después a Gracie.

Había un 99,99 por ciento de posibilidades de que se tratara de otro simulacro de incendio, pero todo el instituto había visto las noticias esa mañana. Y todo estaba demasiado reciente. En la grabación de las cámaras de seguridad, aparecían lunáticos armados y camillas con cuerpos manchados de sangre recorriendo el patio. Pequeños altares con ositos de peluche y coronas de flores. Compañeros en un mar de lágrimas. Padres catatónicos. Tumbas. Y a pesar de ese 99,99 por ciento, tenía la sensación de haber clavado un tenedor en un enchufe y de que alguien iba a hacer saltar los plomos en cualquier momento.

—Es una inocentada —dijo Brandon No-sé-qué—. Seguro que ha llamado alguien y les ha amenazado para saltarse un examen.

Amenaza.

—Ojalá hubieran llamado a primera hora —dijo un tío desde la última fila—. Habrían cancelado las clases y todavía estaría en la cama.

—Silencio —ordenó la señorita Rogak.

Gracie me contestó enseguida; no sabía qué estaba ocurriendo. Ningún mensaje de Finn.

Creí oír una sirena. Se me aceleró el pulso. ¿Venía hacia la escuela?

Era imposible adivinarlo.

Evaluación.

El único modo de entrar y salir del aula era la puerta. En teoría, también podíamos escapar por las ventanas, pero necesitaríamos una palanca para romper el doble cristal y sobrevivir a una caída de tres pisos. Volví a escribir a Finn:

qué está ocurriendo?
???

Seguí sin obtener respuesta. La sirena dejó de sonar.

—¿Y si es real? —dijo una chica.

—No nos pongamos nerviosos, solo será un simulacro —trató de tranquilizar la profesora.

Jonas Delaney, que estaba sentado delante de mí, empezó a mordisquearse las uñas, histérico.

¡BANG!

Al oír aquel estruendo en el pasillo, todos nos tiramos al suelo. Me enrosqué y me arrastré junto a Jonas.

—No pasa nada —dijo la señorita Rogak—. No es más que una falsa alarma, pero quedémonos en el suelo un minuto, ¿de acuerdo? Y silencio.

Y entonces se me disparó la adrenalina, afinando así mis cinco sentidos. Alcancé otro nivel de conciencia, y sentí que el tiempo pasaba a cámara lenta. Cada segundo era eterno. Podía oler el sudor de Jonas, el moho que cubría los antiguos volúmenes de las estanterías, las marcas secas del rotulador en la pizarra. También percibía el zumbido de todo el edificio bajo mis pies, el aire deslizándose por los conductos de ventilación, la corriente eléctrica vibrando de aula en aula, la señal de Wi-Fi latiendo en el aire.

Jonas no dejaba de balancearse, con los labios apretados y

los ojos cerrados, muerto de miedo. Reproduje ese sonido una y otra vez en mi cabeza. Cuánto más lo pensaba, más segura estaba de que no había sido un disparo.

¡BANG!

Jonas se puso a temblar al oír el segundo estallido, pero a mí no me cabía la menor duda.

—No te preocupes —susurré—. No es un balazo. Seguro que es algún idiota que intenta asustarnos pateando una taquilla.

—Sshhh.

Se oyeron unas interferencias desde el altavoz.

—Todo despejado —informó el director—. Mucho mejor que el mes pasado. Gracias.

La señorita Rogak salió enfurecida por la puerta, jurando que expulsaría al memo que se había quedado haciendo el ganso en el pasillo. El aula quedó en silencio durante un segundo, y después explotó en una serie de risas nerviosas y comentarios jocosos. Una chica enseñó a sus amigas cómo temblaba. Brandon No-sé-qué bromeaba sobre quién se había asustado y quién había mantenido la calma. Me arrastré de nuevo hacia mi silla, me puse la capucha y traté de no vomitar delante de todos.

Jonas seguía hecho una bola en el suelo.

—¡Tío! —le gritó Brandon—. Levántate.

Se acercó y le empujó de una patada. Jonas dio un par de volteretas y aterrizó justo delante del escritorio de la señorita Rogak. Todavía se abrazaba las piernas y escondía la cabeza entre las rodillas. Y entonces lo olí. Por desgracia, Brandon también.

—¡Se ha meado encima! —acusó Brandon, a quien se le iluminó el rostro de horror y satisfacción—. Se ha meado encima, ¡literalmente!

Jonas se llevó las manos a la cabeza y empezó a mecerse de nuevo, mientras Brandon y su séquito se reían a carcajadas. Un par de chicas exclamaron «¡Agh!» y el resto de la clase se mantuvo al margen. Jonas era un rarito callado, no un zombi, así que no contaba con el apoyo de la horda. Se quedarían de brazos cruzados y disfrutarían del linchamiento público.

—Levántate —ordenó Brandon, y lo cogió por el brazo.

Me levanté de un brinco.

—Déjale en paz.

—Cierra el pico.

Agarró a Jonas por la camisa y le obligó a ponerse en pie para que todos pudieran ver que había mojado los pantalones.

—Con todos ustedes, ¡Urinator!

Jonas se revolvió en un intento de soltarse.

—Hablo en serio —insistí—. Suéltale.

Brandon me lanzó una mirada de desprecio. Me empujó. Aproveché el movimiento para cogerle de la muñeca y hacerle perder el equilibrio, lo que permitió a Jonas huir. Salió disparado por la puerta y desapareció.

Y entonces me convertí en el objetivo de Brandon.

Acción.

Horas más tarde, después de que la enfermera comprobara que no me había roto nada, de reunirme con la señorita Benedetti y el subdirector, de hablar con papá y de declinar la oportunidad de irme a casa antes, Finn se presentó en mi taquilla.

—Acabo de enterarme de lo ocurrido —dijo entre resuellos—. ¿Estás bien? Dios mío, ¿él te ha hecho esto? —preguntó mientras me acariciaba el moretón de la mejilla.

Me aparté.

—No es nada.

—¿Nada? Ese cretino ha intentado darte una paliza.

—Él me empujó, yo le empujé y nos caímos al suelo. Rogak evitó que la cosa fuera a más.

—He oído que le pateaste el culo.

—Duró dos segundos.

—Y que le han expulsado.

—Supongo —murmuré, y cerré la taquilla—. Estoy preocupada por Jonas.

—Sí —dijo él—, es un buen tío.

Nos quedamos ahí plantados, con mi mochila en medio, evitando mirarnos a los ojos. El altavoz anunció que el entrenamiento de fútbol masculino había sido cancelado y pedían al propietario de un Camry blanco que moviera el coche porque estaba taponando la salida de incendios o avisarían a la grúa.

—¿No te han castigado? —preguntó al fin.

—No fui yo quien inició la pelea.

—Eso a veces no basta para salirte de rositas.

—Tienes razón, pero esta vez me he librado.

Recogió mi mochila del suelo, pero se la arrebaté enseguida.

—Yo me encargo —dije.

—Estás molesta conmigo.

Encogí los hombros. Estaba cansada y no quería pensar.

—Apagué el teléfono —continuó—, por eso no vi tu mensaje.

—No quiero perder el autobús.

—Quédate —propuso—. Puedes esperarme en la piscina, o en la biblioteca. Te llevaré a casa en coche en cuanto acabe el entreno.

Alguien cerró la taquilla de un portazo. El ruido me sobresaltó.

—No estás bien —murmuró, y me acarició el brazo—. ¿Podemos olvidarnos de la estúpida discusión de esta mañana?

—Me da la impresión de que pasó hace años.

—La alteración de la percepción del tiempo es uno de los síntomas del trauma —dijo—. He asesorado a incontables superhéroes. Todos padecen de lo mismo.

—Oh, ¿de veras?

Dejé caer la mano para tocar la suya.

—Los superhéroes pueden ser un grano en el culo si se lo proponen. Siempre se hacen los duros y fingen que nada les puede hacer daño.

—¿Y qué les aconsejas?

—La mayoría se muda a una granja de llamas en Nuevo México. Allí meditan y cardan lana. Pero no me atrevo a mandarte ahí —dijo, y tiró de mí—. Espantarías a las llamas.

—Me ofende, caballero —contesté—. Soy una apasionada de las llamas.

—¿Sigues enfadada?

—Un poco —reconocí, y hundí la cabeza en su hombro—, pero sobre todo estoy confundida.

246

Capítulo 66

$\mathcal{M}$ientras Trish fregaba los platos de la cena, yo mataba hordas de zombis con una pistola de dos cañones en el sofá. Papá se sentó a mi lado y, en un abrir y cerrar de ojos, se quedó dormido. Entre sus ronquidos, el exasperante tictac del reloj de cuco y los silbidos de Trish, que parecía un sinsonte histérico, apenas oía el dulce y agradable sonido de mis balazos haciendo estallar cabezas inhumanas. Había conseguido un trabajo temporal en la planta de pediatría, pero no había movido un dedo para buscar piso. Y, por lo que había averiguado, seguía durmiendo en la habitación de la abuela. (Por lo que estaba agradecida a todos los dioses.)

Subí el volumen del televisor e inicié otra partida. Apreté el gatillo y, de un solo disparo, me cargué a tres zombis.

Además de su ropa hortera y chabacana y un maquillaje de dudosa calidad, Trish también había metido pedazos de mi pasado en su maleta: dos trenzas cayéndome sobre los hombros, el nombre de mi vecina en Fort Hood, el sabor del bocadillo de pimentón y queso, el sonido de las pelotas de tenis al golpear la red, la voz de Trish animándome a sacar otra vez. Oía su voz en mis sueños y, cuando abría los ojos, creía haber retrocedido en el tiempo y estar de nuevo en tercer curso de primaria. Les escuchaba murmurar mientras me duchaba y viajaba en el tiempo: era verano, había acabado cuarto de primaria, pero en aquel entonces prefería chapotear en la bañera que darme una ducha rápida. Pero entonces encontraba mi libreta de ciencias, o recordaba la palabra «bañador» en chino y, confundida, regresaba de nuevo al mundo real.

Cada vez que salía de casa, miraba hacia el cielo: esperaba

ver caer una bomba, o un meteorito precipitándose hacia nosotros. Era cuestión de tiempo.

Los zombis se arrastraban por el suelo clavando sus repugnantes uñas; me tenían acorralada. Pausé el juego y escudriñé la pantalla en busca de una vía de escape. Solo tenía una opción: enfrentarme a los muertos vivientes e intentar sobrevivir, aunque dudaba que lo consiguiera.

Trish entró en el salón. Se estaba abrochando el abrigo.

—Voy al supermercado. ¿Necesitas algo?

Solté la pistola.

—Te acompaño.

Trish me atosigó a preguntas en el coche, fingiendo preocuparse por mi vida: que si me dolía la mejilla, que si el tal Brandon era un matón con todos o solo conmigo, que si pensaba practicar algún deporte, que si tenía amigos. También me preguntó por Gracie y propuso invitarla un día a cenar a casa. Quiso saber si ya me había inscrito para los exámenes de selectividad y me aseguró que, si quería, podía hablar con papá en mi nombre.

Bla, bla, bla y bla. Tonterías que no le interesaban en absoluto.

Decidí no mostrarle el atajo que nos habría ahorrado al menos diez minutos. Envié un mensaje a Finn y, aunque no me respondió, hice ver que sí.

Una vez en la tienda, preferí quedarme un poco rezagada y esperé a que cogiera un carro. En la sección de verdulería y frutería, toqueteó todos los cogollos de lechuga hasta dar con el que estaba a la altura de sus exigencias. Después hizo lo mismo para seleccionar los plátanos, manzanas, brócolis y pepinos. Escaneé los precios para averiguar qué productos eran más caros y cargué la cesta con cajitas de frambuesas, aliños gourmet para ensaladas y un par de frutas extrañas pero orgánicas cultivadas en Centroamérica.

Cuando llegamos al pasillo de carnicería, ella escogió unas bandejas de hamburguesas y costillas de cerdo. Y yo, unos pasos detrás, cogí las que contenían bistecs de ternera y salchichas de búfalo. Me salté la sección de panadería y me dirigí directamente al pasillo de comida internacional, donde hice una pequeña selección: brotes de hierba de limón enlatados, almendras con sabor a curry y cangrejitos secos, entre otras cosas.

Los villancicos que sonaban en todos los pasillos dieron paso a un anuncio que explicaba diversos métodos para hacer del atún un plato delicioso. Trish pasó por mi lado sin dirigirme la palabra y cogió un paquete de cereales y galletas saladas.

En la sección de pescadería me puse las botas: langosta, gambas y un par de botes de caviar. En la cesta debía de llevar unos quinientos dólares en comida, y todavía faltaban algunas secciones.

Tomé el pasillo donde se encontraban los cafés, infusiones y todo tipo de leches y me topé de frente con Trish.

—No voy a pagar todo eso —dijo tras echar una ojeada a mi botín.

—Lo sé —contesté. Me arrepentí de haber actuado con tal obviedad.

Siguió adelante, empujando su carrito. Esta vez la seguí tan de cerca que cuando paró a coger una cajita de manzanilla de la estantería, tropecé y le di con mi cesta en toda la espalda. Me abracé para protegerme de la explosión, pero no ocurrió nada. Arrojó la manzanilla en el carrito y, con una agilidad asombrosa, esquivó a un par de ancianas y al tipo que estaba reponiendo la leche condensada y después giró hacia la derecha. Las dos ancianas me impidieron correr tras ella, pero cuando llegué al final del pasillo la encontré apoyada en las neveras de congelados comparando las etiquetas de dos marcas de burritos.

Cogió los dos paquetes y los arrojó al carrito.

—¿Cuánto tiempo piensas seguir actuando como una niña de cinco años?

Allá vamos.

—Hasta que te vayas —respondí—. Para tu información, está sin blanca. La casa se viene abajo y es incapaz de mantener un empleo. Ahora también fuma. Así que no puedes robarle porque no tiene un duro.

—Roy me pidió que viniera —dijo—. Por eso estoy aquí. Él está preocupado por los dos.

—Mentir se te da de pena —espeté—. Llamaste a mi orientadora estudiantil mucho antes de que Roy viniera a hacernos una visita. Él no te pidió nada.

—¿Y por qué crees que Roy vino a veros? —preguntó.

Un tipo que conducía un carrito eléctrico pasó entre las dos.

—¿A qué te refieres?

—Andy empezó a escribirme e-mails hace seis meses, justo después de que os mudarais aquí —explicó Trish—. Al principio, y sé que no me lo merecía, eran mensajes cordiales, de amigo a amigo. Pero en agosto cambió el tono, sonaba desesperado. Me mandó un e-mail que carecía de sentido, así que se lo reenvié a Roy. A él también le extrañó y, como ya estaba planeando el viaje de caza, fijó un día y decidió parar a veros. Cuando me explicó lo que vio, dejé el trabajo.

—Sí, claro.

Soltó un suspiro que denotaba frustración, impotencia.

—No he bebido una sola gota de alcohol en veintisiete meses, Lee-Lee. Veintisiete meses, tres semanas y dos días.

—No me llames así.

—Sé que estás enfadada conmigo, y no te culpo —prosiguió—; lo que hice fue imperdonable. No te imaginas cuánto me arrepiento de haberte abandonado. Ha sido el mayor error que he cometido en mi vida. Peor que dejar a Andy, porque no eras más que una niña. Pero no puedo retroceder en el tiempo y enmendar mi error. He venido para ver si puedo ayudaros, porque todavía os quiero. A los dos.

—Menuda sarta de mentiras.

—Creo que no te das cuenta de la seriedad del asunto —dijo.

—¿Te presentas de repente y crees saberlo todo?

—¿Puedes dejar de comportarte como una cría?

Apreté el asa de la cesta con todas mis fuerzas.

—Tu padre me asusta —prosiguió—, pero no como antes. No tengo miedo a que me haga daño, sino a que se haga daño a sí mismo. Y creo que tú también.

—Estaba perfectamente bien hasta que llegaste tú —acusé.

—Las dos sabemos que eso no es cierto —murmuró—. Cuando estés lista para afrontar la verdad, házmelo saber.

Me sudaban las manos. Me habría encantado tirarle la cesta por la cabeza y empujarla contra la puerta de cristal del congelador. Pero si lo hacía, quizá Trish lo considerara una «llamada de atención» y jamás nos dejaría tranquilos.

—La verdad es que te odio —sentencié.

Capítulo 67

*L*a primera nevada del año (veinte centímetros) nos sorprendió un jueves por la noche. Dado que la nieve había colapsado media ciudad, todos creímos que cancelarían las clases, pero lo único que conseguimos fue empezar una hora más tarde, ya que al superintendente de policía le importaba un comino que sus ciudadanos murieran aplastados en colisiones múltiples. Los neumáticos de Finn estaban hechos trizas, pero puesto que su madre estaba en casa enferma, pudo pedirle su Nissan. Aquel coche tenía unos diez años y, aunque lograra venderlo, solo reuniría el dinero suficiente para pagar medio día de rehabilitación. El olor a laca me hizo pensar si algún día la conocería. Guardé esa pregunta en el fondo de mi memoria y la enterré bajo las montañas de basura que había acumulado con el paso de los años.

Topher y Gracie aparcaron al lado. Los cuatro nos unimos a la línea migratoria de estudiantes con caras de sueño y enfado para entrar en el edificio.

—¿Por qué llevan pantalones cortos? —pregunté, refiriéndome al grupito de chicos que avanzaba delante de nosotros—. Estamos a temperaturas bajo cero.

—Béisbol —apuntó Topher, aunque su respuesta no sirvió para resolver el misterio.

—El equipo lleva pantalones cortos todo el invierno —aclaró Gracie—. Es como una medalla al honor, una demostración de su resistencia.

—¡Fíjate en el pelo de las piernas! —exclamé—. ¿Son descendientes de los osos?

Junto al mástil, varios alumnos habían iniciado una guerra de nieve, así que nos agachamos y corrimos hacia la puerta.

—Si fueran tan resistentes —continué—, se depilarían las piernas a diario para luego llevar pantalones cortos.

—¡Eso mismo! —dijo Gracie.

—Y si lo hicieran, quizá chicas como esa —y señalé a una chica que llevaba unas botas Ugg de imitación, una minifalda rosa y un jersey ajustado de color negro— dejarían de ser esclavas de la depilación y andarían más calientes en invierno. Así conseguiríamos un punto más en la igualdad de géneros, ¿no os parece?

—Hmmmm —fue lo único que Finn pudo articular. Aquella minifalda le había hechizado.

La chica con Ugg falsas y piernas desnudas se acercó y fulminó a Finn con la mirada, como si tuviera un radar que detectara la testosterona.

—¿Me has oído?

—Está pensando con la otra cabeza —dijo Topher.

—Qué asco —murmuró Gracie.

La señorita Ugg le guiñó un ojo, pero antes de que pudiera aullar y arrancarle los ojos de cuajo, se desvaneció.

252

—Está al borde de la hipotermia —murmuré—. Tendrán que amputarle las dos piernas, puede que incluso una parte del culo. Morirá de desesperación, y todo porque se olvidó de ponerse pantalones un día en que estábamos a diez grados bajo cero.

—Supongo que eso significa que no te podrás librar de mí —contestó, y se paró en seco en mitad de la muchedumbre—. Cleveland me ha pedido que pase por su despacho antes de primera hora.

Y antes de que pudiera decir algo, la señorita Benedetti apareció de la nada y apoyó sus dedos de hielo sobre mi hombro.

—Te necesito en mi oficina. Ya —ordenó.

Finn se despidió con la mano y desapareció entre la multitud.

—¿Y si me niego? —respondí a Benedetti.

—Me pegaré a ti como una lapa —amenazó con una sonrisa desconcertante—. Tengo todo el día.

De repente, todos los alumnos se arrimaron a las paredes, dejando un estrecho pasillo para que las chicas más guapas y populares del instituto desfilaran con las piernas desnudas, como si hiciera un calor tropical.

Benedetti me dio una palmadita en el hombro.

—A mi oficina.

—Soy claustrofóbica —dije—. No puedo respirar.

Sonó el timbre.

—Ven conmigo.

El auditorio estaba frío y húmedo, como una cueva. Y oscuro, pues solo habían encendido algunas luces. A regañadientes, había seguido a Benedetti por el pasillo y ahora estábamos sentadas en la mitad de aquella sala tan solitaria, con una silla vacía entre nosotras.

—¿Finn se ha metido en algún lío porque el periódico aún no está editado?

—He venido a hablar de ti —dijo—. El lugar es muy apropiado, ¿no crees? Dudo mucho que alguien pueda sentir claustrofobia aquí.

—Tienes un humor muy agudo —observé—. ¿Me han expulsado? ¿Es por eso que me has convocado?

Ella sacudió la cabeza.

—No, pero ese pequeño altercado fue la excusa perfecta para llamar a tu padre. ¿Te lo ha comentado? Le insistí en que debería formar parte de la asamblea que se celebrará en homenaje al Día del Veterano.

Intenté pensar algo ingenioso, pero era demasiado pronto y estaba muerta de frío.

—No me ha dicho nada.

—Aproveché para decirle que no te habías inscrito para los exámenes de selectividad.

Encogí los hombros.

—¿Y qué te dijo?

—Que lo discutiría contigo.

—Ahora mismo tiene la agenda muy apretada, la verdad.

—¿Por qué no le has pedido a ninguno de tus profesores una carta de recomendación?

—No quiero que se rían de mí.

—Muchos de tus compañeros solicitaron la plaza antes de tiempo, y ya han recibido la carta de aceptación.

—Me aseguraste que el plazo no se cerraría hasta Navidad.

—Pero eso no significa que no puedas presentar tu solicitud ahora. Cuánto antes lo hagas, antes recibirás una respuesta y más probabilidades tendrás de conseguir ayuda financiera. A ver —dijo, y se apoyó sobre la silla vacía, invadiendo así mi espacio vital—. Sé que mudarte aquí ha significado un gran cambio para ti, pero debes ponerte las pilas. Y rápido.

—¿Ese es el consejo que das a todos los novatos?

—Hace al menos dos semanas que no presentas los deberes. Antes, tu esfuerzo era esporádico, por decir algo.

—Entrego los trabajos interesantes. No es mi culpa que la mayoría sean aburridos.

—Ten en cuenta que las universidades se mirarán tus notas con lupa. Tu historial académico es muy poco tradicional y precisamente por eso deberías tomártelo en serio, meterte en el partido.

—Las metáforas deportivas no me van.

—¡Maldita sea, Hayley! —gritó y golpeó el reposabrazos—. Déjate de tonterías. Es tu futuro.

—El presente no es el futuro, señorita Benedetti. El presente es el aquí, el ahora.

—¿De qué tienes tanto miedo? —inquirió.

—¿Te dan una comisión por cada solicitud que presentamos? ¿Acaso debes cumplir con un cupo mínimo?

254

Benedetti prefirió ignorar mi impertinencia y continuó como si nada.

—El lunes a primera hora quiero que me entregues una lista de las universidades que más te interesan.

—¿Y si no quiero ir a la universidad? ¿Te has parado a pensar que a lo mejor no sé qué quiero hacer? Estoy hecha un lío, la verdad.

De pronto, las puertas del auditorio se abrieron de par en par y una oleada de estudiantes invadió la sala. A la cabeza, un profesor de inglés.

—Espero no molestarlas, señoritas —dijo—. Quiero que mis alumnos vean con sus propios ojos cuánto mejora una obra de Shakespeare interpretada sobre un escenario.

—Muy buena idea —felicitó Benedetti.

—¿Hemos acabado? —pregunté, y me levanté.

—Una cosa más —murmuró, y echó un vistazo a la horda de estudiantes que empezaba a ocupar el escenario—. La junta directiva convocó una reunión de urgencia ayer por la noche. Van a recortar varias actividades extraescolares.

—¿Y?

—Han cancelado el modelo de Naciones Unidas, el club

de latín, el grupo de instrumentos de viento y el periódico. No han ingresado suficiente dinero y por eso Bill Cleveland quería hablar con Finn, para contarle la noticia de primera mano.

Cargué la mochila sobre el hombro.

—Si de veras quieren ahorrar dinero, que cierren la escuela.

Capítulo 68

Y de repente nos plantamos en el diez de noviembre.

Cada año, en la víspera del Día del Veterano, el lunático que mi padre llevaba dentro se las ingeniaba para salir de la jaula. Recordé lo ocurrido el año anterior. Estábamos en un pueblecito a las afueras de Billings, en Montana. Las carreteras que serpenteaban bajo túneles o sobre puentes habían empezado a agobiar a papá, y por eso decidimos quedarnos allí una temporada. Papá consiguió trabajo en una cafetería cerca del motel donde vivíamos. Me encantaba matar las horas en la biblioteca y a veces pescaba en un pequeño río que había justo detrás.

Ese domingo atrapé tres truchas. Era el día libre de papá, así que corrí hacia el motel para enseñarle mis trofeos. Se había bebido una botella entera de whisky y tenía la mirada perdida en el televisor, que emitía el partido de San Francisco 49ers contra Seattle. Se mofó del tamaño de las presas. Apenas podía articular las palabras. Me di la vuelta, dispuesta a irme, pero no me dio permiso.

No quería que se enfadara, así que me quedé.

Empezó la última parte del partido y vi el arma. (Era un revólver nuevo.)

En el último segundo de partido, los árbitros cometieron un error y anularon el *touchdown* que hubiera dado la victoria a Seattle. Papá se puso furioso: lanzó el vaso por los aires y empezó a saltar como un loco mientras gritaba a la pantalla. Y cuando emitieron la repetición a cámara lenta, pensó que lo hacían a propósito para fastidiarle. Blasfemó en voz alta. Tenía la cara roja y bañada en sudor. Luego comenzó a pisotear el suelo con las botas. Quería tranquilizarle, decirle que no era más que un partido, que no éramos aficionados de ninguno de los dos equipos, pero decidí mantener la boca cerrada porque sabía que, si decía algo, canalizaría toda su rabia contra mí. Cortaron la conexión para emitir anuncios. Caminaba de un lado al otro de la habitación, murmurando frases que carecían de sentido. Por un momento creí que ni siquiera él sabía dónde estaba, ni qué hacía.

Acabó la publicidad. La cámara captó un primer plano del árbitro. Papá se sentó a los pies de la cama.

—Los errores se quedan en el campo de juego —anunció el árbitro. Pero no pude oír ninguna declaración más porque, sin previo aviso, papá cogió el revólver y disparó en el centro de la pantalla. Después cogió el televisor y lo arrojó contra la pared. La lámpara de la mesita de noche también salió volando por los aires. Me quedé paralizada mientras él seguía arrasando la habitación. Al final, se dejó caer en el suelo. Estaba llorando y tenía la mano derecha ensangrentada.

Le envolví el puño en una toalla e hice las maletas. Una vez cargadas en el camión, papá logró recomponerse lo suficiente para poder conducir, lo cual fue una suerte porque teníamos que largarnos de ahí lo más rápido posible. Tras unos cuantos kilómetros, me instó a coger el volante; me avisaba cuándo tenía que pisar el embrague y él se encargaba de cambiar de marcha con la mano izquierda.

Por fin llegamos a un pueblo que tenía servicio de urgencias y aceptaba el seguro de salud de papá. El médico que le cosió el corte era un gran fanático del Seattle y, casualmente, su hermano había muerto en un tiroteo en el valle de Korengal, también conocido como el valle de la muerte. Le recetó una pastilla nueva (¿la séptima pastilla nueva? ¿o era la octava?), y me prometió que momificaría los recuerdos de papá y mantendría al lunático en su jaula, incluso cuando se acercara el Día del Veterano o hubiera luna llena.

Pero papá tiró la receta.

Esa mañana, me levanté tarde, agotada y malhumorada. Los únicos cereales que había en la cocina los había comprado Trish. Eran «de dieta», un eufemismo para decir «insípidos». Abrí el armario. Toda mi ropa parecía salida de Cáritas o de alguna tienda de segunda mano. Tenía el pelo aplastado, lacio.

Cualquiera lo habría confundido con una medusa muerta secándose al sol. Papá llamó a mi puerta y balbuceó algo. Creí entender que no pensaba ir a trabajar. Yo seguía con la cabeza metida en el armario, tratando de encontrar algo que no me hiciera parecer una refugiada.

Ni siquiera reparé en la fecha.

Unos minutos más tarde, papá volvió a llamar. Me preguntó si podía entrar, a lo que respondí con un gruñido y abrió la puerta.

—El desayuno —anunció. Dejó un plato con una tostada sobre el escritorio y se marchó.

Había retirado la corteza de las tostadas, las había untado con mantequilla y miel.

—Gracias —dije—. ¿Qué planes tienes para hoy?

Pero ya se había ido.

Trish apareció en mi habitación como de costumbre. Le encantaba recordarme mi cita con el dentista o que tenía un montón de ropa limpia en la secadora. El mero hecho de verla allí, como Pedro por su casa y aparentando normalidad me empujó a huir de la habitación, sin chaqueta, sin libros y sin darle un solo mordisco a la tostada.

Finn se había quedado sin líquido limpiaparabrisas y, para colmo, estábamos rodeados de camiones sin guardabarros que nos salpicaban el cristal con gravilla, mugre y fango. Tuvimos una discusión absurda y le obligué a parar en la gasolinera para comprar un galón. Cuando me percaté de que no sabía dónde verter el líquido, le chillé y me encargué yo misma de llenar el depósito. Él me pidió que me tranquilizara también a gritos, y fue entonces cuando caí en la cuenta de que estaba molesto por el dichoso periódico.

Llegamos tarde al instituto y nos perdimos la primera hora de clase. Decidí encerrarme en la biblioteca. Escogí un libro de la mesa de novedades de ficción y me pasé el resto del día leyendo. No sé si alguien me dijo algo pero, si lo hizo, no lo oí.

Cuando sonó el último timbre de la jornada, me enfrenté a la última injusticia del día: volver a casa en transporte público porque Finn tenía que quedarse a vigilar la piscina. A mi parecer, cualquier alumno que necesitara un socorrista para no ahogarse no debería formar parte del equipo de natación pero, cuando se lo comenté a Finn, me miró con indiferencia y se marchó.

Cuando llegué a casa, el garaje estaba vacío y la casa en silencio. No recordaba la última vez que había dormido más de dos horas seguidas. El sol calentaba el comedor, así que me tumbé y, cuando volví a abrir los ojos, ya había anochecido y el estómago me rugía de hambre. Todavía amodorrada, fui hacia la cocina, cogí una lata de sopa de pollo y la calenté. Alguien había recogido la tostada fosilizada de mi escritorio y la había dejado sobre la mesa de la cocina, justo debajo del calendario que habíamos colgado en la pared meses antes. Todavía estaba en septiembre. Tiré la tostada a la basura y pasé las páginas hasta llegar a noviembre.

Fue en ese momento cuando me percaté de que el día de mierda al que había sobrevivido era la víspera del Día del Veterano. Miré a mi alrededor. No tenía ni la menor idea de dónde podría estar mi padre. Apagué el fuego.

«No te pongas melodramática —pensé—. Eso sería una estupidez. Quizá ha salido a comprar leche al supermercado.» No había motivos para preocuparse. A lo mejor estaba en el mecánico porque había que cambiar el filtro del aceite. O le había apetecido salir a dar un paseo por la ribera del río Hudson. O se había ofrecido a llevar a Trish al trabajo para después ir al río Hudson con ella. Quizá había salido a dar una vuelta, se le habían cruzado los cables y estaba perdido caminando por un valle de insurgentes.

Descarté esa posibilidad de inmediato.

«No, no, no. Ha salido a por leche.»

Pero aun así preferí comprobarlo. Los revólveres estaban guardados en la caja fuerte. Y la munición, en sus respectivas cajitas.

Me senté en el sofá, junto a *Spock*. Respiré hondo. Las sombras intentaban transformarse en terribles monstruos. Volví a coger aire. «Estamos bien. Y él también.» De repente, se encendió el sistema de calefacción y el hedor a cigarrillo se desprendió de las cortinas para inundar el salón. Esperaría una hora; un minuto más y avisaría a la policía, aunque no estaba muy segura de qué les diría.

Cincuenta y cinco minutos después, oí el chasquido de la llave en la cerradura. Trish entró primero, con la cara pálida y los ojos rojos. Papá apareció unos segundos después. Me miró de reojo y enseguida apartó la mirada, pero no lo bastante rápido. Se escabulló por el pasillo sin decir nada.

—¿Qué te ha pasado en el ojo? —inquirí.

Se metió en su dormitorio y cerró de un portazo.

—¿Qué le has hecho? —acusé.

—Se lo ha hecho él solito —murmuró Trish. Se dejó caer en el sillón reclinable y se abrazó las rodillas—. Se suponía que era una cita.

Sentí un impulso irrefrenable de agarrarla por el cuello y echarla de casa de una patada.

—¿Le has dado un puñetazo en la cara?

—No, pero el camarero sí.

—¿Le llevaste a un bar? ¿Justamente hoy?

—¿Me dejas que te explique qué ha ocurrido antes de empezar con las acusaciones?

Asentí.

260

—Se suponía que íbamos a vernos en Chiarelli's a las cinco en punto —dijo—. Solo llegué media hora tarde, lo prometo. Pero tu padre ya llevaba allí tres horas. En cuanto entré, lo vi sentado junto a un par de matones del tamaño de los defensas de los Giants y con una botella de bourbon en la mano. No le apetecía comer nada, pero de todas formas pedí una pizza. Ni la probó.

Me empezó a doler el estómago.

Trish suspiró.

—El bar empezó a llenarse. Los nuevos amigos de Andy se marcharon y él enmudeció; se negaba a hablar, pero seguía empeñado en quedarse ahí. Era la primera vez que entraba en un bar desde que me apunté a Alcohólicos Anónimos. Debí de beberme al menos cinco litros de ginger ale —explicó. Ladeó la cabeza y cerró los ojos—. En fin. Todo parecía estar bien, así que fui un momento al baño.

—¿Qué pasó cuando volviste? —pregunté, temiendo la respuesta.

—El camarero lo tenía inmovilizado en el suelo. Andy se confundió y creyó que un tipo le estaba mirando desafiante y se lo tomó como un insulto. Se enzarzaron en una pelea y el camarero se interpuso. Andy se volvió contra el camarero, que era un chico joven que le doblaba en corpulencia. Cuando llegó la policía…

—¿Llamaron a la policía? —interrumpí.

—No era un bar de moteros, ni eran las dos de la madrugada, Hayley. Era un restaurante elegante, repleto de familias que querían cenar y no presenciar un espectáculo. Claro que llamaron a la policía.

—¿Le arrestaron?

Ella sacudió la cabeza.

—Suavicé un poco las cosas y les expliqué la situación. Dios mío, ¿cuántas veces habré hecho esto?

Reconozco que estaba pensando lo mismo.

—Pagué todo lo que él había bebido y mi pizza. No piensan presentar cargos, con la condición de que no vuelva a poner un pie allí.

Nos quedamos sentadas durante un buen rato, sin decir nada, con el tictac del reloj de fondo.

—¿Alguna vez te ha hecho daño? —preguntó al fin Trish—. Sé que jamás lo haría a propósito, pero…

—Por supuesto que no —mentí. Rememoré la discusión frente a la hoguera, la violenta confrontación la noche de Halloween—. Nunca había estado tan mal. Hasta que tú viniste. Creo que deberías irte, volver a Texas.

Trish se levantó.

—Quizá lleves razón.

Tras una ducha larga y agradable, me metí en la cama y envié un mensaje:

mañana no iré al instituto

Pero Finn no contestó.

261

Capítulo 69

*U*n ruidoso porrazo en la puerta me despertó.

—El Tío Ese no tardará en llegar —avisó papá tras la puerta.

—Hoy no iré a clase —gruñí—. Y se llama Finn. ¿Qué haces levantado tan pronto?

—¿Estás enferma? —preguntó.

Ese era el típico día en que papá se hubiera quedado dormitando hasta pasado el mediodía, descansando para volver a ponerse ciego por la noche.

—¿No has podido dormir?

—¿Estás enferma? —repitió—. Y sé sincera.

—No, pero ya no llego al autobús —contesté—. Anoche le dije a Finn que no pasara a recogerme.

—Trish puede llevarte.

—Preferiría arrastrarme sobre cristales rotos.

Silencio.

—¿Puedo coger el camión?

Soltó un bufido.

—No me entretendré, vendré a casa en cuanto acaben las clases, te lo prometo.

—No —sentenció—. Te llevaré yo. En diez minutos abajo.

Me preparé en cinco minutos. Papá todavía estaba en la ducha, así que decidí esperarle en la cocina. Trish estaba llenando la cafetera de agua y llevaba una bata de estar por casa y pantuflas.

—El café estará listo en un minuto —anunció.

Cogí una manzana de la nevera.

—Pensé que te marcharías.

—Siempre te levantas con el pie izquierdo, ¿verdad?

Cogí las llaves que colgaban junto a la puerta del garaje. La camioneta arrancó a la primera y, cuando me acabé la manzana, la cabina ya se había calentado. Pasaron diez minutos. Encendí la radio y observé la puerta. Temía que Trish apareciera en cualquier momento para decirme lo que ya esperaba, que papá había cambiado de opinión. Pisé el embrague y puse marcha atrás. En cuanto asomara la cabeza, la arrollaría sin piedad.

Y entonces la puerta del garaje se abrió.

A pesar de que la luz del alba me cegaba, reconocí al soldado de inmediato. Era un capitán del ejército vestido de uniforme: botas negras pulidas, pantalones perfectamente planchados, una camisa tan blanca que deslumbraba y una corbata negra bajo una chaqueta de lana azul decorada con las barras de capitán, con el escudo de la unidad en el hombro izquierdo y con las insignias pertinentes, el Corazón Púrpura, la Estrella de Bronce y la Hoja de Roble. También alcancé a ver varios galones de colores bien distintos, lo que significaba que había liderado tropas en el campo de batalla y había hecho todo lo posible para traer a los soldados de nuevo a casa.

Apagué la radio.

Se fue acercando a la camioneta poco a poco, sin despegar los ojos de mí, con la boina negra inclinada sobre su cabeza. La hinchazón casi había desaparecido, aunque el moretón de color ciruela no había mejorado ni un ápice.

Puse el freno de mano, abrí la puerta y me apeé.

—¿Y bien? —preguntó.

Una parte de mi corazón latía a mil por hora, como si yo fuera una niña pequeña y él un soldado que acababa de llegar a casa tras varios meses de conflicto. Cruzaría corriendo el hangar en cuanto su avión hubiera aterrizado y papá me cogería en volandas. Le abrazaría y, con las narices pegadas, miraría fijamente esos ojos color cielo y le diría cuánto le había echado de menos. Pero el miedo paralizó la otra parte. Ahora ya era lo suficientemente mayor como para comprender el porqué de su cojera, de sus gritos a medianoche. Sabía que algo en su interior se había roto, pero no sabía cómo arreglarlo, o si podía arreglarse.

Se recolocó la chaqueta.

263

—Hay una absurda asamblea en tu instituto. Nunca le prometí a tu orientadora que iría, así que puedo cambiar de opinión en cualquier momento. Solo te aviso.

Asentí con la cabeza. Me había quedado sin palabras.

—¿Estás bien? —preguntó.

—¿Crees que es una buena idea?

—No lo sé, pero merece la pena intentarlo.

Volví a asentir.

Me secó las lágrimas que bajaban por mi mejilla.

—¿Qué ocurre?

—Es por el sol, papá.

—Bobadas, princesa.

—Alergia.

Y me besó en la frente.

—Conduces tú.

Capítulo 70

*T*ras firmar en recepción, acompañé a papá al despacho de la señorita Benedetti. Se derritió un poco, al igual que muchas mujeres cuando ven a mi padre más o menos sobrio, limpio y vestido de uniforme. Estuvieron charlando sobre su hermano y recordaron alguna trastada de su época en el instituto que papá jamás había mencionado. Benedetti no le preguntó sobre el ojo morado. Le explicó cómo se desarrollaría la asamblea: discursos aburridos, un pequeño vídeo, más discursos aburridos y, por último, la presentación de veteranos. Cada uno subiría al escenario con un ramo de flores y una bandera del equipo del instituto. Me fijé en que papá torcía el gesto y apretaba la mandíbula.

—¿Los veteranos tienen que estar en el escenario todo el tiempo? —pregunté.

—¡Desde luego! Queremos que nuestros veteranos sepan cuánto valoramos el sacrificio que hicieron.

—¿Cuánta gente habrá en el público? —quiso saber papá.

—Ochocientas personas, más o menos.

—¿Y cuántos veteranos? —pregunté.

—Treinta y dos —contestó Benedetti con orgullo.

—Un montón de tíos para un solo escenario —observó papá.

—Cuatro son mujeres —remarcó Benedetti.

Pero se olvidó de puntualizar que treinta y dos personas no llenarían el escenario, ni siquiera ocuparían una de las esquinas. Y justo cuando creí que haría un comentario fuera de lugar, la señorita Benedetti añadió:

—Supongo que estás harto de este tipo de eventos, ¿verdad? Imagino que se te hace muy repetitivo.

—Bueno, lo cierto es que sí —dijo papá—. Además, no soy muy amigo de las aglomeraciones.

—Ah.

—Podrías quedarte conmigo en la cafetería —sugerí—, si quieres, claro.

—¡Una idea genial! —exclamó Benedetti, que había recuperado el entusiasmo—. Ya verás cómo han cambiado las cosas por aquí —dijo, y me garabateó una autorización—. Hayley podría hacerte un tour guiado por el edificio a segunda hora, cuando los pasillos estén despejados —propuso, y luego estrechó la mano de papá otra vez—. Muchas gracias, Andy. Es un placer volverte a tener por aquí.

Papá se paró frente a la puerta de la cafetería y escudriñó aquella sala casi vacía. La mayoría de los alumnos estaba en la asamblea, y solo había unos pocos grupitos repartidos en las mesas. El suelo estaba brillante y limpio, algo fuera de lo normal, y los monitores estaban comiéndose unos bollitos pegajosos mientras bromeaban con las señoras de la limpieza. Sabía muy bien qué estaba valorando de ese espacio: ninguna amenaza importante, campo visual despejado y acceso rápido a todas las salidas. En principio no había nada que pudiera importunarle, pero no se movió.

—¿Estás bien? —pregunté en voz baja.

—Sí.

—Suelo sentarme ahí —dije, y señalé la esquina donde estaba sentado Finn, que nos miraba boquiabierto y con los ojos como platos.

Pero mi padre no estaba prestándome ninguna atención.

—¿Papá?

Estaba mirando a uno de los monitores; era un tipo de edad avanzada con una barriga que le caía sobre la hebilla del cinturón. Aquel hombre echó un vistazo al rango y las insignias de papá y, de inmediato, irguió la espalda y asintió una sola vez. Era un saludo de veteranos, sin duda.

Papá también agachó la cabeza y murmuró:

—Vamos a molestar al Tío Ese.

—Hola, señor —dijo el Tío Ese, y le ofreció a papá un cartón de batido de chocolate sin comentar el ojo morado. Un chico al que jamás había visto, un jugador de béisbol a juzgar por las piernas peludas que asomaban de sus pantalones cortos, se acercó a la mesa para saludar a mi padre.

—Gracias por su servicio, señor —dijo.

Contuve la respiración y crucé los dedos. Deseé que ese gesto fuera el detonante que empujara a papá a irse, sin hacer ni decir nada de lo que más tarde pudiera arrepentirse.

—Fue un honor —contestó papá, y extendió la mano—. ¿Quieres sentarte con nosotros?

Aquel muchacho sonrió de oreja a oreja.

—¿Le importa que se unan también mis colegas? —rogó, y señaló a tres tipos con piernas peludas que había dos mesas más allá y que nos observaban.

Papá abrió el batido y se lo bebió de un trago.

—Solo si me traen más de esto.

Fue el foco de atención durante toda la hora; él escuchaba sus preguntas y las respondía a medias. Querían que se lo contara todo sobre las armas, los helicópteros y el enemigo, pero papá se limitaba a hacer bromas sobre platos precocinados, arañas camello y fogatas con bolsas de excrementos.

El monitor del comedor vino a la mesa y se presentó.

—Bud.

Papá le pidió que nos acompañara y así lo hizo. Por suerte, se limpió el pringoso glaseado de los dedos con una servilleta de papel.

Al fin, uno de los jugadores de béisbol formuló la pregunta que todos llevaban esperando, y que les había incitado a acercarse a él en un primer momento.

—¿Mató a alguien, señor? ¿Fue difícil?

Papá se miró las manos y no contestó. Y justo cuando toda la mesa empezaba a retorcerse, Bud rompió aquel extraño e incómodo silencio con una anécdota. Por lo visto, se había perdido en una montaña en Vietnam. Todos escucharon atentamente a Bud, pero seguían mirando de reojo a papá con la esperanza de que les diera una respuesta.

Cuando el soldado acabó de contar su historia, papá preguntó:

—¿Sabéis cuándo se instauró el Día del Veterano?

—El día en que se firmó la tregua, cuando se dio por acabada la Primera Guerra Mundial —respondió Finn—. A las

267

once en punto de la mañana del 11 de noviembre de 1918, todas las tropas de ambos frentes dejaron de disparar. Ese es el día en que honramos a nuestros veteranos.

—Déjame que te cuente algo que seguramente no sabes —dijo papá—. A las cinco de la madrugada, todos los oficiales habían recibido el mensaje. La guerra finalizaría ese mismo día. Sin embargo, muchos de ellos enviaron a sus hombres a luchar.

Bud resopló y meneó la cabeza.

—Para muchos oficiales de carrera, el fin de la guerra significaba también el fin de su carrera, ya que no podrían subir de rango. La maldita guerra había acabado y, a pesar de ser oficial, decidieron sacrificar a muchos de sus hombres. Casi once mil soldados fallecieron el 11 de noviembre de 1918. Esa cifra supera a los muertos en las playas de Normandía en la Segunda Guerra Mundial, veintiséis años después —explicó e hizo crujir los nudillos—. La política no tiene en cuenta la libertad, ni el honor. Nunca olvidéis eso.

De repente, todos los monitores parpadearon y volvieron a la cruda realidad. Echaron un vistazo a la carta del día y rompieron el hechizo que papá había lanzado a todo su público.

Bud echó un vistazo al reloj.

—El timbre sonará en unos minutos y, cuando lo haga, esto se convertirá en un verdadero infierno.

—Es bueno saberlo —dijo papá, y se puso en pie—. Vosotros supongo que estáis enfadados, ¿verdad? Creéis que no he tenido huevos de contestar a vuestra pregunta.

Ellos no dijeron nada.

—Matar es más fácil de lo que debería ser —dijo papá, y se puso la boina—. Sobrevivir es más difícil.

Llegamos a la puerta principal justo cuando sonó el timbre.

—Puedo encontrar la camioneta yo solo —murmuró papá, y se secó el sudor de la frente—. Deberías ir a clase.

—Segunda hora libre, ¿recuerdas? Tengo una autorización firmada.

—Muy lista.

Le acompañé hasta el aparcamiento.

—¿Te veo esta noche?

—Sí —farfulló, y siguió andando sin mirar atrás.

—Gracias, papá —dije.

Levantó el brazo para hacerme saber que me había oído, y trotó hacia el fondo del aparcamiento para estudiantes, donde estaba la camioneta. Era el único vehículo aparcado en aquella zona. Abrió la puerta del copiloto, se quitó la chaqueta de lana azul y la extendió sobre el asiento. Se desanudó la corbata, se desabrochó los dos primeros botones de la camisa y se remangó. También se deshizo de la boina. Cerró la puerta, rodeó la camioneta y se acomodó en el asiento del conductor. Permaneció allí inmóvil, como una estatua de mármol, con las manos sobre el volante y la mirada clavada en cosas que no estaban ahí.

269

Capítulo 71

El buen soldado jura matar. Dispara el cañón, organiza la barricada, carga y apunta. Huele la sangre de tu hermano en la camisa. Retira los sesos de tu hermana de tu cara. Muere, si es necesario, para que ellos puedan vivir. Mata para mantener a tu gente con vida y vive para matar.

Odiseo tuvo veinte años para mudar su piel de guerrero. Mi abuelo abandonó el campo de batalla en Francia y volvió a casa en un barco que avanzaba a paso de tortuga por el océano. Así fue como pudo recuperar el aliento. En el infierno, me subo a un avión y, horas más tarde, ya estoy en casa. Trato de ignorar a la Muerte, pero me sujeta por la muñeca y espera a que envenene todo lo que toco.

Me lavo una y otra vez en un intento de deshacerme de esa arena. Cada grano es un recuerdo. Me friego la piel hasta que sangra, pero no es suficiente. Los vientos del desierto soplan bajo mi piel. Cierro los ojos y los escucho.

Esos vientos arrastran la arena por el océano y la convierten en huracanes, tornados, ventiscas. Las tormentas me azotan cuando duermo. Me despierto, gritando, noche tras noche. Tras noche. Tras noche.

Lo peor de todo es ver esa arena barriendo el mar azul de los ojos de mi hija.

Capítulo 72

*E*n un acto de madurez inigualable, después de pasarme el resto del día afincada en la biblioteca, hice una visita al señor Cleveland para averiguar qué me había perdido. Me ayudó a resolver un problema protagonizado por un niño montado en una noria con una fórmula estrambótica que exigía calcular las revoluciones por minuto, grados por segundo y cosenos. Mi sugerencia era mucho más sencilla: el tipo que gestionaba la atracción podía parar la noria y tomar todas las medidas con cinta métrica. Pero a Cleveland no le hizo ni una pizca de gracia.

Me senté en el vestíbulo y abrí el libro de matemáticas mientras esperaba a que Finn acabara su turno en la piscina, de velar por las vidas del equipo de natación. Todo lo que había en esa página carecía de sentido. No entendía nada. Cada dos por tres pensaba en mi padre, vestido de uniforme pero con ademán cambiante. Esa mañana hubo momentos en que transmitió confianza en sí mismo y otros, pánico.

Se había propuesto una meta, y lo había conseguido. Al menos, era un comienzo.

—¿Tu padre se metió en una pelea de bar? —preguntó Finn. Miró por el espejo retrovisor y puso el intermitente.

—Fue en un restaurante —corregí— a las seis de la tarde. Así que yo no lo llamaría pelea de bar.

—Pero estarás de acuerdo conmigo que en un restaurante a las seis de la tarde nadie te pone un ojo morado —recalcó, y cambió de marcha—. ¿Qué pasó en realidad?

—Trish solo me ha contado su versión de la historia.

—¿Y cuál es la versión de tu padre?

—Todavía no hemos podido hablar del tema.

Finn gruñó.

—¿A qué viene eso? —inquirí.

Encogió los hombros.

—Hablo en serio —dije—. Le estás juzgando, te lo veo en la cara. ¿Por qué?

—No le juzgo. Observo sin tomar partido. Es muy distinto.

Aparté la mano de su rodilla.

—¿Y qué observas, si puede saberse?

—Vuelves a culpar a Trish de todos tus problemas.

—Lo hago porque se lo merece. Mi padre estaba perfectamente bien hasta que vino ella.

No dijo nada hasta llegar a la siguiente señal de stop.

—No le juzgo, señorita Blue —murmuró, y me cogió de la mano—, pero te equivocas.

Tras ese comentario, no le volví a tocar.

Cuando paró frente a mi casa, me olvidé de darle un beso de despedida.

Abrí la puerta de casa y me adentré en un campo de batalla.

Trish entró echa un basilisco en el salón, se plantó frente al televisor y señaló a papá con un dedo acusatorio.

—¿Me tomas el pelo? —gritó.

—Qué va —respondió papá. Llevaba un par de tejanos viejos y raídos y una camiseta de franela. Se ladeó un poco para esquivar a Trish y poder cambiar de canal.

—Habla con él, Hayley —dijo.

—No la escuches —me ordenó papá.

—¿No quieres que me escuche? ¿Entonces por qué estoy aquí? —preguntó Trish—. No has cumplido ninguna de tus promesas. Joder, ¡ni siquiera estás dispuesto a hablar!

—No estás hablando, estás chillando —murmuró papá, e hizo un gesto con el mando a distancia—. Apártate.

¡Bam! Un puñetazo en la boca del estómago, eso fue lo que sentí. Todo era culpa mía, maldita sea. Había bajado la guardia. Inocente de mí, había creído que por fin había cambiado. Y todo porque había decidido jugar a los disfraces durante un par de horas. Todos los indicios estaban ahí: una botella medio vacía de Jack Daniel's sobre la mesita, otra a los pies del sofá, el cuello de la camiseta empapado de sudor (cuando en casa hacía frío) y el hecho de que el perro estaba escondido. Y, sobre todo, aquella mirada inexpresiva, vacía.

Trish respiró hondo y, esta vez, habló con voz más calmada, más tranquila.

—Estos días tu padre y yo hemos estado charlando. Necesita ayuda, Hayley.

—¿Qué tipo de ayuda? —pregunté con cierta cautela.

—Lo que sea —respondió—. Terapia, medicación, reuniones con otros veteranos que puedan comprenderle. Lo que sea necesario para que deje de huir.

—No huyo de nada —murmuró papá.

De pronto, el tiempo pareció ralentizarse, y noté un sabor amargo en la boca. Ahora podía oler el whisky, la carne asada de la cocina, el té que Trish había derramado sobre su uniforme. Ella le fulminaba con la mirada, y él le arrojaba ondas de rabia. El choque de trenes podía ocurrir en cualquier momento. Todavía tenía la chaqueta puesta y la mochila sobre el hombro. Agarré el pomo de la puerta, dispuesta a escapar de aquella pesadilla.

—Solo serían un par de días al mes. Quizá una semana de vez en cuando.

El tiempo se detuvo.

Me di media vuelta.

—¿De qué estás hablando?

—¿No se lo has contado? —inquirió Trish.

—¿Contarme el qué? —pregunté.

Papá se sirvió otro whisky. Tomó un buen sorbo y luego se metió un puñado de galletitas saladas en la boca. Ladeó la cabeza para echar un vistazo a la pantalla de la televisión.

—Me prometiste que hablarías con ella de esto —dijo Trish—. ¡Lo juraste!

—¿Contarme el qué? —repetí, esta vez alzando el tono de voz.

De repente, en un ataque de ira, Trish se agachó y tiró del cable del televisor. Lo desenchufó y, tras un destello, la pantalla se quedó en negro. Papá clavó la mirada en el vaso.

—Voy a seguir tu consejo, princesa. Vuelvo a la carretera. Trayectos de corto recorrido —añadió. Dio un sorbo y me observó por encima del borde del vaso—. No quiero que me acompañes. Debes seguir con las clases.

273

—Ni pensarlo —contesté, y dejé caer la mochila—. No eres capaz de sobrevivir al día a día aquí, donde todo está tranquilo. Además, ¿qué piensas hacer? ¿Dejarme vivir sola?

Miró de reojo a Trish y tomó otro trago.

—Mentiroso hijo de puta —farfulló Trish.

Sacudió la cabeza y se marchó furibunda al dormitorio de la abuela. Papá pulsó varios botones del mando a distancia, sin recordar que el televisor estaba desenchufado. Y, de pronto, me vino una idea a la cabeza.

—¿La trajiste a casa para que me hiciera de canguro? —acusé—. ¿Para poder largarte de aquí?

Él no contestó.

Trish cerró la habitación de un portazo y volvió al salón. Advertí que había cogido el bolso y, de un hombro, colgaba una maleta de lona mal cerrada y repleta de ropa. Dejó la maleta junto a la puerta principal y hurgó en el bolso.

—No te vayas —suplicó papá—. Hablaremos de esto mañana, ¿de acuerdo? Lo juro por mi honor. Pero esta noche no.

Por fin encontró las llaves.

—Saca el teléfono, Hayley.

Vacilé un segundo y luego lo saqué del bolsillo.

—Este es mi teléfono —dijo, y me recitó los números. Los apunté y guardé el contacto como «Zorra».

—¿Qué piensas hacer? —preguntó papá—. ¿Conducir del tirón hasta Texas? ¿Después de todo el sermón que me has echado sobre afrontar mis miedos en lugar de huir?

—Voy a una reunión de Alcohólicos Anónimos, Andy —explicó, y abrió la puerta—. Después de esa reunión, intentaré encontrar otra, y luego otra, hasta estar segura de que no beberé una gota de alcohol esta noche. —Recogió la bolsa de lona y me miró—. Llámame si necesitas algo.

Y se marchó sin decir adiós. La victoria fue tan repentina e inesperada que ni siquiera pude saborearla. Por la puerta se colaba una brisa fría que heló el salón. Tras un estruendoso chirrido, Trish desapareció.

—Cierra la puerta, ¿quieres? Y enchufa la tele, por favor.

Capítulo 73

*T*araree la canción *Ding-Dong! The Witch is Dead,* de *El mago de Oz* y ordené todos mis planes en la cabeza como si fueran objetivos de un campo de tiro. Papá necesitaba algo de tiempo para recuperarse del Tsunami Trish, así que trataría de no molestarle durante al menos dos o tres días. Después, tendría que inventarme algo para obligarle a salir de casa; quizá podría convencerle de que sacara a pasear al perro conmigo o decirle que me estaba planteando apuntarme al equipo de atletismo y necesitaba que me ayudara a ponerme en forma. El siguiente paso sería llamar a su amigo Tom y pedirle que contratara a papá para algún que otro trabajillo con la brocha. Así podría trabajar solo y a sus anchas. La parte del trabajo no la tenía muy clara, pero sabía que al final se me ocurriría algo. Por ahora, lo único que necesitaba era relajarse y reponerse un poco.

Dos días después, llegué a casa y encontré un sobre pegado a la puerta. En su interior había una nota de Trish, donde había anotado la dirección del motel donde estaba y seis billetes de veinte dólares. Utilicé ese dinero para comprar patatas, cebollas, crema de maíz (estaba de oferta, diez latas por ocho dólares), bacon, pan, mantequilla de cacahuete, queso, sopa de fideos y pollo y leche. Preparé puré de patata con bacon, pero papá ni lo probó con la excusa de que se sentía como una mierda. Creía que había pillado una gripe estomacal, o algo parecido.

Esa noche, quemé la nota de Trish. Después encendí una vela sobre la mesa de la cocina y coloqué un espejo justo enfrente. No esperaba ver ningún espíritu, pero pensé que al menos debía intentarlo. Escudriñé el espejo y estudié mi reflejo.

Advertí una especie de erupción de granos fruto del estrés y, por un instante, consideré la opción de salir a la calle con un pasamontañas.

Papá no estaba dispuesto a cooperar. Se negaba a pasear a *Spock* con o sin mí, incluso después de varios días. Le pareció una gran idea que quisiera ponerme en forma, pero siempre se inventaba alguna excusa para no acompañarme a correr. Ese tal Tom nunca llegó a contestar ninguno de mis mensajes y, al final, empecé a dudar de aquella historia que papá me había contado. Quizá había exagerado y nunca había pintado esa cocina.

Discutíamos por cualquier cosa: mi actitud, el tiempo, sobre cómo cocer un huevo, el total de la factura de teléfono, el hedor del cubo de basura. Arruinó todos mis planes y un día, de pronto, me explicó los suyos, todos estúpidos. Una noche me aseguró que nos mudaríamos a Costa Rica y, cuando saqué el tema a la mañana siguiente, me llamó mentirosa y me acusó de intentar volverle paranoico. Un día me comentó que debería aprobar bachillerato lo antes posible porque pretendía enviarme a la universidad en enero. Veinticuatro horas después, me prohibió presentarme a los exámenes finales porque se había empeñado en que cruzara el charco y trabajara de *au-pair* en algún país europeo. Había días en que algún cable se desconectaba y ni musitaba palabra. No lograba dormir más de una o dos horas seguidas. Cada dos por tres se despertaba gritando. Cuando se calmaba, siempre me pedía perdón.

Y en mitad de este sinsentido delirante, empezó el segundo trimestre. Presagiaba que sería muy parecido al primero pero con abrigos y chaquetas de lana. Nos obligaron a memorizar y vomitar un montón de fechas y hechos, a escribir redacciones absurdas siguiendo unas pautas casi fascistas y, sobre todo, a realizar un montón de exámenes para preparar otros exámenes. Mi objeción de conciencia a presentar la mayoría de los deberes me había bajado mucho la media, pero la única asignatura que había cateado con una nota pésima era precálculo. Al final, Benedetti se compadeció de mí y me cambió a trigonometría.

Y luego llegó el día en que recibí la llamada telefónica.

276

Capítulo 74

La pesadilla era horrible; me había presentado al examen final de historia y no era capaz de recordar un solo dato, una sola fecha, tan solo mi nombre. Al principio, pensé que aquel sonido era el timbre que anunciaba el fin de las clases. A medida que me fui despertando, creí que sería Finn, aunque él odiaba hablar por teléfono y por eso jamás me llamaba. De todos modos, pulsé el botón para responder.

—¿Eres Emily? —preguntó una voz femenina. Se oía música altísima y gritos de fondo, así que me costaba bastante entenderla—. ¿Cómo ha dicho que se llama? ¿Sally?

Número equivocado. Colgué y ahuequé la almohada. Y justo cuando había cerrado los ojos, el teléfono volvió a sonar.

—Hayley —dijo la misma mujer—. Tu padre me ha dicho que pregunte por una tal Hayley. ¿Eres tú?

—¿Mi padre? —murmuré y me incorporé de inmediato—. ¿Quién eres? ¿Qué ha ocurrido?

—Toma, habla tú con ella.

Por el ruido intuí que la mujer soltó el auricular y lo dejó caer. De pronto, reconocí la voz de mi padre, pero no lograba comprender ni una sola palabra.

—Papá, ¿qué has dicho? —pregunté, y bajé al recibidor. Me llamó la atención que todas las luces estuvieran encendidas—. ¿Qué pasa? ¿Dónde estás?

Oí que alguien le arrebataba el teléfono y, de repente, el estruendo de fondo se atenuó.

—Tu padre está como una cuba y no recuerda dónde ha aparcado la camioneta, lo cual es bueno porque con la cogorza que lleva es mejor que no conduzca. Se ha metido en una pelea y el jefe lo ha echado del local. Le he registrado los bolsillos; no le queda ni un dólar.

—¿Está herido?

—Tienes que venir a buscarlo, cariño. Es un barrio peligroso a estas horas. ¿Tienes un boli a mano?

—Espera —pedí, y corrí hacia la cocina. Rebusqué en el cajón de los trastos y encontré justo lo que necesitaba—. De acuerdo, ya está.

Ella me dio la dirección y me explicó cómo llegar.

—¿Cuánto tardarás en llegar?

—No lo sé. Tengo que encontrar un coche. ¿Puedes estar pendiente de él hasta que llegue?

—¡Un minuto! —gritó a alguien, y luego me dijo—: Date prisa.

No había tiempo para la pena, el enfado o la vergüenza. De camino a casa de Gracie, la llamé.

—Sí... —balbuceó.

—Necesito el coche de tu madre —dije. Luego le expliqué la situación. Le repetí el problema varias veces porque no había manera de que lo comprendiera.

—Imposible —contestó.

—No tienes que acompañarme —dije—. Tan solo deja las llaves en el asiento del conductor. Sé el código para abrir el garaje.

—¡Ni se te ocurra abrirlo! —exclamó—. Mamá siempre lo oye, da igual la hora que sea. Si intentas llevarte el coche a escondidas, se dará cuenta y llamará a la policía, te lo garantizo.

—¿Y qué hago entonces?

—Llama a Finn.

Me quedé quieta en medio de la calle desierta.

—No quiero que vea a mi padre en esas condiciones.

—¿Acaso tienes otra opción? —preguntó.

Finn no dijo ni palabra cuando pasó a recogerme. De hecho, no nos dijimos nada. La discusión que habíamos mantenido por teléfono, en la que él me sugería que dejara a mi padre tirado en un callejón para que se levantara con la cara empapada de su propio vómito y yo le llamaba cabrón desalmado, nos había dejado hechos polvo.

(De hecho, aceptó coger el coche al percatarse de que me disponía a ir al bar a pie.)

No rompió el silencio hasta aparcar frente a la taberna The Sideways.

—No puedo dejar que entres ahí sola.

—No te queda otra —repliqué.

—Es peligroso —añadió, refiriéndose a un grupo de tipos que merodeaban frente al local—. Míralos. Se mueren por armar una pelea.

—Lo dudo —rebatí—. Están deseando que dejemos el coche vacío para que puedan romper una ventanilla y robar la radio. Este montón de chatarra es tan viejo que incluso podrán hacer un puente y ponerlo en marcha. Y si eso ocurre, no sé cómo saldremos de aquí.

—Pero —empezó él.

Abrí la puerta.

—No apagues el motor.

—¡Fuera de aquí! —bramó el camarero en cuanto me vio entrar por la puerta—. Eres menor de edad.

La música estaba tan alta que por un momento creí que me iban a estallar los tímpanos. Aquel local oscuro estaba lleno de sombras apoyadas en la pared, inclinadas sobre la mesa de billar o desplomadas alrededor de mesas viejas y maltrechas. Y todas esas siluetas me observaban. Deseaba dar media vuelta y huir de aquel antro, pero en lugar de eso cuadré los hombros y fui directa hacia la barra.

—Estoy buscando a mi padre.

El camarero me miró con el ceño fruncido.

—¿Tienes el DNI?

—Mi padre —grité—. Me llamó una mujer para que viniera a buscarlo.

Un tipo de edad bastante avanzada que estaba sentado a un par de taburetes de distancia me dedicó la mirada más triste de la historia.

—Ha venido a por el capitán Andy.

Y al oír ese nombre, la expresión del camarero cambió por completo.

—¿Has venido sola?

—Mi novio me está esperando fuera, en el coche.

Hizo un gesto a aquel tipo.

—Ve a buscarle, Vince. Está en el retrete.

Contemplé los tiradores de cerveza. Miller. Bud. Labatt's. La música martilleaba en mis oídos. Hasta la pintura del techo se descascarillaba por el ruido. La única luz del bar provenía de las distintas pantallas de televisión. Cada una emitía un canal distinto. La pareja que advertí al fondo estaba mirando un partido de hockey; los dos tenían la boca abierta, como si no entendieran nada de lo que veían.

—Aquí lo tienes.

El gruñido del camarero me sobresaltó.

Papá había encajado un par de puñetazos en la boca y tenía los labios hinchados y ensangrentados. La camisa estaba hecha un desastre, con manchas de sangre, vómito y cerveza. Aunque parecía que podía abrir los ojos, estaba medio inconsciente y no sabía dónde estaba.

—Gracias —dije—. Ya lo tengo.

Me miraban con detenimiento. Nos observaban. Nadie era capaz de apartar la mirada. Y no porque fuera una chica joven e inocente, sino porque mi padre estaba tan bebido que su pobre hijita había tenido que venir a buscarlo. Completos desconocidos, borrachos, adictos, putas y expresidiarios, se compadecían de nosotros. Aquel bar apestaba a lástima.

Papá no podía mover la pierna mala y la buena, a duras penas. Le coloqué el brazo sobre mi hombro y le rodeé la cintura. Le arrastré por todo el local, hasta llegar al coche. Finn salió de un brinco y me ayudó a sentarle en el asiento de atrás. Pero papá fue incapaz de mantener la espalda erguida y se derrumbó como un saco de patatas, con la cabeza colgando por el borde del asiento.

—¿Y el cinturón de seguridad? —preguntó Finn.

—Da lo mismo —dije, y cerré la puerta—. Conduce y punto.

Entramos en el coche y bajamos las ventanillas para que el hedor de mi padre no nos ahogara.

Finn condujo más rápido que nunca.

—¿Cuánto tiempo más piensas seguir haciendo esto?

—Es la primera vez que ocurre —dije.

—No me refiero solo a esta noche —continuó—. Es todo. Cuidas más de tu padre que él de ti. ¿Cuánto tiempo piensas aguantarlo?

No supe qué responder.

Y

Al día siguiente, Michael acompañó a papá a buscar la camioneta. Alguien había reventado el cristal y se había llevado la radio, pero aparte de eso, todo estaba bien. Después de aquel incidente los dos nos quedamos varios días confinados en casa.

Capítulo 75

*P*edaleé hasta notar la primera gota de sudor. Gracie y yo nos habíamos adueñado de las bicicletas estáticas del gimnasio porque la gran mayoría de los zombis había decidido saltarse las clases en la víspera de Acción de Gracias. (Me pregunté si estarían devorando pobres inocentes en el centro de la ciudad o si habrían preferido unirse a una horda más grande, probablemente en Poughkeepsie.) El sustituto estaba trabajando con su portátil, en una esquina de la sala. Media docena de chicas estaban tumbadas sobre colchonetas, parloteando sobre nada en particular y exagerando carcajadas. Y un par de alumnas se había sentado en las gradas para pintarse las uñas.

Seguí pedaleando sin parar. El sudor me empapaba el rostro.

—Da igual lo mucho que pedalees —murmuró Gracie, y me ofreció un botellín de agua—. Esta bici no te llevará a ningún lado.

Tomé un buen sorbo.

—Y ahora me lo dices.

—Estás horrible —añadió.

—Necesito dormir.

—Necesitas algo más que eso.

Negué con la cabeza.

Gracie apenas hacía girar el pedal. Parecía una niña holgazana montada en un triciclo.

—Por cierto, ¿qué le ocurre a Finn?

—¿Por qué lo preguntas?

—Esta mañana, en la cafetería, estaba muy callado.

Encogí los hombros.

—Es por la física. Esa asignatura le está matando.

—Pero ni te ha tocado. Le has cogido de la trabilla del cinturón y después de un minuto, él te ha apartado la mano.

—¿Cómo puedes ser tan pervertida para contar cuántas veces nos tocamos?

—Si prefieres que me calle, dímelo —murmuró.

Bebí un poco más de agua.

—No te calles.

—No pretendía hacerlo, pero gracias —dijo—. Estoy preocupada. Sois un par de bichos raros, incompatibles con el resto del mundo, pero perfectos el uno para el otro. Cuando él deja de tocarte y tú de tomarle el pelo, el universo se revuelve. ¿Sabes a lo que me refiero?

Apoyé el botellín en la frente para sentir el frío del agua.

—Tiene muchas cosas en la cabeza.

—¿Su hermana?

Dejé la botella en el suelo.

—Mañana irá a Boston con su madre para celebrar Acción de Gracias en familia.

—Suena infernal.

—Ya lo sé. Cuando me lo contó estaba tan deprimido que sentí lástima por él. Traté de animarle y le dije que le acompañaría al centro comercial después de clase. Su madre quiere comprarle una camisa nueva para la ocasión.

—Pero tú detestas los centros comerciales.

—Está desesperado.

Gracie recibió un mensaje de texto. Cambié el piñón de la bicicleta y me levanté para pedalear. Algo había cambiado desde la noche en que Finn me ayudó a llevar a papá hasta casa. Gracie había dado en el clavo: Finn no quería tocarme. Y yo no me atrevía a hacerlo (cogerle del cinturón no contaba). Habíamos dejado de tontear, de gastarnos bromas. No había roto conmigo, pero lo veía venir. Él quería una chica normal con un padre y una madre poco problemáticos. Alguien con un «futuro brillante».

—Tengo que robar un silbato de árbitro —anunció Gracie tras guardarse el teléfono en el sujetador—. El terapeuta nos ha aconsejado que cenemos juntos en Acción de Gracias, los cuatro.

—¿Y qué hay de malo en eso?

—¿Acción de Gracias? —murmuró con los ojos saliéndole de las órbitas—. Piénsalo. ¡Cuchillos de trinchar! ¡Jugo de carne hirviendo! Será un desastre —farfulló, y empezó a pedalear más rápido—. Seguro que papá se está acostando con ella.

—¿Con tu madre?

—Con la terapeuta, boba. ¿Por qué si no iba a recomendarnos algo tan estúpido?

—No lo sé, G. Quizá cree que tus padres deberían dejar de comportarse como unos idiotas y encontrar un modo de seguir siendo una familia, a pesar de que al final se separen.

—Qué va —dijo, y de pronto dejó de pedalear—. Por cierto, ¿qué vais a hacer tu padre y tú? ¿Pavo en casa o en un restaurante?

Dos años antes, en esa misma fecha, estábamos en la carretera. Nos dirigíamos a Cheyenne y a mi padre le pagaban más por conducir en día festivo. A medianoche decidimos hacer un alto en el camino y pedimos bocadillos de pavo para celebrar la ocasión. El año pasado nos habíamos quedado atrapados en un motel, a las afueras de Seattle. La habitación tenía una nevera minúscula y un microondas, así que calenté un poco de pavo relleno precocinado y serví melocotón en almíbar como postre.

—¿Cómo está? —preguntó.

—Mejor —mentí—. Lejos de Trish cada día está más fuerte.

—Venid a casa —propuso.

—¿Qué?

—Trae a tu padre a cenar a casa para el Día de Acción de Gracias.

—¿No deberías pedirle permiso a tus padres primero?

—Estarán encantados con la distracción, créeme.

—No sé si es una buena idea —opiné.

—Lo siento, pero no tienes alternativa —contestó. Después alargó el brazo y pulsó el botón de mi consola para aumentar la dificultad—. Me lo debes.

—¿Por qué?

—Porque te ayudé la noche en que fuiste a recoger a tu padre a aquel cuchitril.

—No es cierto.

—Hablé contigo, ¿verdad? Y, de haber podido, te habría conseguido el coche. Además, al final todo salió bien. Por favor, venid a cenar.

—No lo sé, G.

—Trae un pastel, si quieres. A todo el mundo le gusta el pastel. Así que trae un pastel y a tu padre. Quizá así todos intenten comportarse en la mesa. Merece la pena intentarlo, ¿no crees?

Capítulo 76

—¿*P*or qué no llamó tu madre a la policía? —pregunté mientras trataba de seguirle el ritmo a Finn.

—No hay forma de demostrar que fue Chelsea —contestó con gesto adusto.

—De hecho, sí que la hay —rebatí, y aceleré todavía más el paso—. Ahora la policía cuenta con tecnología punta. Se llama «huellas dactilares». Puesto que ya la han arrestado antes, las tendrán registradas en algún archivo.

—Por favor, no seas malvada —rogó—. Ahora no.

Abrió la puerta roja de cristal del centro comercial y entró sin comprobar si le seguía. Esa mañana, mientras estábamos en clase, alguien había entrado en el apartamento de su madre. Se habían llevado su tarjeta de crédito de emergencia (que su madre guardaba en un bloque de hielo en el fondo del congelador) y medio kilo de jamón en lonchas. Era obvio que había sido Chelsea. El hecho de que su hija asaltara su propia casa habría bastado para anular el viaje a Boston para celebrar Acción de Gracias, pero ella seguía actuando como si nada.

Finn se abrió paso entre la multitud de compradores que se había adelantado al Black Friday. Su madre le había repetido varias veces que debía comprarse una camisa nueva porque las viejas le habían quedado pequeñas. La familia Ramos siempre se vestía de etiqueta para la cena de Acción de Gracias. Una insensatez como una catedral. Finn no se percató de que no estaba con él, y siguió avanzando. De pronto, paró y describió un círculo. Me estaba buscando.

Respiré hondo y empujé la puerta. Había alrededor de dos billones de personas, todas gritando como locos porque la música que sonaba por los altavoces era irritante además de insoportable. Me escurrí entre la muchedumbre hasta alcanzarle. Estaba junto a uno de esos puestos que vendían tarjetas para móviles y planes de telefonía móvil.

—Está abarrotado —dije—. Mejor volvemos mañana.

—Nos vamos a las seis de la mañana —recalcó—. No tardaré mucho.

Le seguí hacia una tienda pequeña y atestada de gente. Estaba tan oscura que ninguno de los clientes podíamos leer los precios en las etiquetas. Cogió media docena de camisas y nos escabullimos hasta los probadores. Entró y cerró la puerta. Aproveché ese momento para llamar a papá. Solo quería comprobar que todo estaba en orden y avisarle de que no tardaría en llegar. Además, necesitaba oír su voz para saber si estaba ebrio.

Pero no contestó.

Conté hasta sesenta y volví a marcar su número. Pero nada.

—¿Te queda bien? —pregunté.

—La primera no.

Cinco minutos de silencio después, llamé a la puerta.

—¿Ha habido suerte?

—La verdad es que no.

—¿Por qué estás tardando tanto?

—¿Cuál es tu problema?

«¿Por dónde empiezo?»

—Date prisa.

A alguien se le ocurrió la brillante idea de subir el volumen de la música. El suelo retumbaba bajo mis pies. Una nueva oleada de clientes entró a empujones a la zona de probadores, aunque apenas había espacio para todos. De pronto, sentí que estaba sobre el escenario de un prestigioso concierto mientras un público de sesenta mil personas inundaba el auditorio bailando pogo frenéticamente. Tragué saliva y levanté la barbilla; me estaba quedando sin aire y no quería entrar en pánico. Volví a telefonear a papá. Nada.

Apaleé la puerta del probador.

—En serio, Finn, solo es una camisa. Necesito volver a casa.

Lanzó un montón de camisas blancas por encima de la puerta.

—¿Puedes dejar estas camisas por ahí?

Dos tíos que debían de rondar los dieciocho años me estrujaron al pasar. No pude evitar ponerme tensa. Pensé que aprovecharían ese momento de agobio para manosear partes de mi cuerpo prohibidas. Sin embargo, no lo hicieron, lo cual fue una suerte porque empezaba a notarlo: esa penumbra gris que me envolvía como una niebla tóxica y me llenaba los pulmones de veneno puro.

—¿Señorita Blue? —llamó Finn—. ¿Sigues ahí?

—¿Ninguna te sienta bien?

—La tela pica.

—Pero si son de algodón —espeté con el auricular del teléfono pegado al oído—. No seas nenaza, por favor.

—¿Se puede saber qué te pasa? —preguntó él.

«Sin respuesta. Sin respuesta. Sin respuesta.»

La música tronaba. Estaba sudando. Y apenas podía respirar. No había suficiente oxígeno para todos los que nos habíamos agolpado en la tienda.

«Sin respuesta.»

Me abrí camino entre la muchedumbre, haciendo caso omiso a las quejas y palabrotas que me dedicaban los demás clientes, y logré salir de aquella pesadilla.

Finn me encontró unos minutos después junto a la barandilla.

—¿Y la camisa?

—Hay otra tienda al lado de la zona de restaurantes.

Me humedecí los labios. Por todos los pasillos del centro comercial desfilaban hordas de zombis, chillando por teléfono como cuervos afónicos, presumiendo de pequeñas fortunas metidas en bolsas y con las caras distorsionadas por el reflejo dorado y plateado de las decoraciones navideñas.

—Llévame a casa —exigí.

—Necesito comprarme una camisa —gritó haciendo una pausa de un segundo entre palabra y palabra, como si fuera sorda.

—Pues vuelve después de dejarme en casa.

—¿Estás intentando deshacerte de mí? —murmuró, y se acercó para besarme.

—Para —ordené, y me aparté de él—. No estoy para bromas. Odio este sitio, quiero irme a casa.

—¿Ocurre algo? ¿Es por tu padre?

—No coge el teléfono.

—Nunca coge el teléfono. Dame quince minutos, ni uno más.

«Sin respuesta. Sin respuesta.»

—No, tenemos que irnos ya.

—¿Cuándo te has convertido en una reina del drama?

Empecé a caminar.

Traté de inmiscuirme por grietas diminutas que serpenteaban entre el gentío, aunque me llevé más de un empellón y tropecé varias veces. Necesitaba salir ¡ya! ¡ya! ¡ya! de aquel bullicio. En mi cabeza bailaban imágenes que escapaban de mi control; una serie de explosiones cegadoras que estaban arrasando la ciudad: una carnicería en mitad de la calle, cadáveres esparcidos por el suelo de una pizzería, en una sala de cine, en la feria del condado. Andaba tan rápido como me permitían las piernas. Escaneé todo el centro comercial en busca de la salida más cercana. Se me erizó el vello de la nuca, como si alguien, escondido en alguna madriguera, estuviera a punto de pulsar el botón que haría detonar una bomba. Estaba en su punto de mira y tenía el dedo en el disparador.

«Recita el alfabeto. Cuenta en francés. Imagínate una montaña, la cima de una montaña, la cima de una montaña en verano. Respira.»

Pero ninguno de los trucos de papá funcionó.

Finn me alcanzó justo antes de que pudiera escabullirme por una puerta de emergencia. Me agarró del brazo y me sacudió.

—¿Qué está pasando?

Mi verdadero yo se hizo un ovillo en uno de los oscuros recovecos de mi ser. En su lugar apareció una versión de mí misma que jamás había visto. Era la versión zorra y alimaña de Hayley.

—¡Déjame en paz!

—¿Por qué? Cuéntamelo, por favor.

—Olvídalo —escupió la bruja por mi boca y cerró las manos en puños de granito—. Olvídate de todo. No te conozco, no me conoces y todo esto es una pérdida de tiempo.

—Pero… —empezó Finn.

La zorra ansiaba iniciar una pelea, gritar como una fiera. Quería que alguien se interpusiera entre ellos y así tener la excusa perfecta para patearle, atestarle un puñetazo y hacerle daño. Echó un vistazo a los zombis cargados de bolsas que se habían parado para disfrutar del espectáculo. Les miró con ojos asesinos, animándoles a decir algo.

—Te llevaré a casa —decidió Finn—. Ya hablaremos mañana. O el lunes, cuando tú prefieras.

La mirada de Finn me atravesó. Llegó a mi verdadero yo. Sentí una punzada en el corazón, pero la zorra era la que ejercía el control.

—Tú y yo hemos terminado —sentenció con mi voz. Aquella arpía sonaba más convencida de lo que yo estaba—. No quiero estar contigo. Cogeré el autobús.

—¿Estás rompiendo conmigo?

—Chico listo —dijo la Hayley víbora—. Y déjame en paz.

Capítulo 77

Esa versión arpía de mí misma casi había desaparecido por completo cuando me desperté. Era Acción de Gracias. Todavía la sentía merodear por el fondo de mi ser, una forma de recordarme lo frágil que era el hielo. Encendí el televisor para ver el desfile y subí el volumen. Los tres primeros globos gigantes representaban personajes de dibujos animados que no conocía. No había llamado ni escrito a Finn. Por supuesto, él tampoco lo había hecho. No sabía si estaría en casa, si habría viajado hasta Boston, si estaría conduciendo por la autopista o si todavía estaría durmiendo en la cama.

«Voz de Hayley zorra: estás mejor sin él. Finn no te entiende, no puedes confiar en él.»

Llamé a la puerta de papá.

—Es Acción de Gracias. Vamos a cenar a casa de Gracie, ¿recuerdas?

—A las cuatro en punto —añadió él.

—No bebas —le recordé—. Me lo prometiste.

Encontré la libreta de recetas de la abuela y busqué la página titulada Pastel de manzana de Mason y miré varios vídeos en Internet porque quería aprender a elaborar un enrejado perfecto. Saqué la mantequilla de la nevera para que se ablandara un poco. Dispuse la harina, la sal y un poco de agua con hielo sobre la encimera. Saqué un bol y el batidor. Pelé las manzanas. Después me senté en el sofá para disfrutar de la gran actuación de los Hatboro-Horsham Marching Hatters delante de la gradería. Comprobé el horno. Las rodajas de manzana se habían dorado y estaban muy apetecibles. Me comí la mitad de las rodajas.

Terminó el desfile y empezó el partido de fútbol.

Me zampé el resto de las rodajas de manzana y ojeé las recetas de la abuela: Tarta de Lima de Anna Chatfield. Enrejado de calabaza y nuez de Esther. Calabaza perfecta de Peg Holcomb. Crujiente de manzana de Edith Janack. Macedonia especiada de Ethel Mason. Y una pequeña sorpresa final: Pastel de limón de Rebecca.

De forma inconsciente empecé a juguetear con el móvil. Estaba deseando hablar con Finn. ¿Le picaría la camisa? ¿Estaría con toda su familia, todos sentados alrededor de una mesa listos para matar? ¿Había forma humana de explicarle por qué me había comportado de un modo tan mezquino?

Qué va. Ni siquiera yo lo entendía. Lo único que sabía era que prefería alejarle de mí que tenerle cerca.

Papá se quedó en su habitación todo el día, ni siquiera salió para ver el partido. Cuando saqué el pastel del horno me percaté de que se habían quemado un poco los bordes y que el centro parecía un tanto crudo, pero pensé que, para ser la primera vez, no estaba del todo mal.

Gracie me mandó un mensaje justo antes de las cuatro:

cambio de planes pueds venir a las 6?

A lo que yo contesté:

claro

Una hora y media después, otro mensaje:

Acción d gracias cancelado
hablams luego

Decidí llevar el pastel a casa de Gracie. Las ventanas del primer piso estaban decoradas con pavos de cartón y sombreros negros de peregrino. (¿De veras nuestros antepasados habían llevado esos sombreros? Si estuvieras viviendo una época de hambruna y miseria, ¿en serio te preocuparías del sombrero?) Unas cristaleras estrechas y alargadas flanqueaban la puerta principal. Tras ellas, unas cortinas preciosas de encaje me impedían ver el recibidor.

Llamé al timbre, pero no había nadie en casa.

Gracie me llamó a las diez de la noche y me contó, con todo lujo de detalles, la discusión que habían mantenido sus padres y por la que se había cancelado la cena. Me sorprendió que, en lugar de ponerse histérica, decidiera emplear el día para enviar las solicitudes a cuatro de las universidades del estado de California.

Justo antes de que tocaran las doce de la noche, envié un mensaje a Finn para desearle un feliz día de Acción de Gracias. Pero él no me contestó.

Capítulo 78

*D*espués de eso, perdí la noción del tiempo. Sentía que iba a la deriva, que andaba sin rumbo, como una hoja seca que arrastra un río medio helado, golpeando las rocas, pirueteando en pequeños remolinos, sin preocuparme de la cascada que se avecinaba más adelante.

El día 1 de diciembre volvió a nevar. El frío activó el modo hibernación en mi cerebro: mi capacidad de pensar dejaba de funcionar para que así mis órganos internos siguieran a pleno rendimiento. El único inconveniente eran los fallos técnicos que sufría mi memoria. Un día, en mitad del aparcamiento, caí en la cuenta de que hacía una semana que no sabía nada de Finn, así que supuse que no me llevaría a casa al acabar las clases. De todas formas, aunque me lo pidiera, estaba decidida a no subir a su coche. Al menos, esa era mi intención.

En el autobús, me puse los auriculares y busqué un grupo danés de death metal. Subí tanto el volumen que no me habría extrañado que me sangraran los oídos. Minutos después, cuando llegué a mi parada y silencié la música, tenía un dolor de cabeza horrible y creí haberme quedado sorda de por vida. Aunque pueda parecer enfermizo, me sentí bien.

Giré el pomo de la puerta y tiré con todas mis fuerzas. Casi se me disloca el hombro. La puerta estaba cerrada con llave. Hacía semanas que papá no cerraba la casa, pero no quise darle más importancia. Noté un extraño pitido en el oído y me inquieté. Quizás aquella música me había perforado los oídos y el líquido cerebral se estaba escapando por el agujero.

«Céntrate y no seas catastrofista.»

Deslicé la cremallera del bolsillo frontal de la mochila y busqué las llaves, pero no estaban ahí. Vacié toda la mochila en el suelo del porche y luego recordé dónde las había visto por última vez: al lado del ordenador. Esa mañana había salido deprisa y corriendo y me había olvidado de cogerlas.

«Mierda.»

Llamé al timbre, aporreé la puerta. Nada. Si estaba durmiendo en su habitación, no tendría más remedio que ir a casa de Gracie o quedarme merodeando por el parque hasta que le entrara hambre y se despertara.

«Mierda. Mierda. Mierda.»

Corrí hacia la parte trasera de casa. El tráiler seguía allí, con el capó bajado y las puertas cerradas. Me asomé por la ventana mugrienta del garaje. La camioneta estaba aparcada dentro. No vi ninguna herramienta tirada en el suelo. Ninguna señal de papá. La puerta de la cocina también estaba cerrada con pestillo. Comprobé todas las ventanas de la casa. No logré abrir ninguna.

Fue entonces cuando me percaté de que algo se chamuscaba. Lo olí de inmediato. Me giré y vi que salía humo de la barbacoa. Hacía al menos un mes que no la utilizábamos. Me acerqué pensando que, quizá, había encendido el fuego para cocinar perritos calientes o algo por el estilo.

Había quemado su uniforme. Vi varios jirones de la chaqueta y pantalones sobre las cenizas. Las botas, casi derretidas, humeaban en el centro de la barbacoa.

Corrí hacia la ventana del salón. Apoyé las manos en el cristal, ahuecándolas para evitar cualquier tipo de brillo, y traté de atisbar el interior por el pequeño espacio que dejaban las cortinas. El comedor estaba patas arriba. El sofá estaba del revés y bloqueaba la puerta hacia el comedor. El relleno de los cojines del sofá estaba por todas partes. Parecía algodón de azúcar sucio. El sillón reclinable estaba hecho trizas. El mango del hacha sobresalía de un enorme agujero que papá había hecho en la pared. El reloj de cuco se había reducido a un montón de astillas.

Mi padre yacía en el suelo, hecho una bola. Tenía la cara ensangrentada. En la alfombra, justo debajo de su cabeza, una mancha enorme de sangre. Y a su lado, *Spock*.

Una joven gritó.

¡¡¡NoNoNoPapáPapáNoPapáNoNoNoNoNoNoooo!!!

Spock aulló.

La muchacha golpeó la ventana con las manos, la aporreó

295

con los puños y luego se agachó a recoger la mochila. *Spock* correteó hasta la ventana y apoyó las patas delanteras sobre el alféizar y se puso a ladrar. La chica lanzó la mochila hacia el cristal. Pero esta rebotó. No dejaba de pensar *¿Por qué no puedo romperla? ¿Cómo puedo romperla? Coge un leño, rompe la ventana, haz añicos el cristal, una piedra, una piedra grande, destroza el cristal y ve a buscarlo, arrástrate por encima de los cristales rotos y ve a...*

De pronto, el cuerpo se movió. Se desenroscó. Se incorporó y se secó la cara con la camiseta. Después se volvió para mirar a la jovencita que lloraba al otro lado del cristal.

Capítulo 79

—*E*stá muerto —dijo papá. Le traje una silla del comedor y le ayudé a sentarse. La sangre todavía brotaba de su nariz, y de un corte que se había hecho en la barbilla.

—¿Quién está muerto? —pregunté—. ¿Quién te ha hecho esto?

Pero él no contestó.

¿Un asalto con violencia? Eché un fugaz vistazo al salón. La televisión seguía en su sitio. ¿No era eso lo primero que robaban? Michael. No tardé en atar cabos: seguro que Michel debía un pastizal a algún camello del barrio y no le había pagado, así que el tipo había venido a casa a buscarle. Papá había estado en el lugar equivocado en el momento equivocado.

Pero había quemado su uniforme militar y había dicho «muerto». ¿Acaso habría matado a ese tío? ¿Habría algún cadáver en casa?

—Papá, mírame. ¿Qué ha pasado?

Él cerró los ojos y gruñó. Pasé la mano por su cabeza, llena de cicatrices de guerra.

—¿Debería llamar a la policía?

—No, no —rogó con voz cansada—. Fue allí.

Se llevó las manos a la cabeza y empezó a balancearse hacia delante y atrás. Le costaba respirar, como si estuviera corriendo una maratón.

La guerra. Otro amigo muerto.

—Tienes que contármelo —le dije con tono cariñoso—. ¿Quién ha muerto?

Papá soltó un sollozo.

—Roy.

¿Hay algo peor que ver a tu propio padre llorar? Se supone que debe ser él el adulto, el adulto todopoderoso, sobre todo teniendo en cuenta que es un soldado. Cuando era niña, le veía hacer ejercicio, escalar muros, levantar a tipos más grandes que él, correr un puñado de kilómetros en pleno verano. Y todo eso vestido de uniforme de pies a cabeza y con munición de más. Mi padre era un superhéroe que hacía del mundo un lugar seguro para vivir. Cruzaba el Atlántico con su escuadrón y perseguía a los tipos malos por las montañas para que así los niños de ese país pudieran ir a la escuela, estudiar en una biblioteca y utilizar el patio para jugar. La primera vez que le vi llorar no me afectó tanto porque todavía tenía las varillas metálicas clavadas en la pierna. El dolor debía de ser insufrible. Y eso era comprensible. Después de que le quitaran las varillas, después de que Trish nos dejara tirados, una noche me desperté y le oí sollozar, llorar como un bebé, como yo. No podía controlar las lágrimas. Trataba de ser silencioso pero a veces la tristeza podía con él y gritaba como un histérico. Oírle así me asustaba; era como si estuviera en una montaña rusa y, de repente, alguien me desabrochara el cinturón de seguridad, justo cuando estaba a punto de ponerme boca abajo.

298

Le acaricié la espalda, y esperé a que la tormenta amainara.

Tardé más de una hora, y varias copas de whisky, en conseguir que dijera algo. Habían tendido una emboscada al pelotón de Roy. Papá aseguró que un lanzamisiles había disparado varias granadas. Quien hubiera logrado sobrevivir, estaría varios meses en el hospital, recuperándose de todas las lesiones.

—Nunca podrán quejarse —balbuceó—. ¿Cómo quejarte si estás vivo? Puedes perder los brazos, los ojos, una pierna o un pie; cuando recuerdas que todos tus hermanos están bajo tierra, nada importa.

Se sirvió otra copa en un vaso de plástico.

—Pudriéndose —murmuró.

Las lágrimas parecían pequeños riachuelos que zigzagueaban entre la sangre seca de sus mejillas. No se había afeitado y advertí una incipiente barba canosa. Nunca me había fijado en la piel de sus mandíbulas. Era flácida. Daba la sensación de que hubiera envejecido diez años desde el desayuno. Tenía las manos amoratadas y los nudillos supuraban sangre, probablemente por los puñetazos que había asestado a la pared.

Había arrancado las cortinas del comedor. La luz del atardecer iluminaba toda la estancia y hacía brillar las diminutas esquirlas que había sobre la alfombra. Había roto todos los vasos que teníamos, todos los platos y todos los cuencos. Los había arrojado contra la pared. El cajón donde guardábamos la cubertería estaba hecho pedazos y una de las puertas de la despensa estaba desencajada.

Un monstruo había arrasado la casa.

Cogí a *Spock* y salí del comedor con sumo cuidado. Fue un milagro que no se hubiera cortado. En cuanto lo dejé en el suelo, empezó a correr como un loco por el jardín. Después empezó a dar vueltas alrededor del granero, ignorando por completo mis llamadas. No descansó hasta que ya no pudo más. Agotado, se dejó caer junto a las piedras que utilizábamos para encender fuego. Y entonces pude ponerle la cadena.

Papá se volvió a llenar el vaso de whisky. Fui a buscar la escoba para empezar a ordenar aquel caos. Barrí los trozos de cristal y porcelana del salón, escondí el hacha en mi armario, coloqué bien el sofá y metí la guata de los cojines en bolsas de basura. Recogí lo que pude del sillón reclinable y lo dejé en el maletero de la camioneta. Aquellas bolsas tendrían que ir directamente a la basura. Estuve limpiando durante más de una hora, y él seguía ahí, sentado en aquella silla.

—Una ducha te sentará bien —sugerí al fin.

Crucé los dedos y recé por que no empezara con la cantinela de siempre: Roy jamás volvería a ducharse, Roy nunca volvería a tomarse un whisky, ni a amar a una mujer, ni a cenar en casa de su madre por Acción de Gracias.

—Nada me sentará bien —farfulló sin pestañear.

Vacilé.

—¿Te apetece algo de comer? ¿Unos huevos?

Negó con la cabeza.

—¿Tortitas? —propuse—. ¿Una hamburguesa?

—No tengo hambre.

—Pero deberías comer algo. ¿Y una tostada? Puedo preparar un poco de café, si quieres.

—Solo quiero estar tranquilo, ¿de acuerdo? —dijo. Se levantó y me acarició la mejilla—. Pero gracias de todos modos.

Cogió la botella y se marchó al salón. La televisión era lo

único que no había destruido. Buscó el mando a distancia, la encendió y recorrió todos los canales. Escogió una cadena que emitía un programa sobre un huracán que amenazaba el Golfo de México. Se sentó en el sofá, desprovisto de cojines, y por tanto de comodidad, y se sirvió otro whisky.

Capítulo 80

$\mathcal{A}$l día siguiente me pasé toda la mañana recogiendo los platos y cristales rotos de la alfombra. Había astillas minúsculas y esquirlas tan afiladas que me pinchaban los dedos. Los guantes no me facilitaban la tarea en absoluto, así que al final opté por utilizar un peine. Repasé cada milímetro del comedor y del salón. Dejé la cocina para el final porque era la estancia más pequeña y más fácil; tan solo debía pasar una bayeta húmeda por el suelo y protegerme las rodillas con un pedazo de cartón.

Cuando llegó la hora de comer, ya había eliminado cualquier peligro, así que dejé salir al perro del sótano.

En el instituto estábamos estudiando a Homero, tangentes, sistemas tonales, a Dred Scott y huellas dactilares. Seguramente Finn estaría coqueteando, hincando los codos y retocando sus solicitudes de universidad, además de salvar el mundo, y todo al mismo tiempo. En mi cabeza todavía retumbaban sus palabras: «Cuidas más de tu padre que él de ti».

Cuando la señorita Benedetti llamó a casa mentí. Le dije que tanto mi padre como yo estábamos con gripe. Cada día, tras la puesta de sol, papá se levantaba, fumaba un cigarrillo tras otro y se comía un par de bocadillos de mortadela. Después, salía fuera y hablaba por teléfono. Deseaba que empezara a emborracharse hasta desfallecer. Al menos, si estaba inconsciente, no corría ningún peligro y no tenía que preocuparme por si se hacía daño.

Luego, abría otra botella y se sentaba conmigo en el sofá. Me obligaba a escuchar historietas que me había contado un millón de veces. Patrullas a las que tendían emboscadas, dispositivos explosivos que destrozaban vehículos y vidas humanas, terroristas suicidas que vivían en pueblos fantasma. El soldado raso al que le dispararon por la espalda. El tipo que se quitó el casco para secarse el sudor y al que el francotirador voló la cabeza, creando una nube de sangre que quedó suspendida en el aire antes de caer al suelo.

Esa cosa que vivía bajo su piel se apoderó de sus ojos. Les arrebató la poca vida que les quedaba. Esa misma cosa arrasaba con todo, abofeteaba al perro, me gritaba.

Una noche, intenté meterme en la cama a las dos de la madrugada, pero él se molestó, así que me quedé despierta. Le escuché. Asnos cargados de armas. Cuerpos abotargados. El olor a cadáver. Moscas.

Sobre las cuatro y cuarto, vomitó sobre la alfombra y, por fin, se desmayó. Le recosté en el sofá, dejé un cubo cerca y coloqué una toalla sobre aquel desastre para que el perro no se lo comiera. Me di una ducha para deshacerme de las lágrimas y del hedor a vómito con whisky.

302

Capítulo 81

*E*l sonido de varias ametralladoras me despertó de golpe. Fue tal el susto que me quedé sin aire en los pulmones. Intenté concentrarme para poder distinguir el sueño de la realidad. Las armas volvieron a disparar, una ensordecedora explosión de artillería, y luego oí a dos hombres reírse a carcajadas. Era un juego. Otro estúpido juego de matar.

Me metí de nuevo bajo las sábanas y, de pronto, tuve una corazonada.

Hombres. Riéndose. Hombres, es decir, más de uno. Mi padre tenía compañía. Y carcajadas, pero sabía que era imposible que mi padre estuviera riéndose. Así pues, ¿quién estaba en el salón?

Aparté las sábanas y me vestí en un santiamén.

La luz que lograba filtrarse por las cortinas dibujaba un extraño patrón en las paredes del salón. Manchas oscuras y esquirlas de luz. Dos hombres, Michael y algún colega suyo que no conocía, estaban sentados en un par de sillas de la cocina, con la nariz pegada en el televisor, echando una partida. Papá estaba sentado en el sofá y fumaba de una cachimba. Tenía los ojos hinchados. El humo que se escapaba por su boca era del color de su piel; parecía un dragón viejo y triste que, poco a poco, se iba desintegrando, hasta convertirse en cenizas.

—¿Qué hacen aquí? —pregunté.

—Él nos ha invitado —contestó Michael—. Nos pidió que pasáramos a verle para animarle un poco.

—No estaba hablando contigo.

—Tiene razón —dijo papá, casi arrastrando las palabras—. Fui yo quien le llamé. ¿Por qué no estás en el instituto?

—Diles que se vayan —exigí.

Dejó la cachimba sobre una pila de libros.

—Pero si acaban de llegar.

—¿Y?

Papá me regaló una media sonrisa.

—Te mantuve despierta hasta tarde ayer, ¿verdad? Perdóname, princesa. ¿Por qué no preparas algo de café, un gran desayuno?

La marihuana había escondido al tipo loco que vivía bajo su piel, pero sabía que era algo temporal.

—No les quiero aquí.

—Escucha a los mayores —dijo Michael.

—Huevos, eso sería genial —añadió papá—. Una tortilla, con un montón de queso.

—Revueltos para mí —pidió Michael—. ¿Y tú, Goose? —preguntó al tipo que había a su lado.

Goose paró la partida y se volvió. Tenía la cara sarnosa de un yonki de manual.

—No tengo hambre.

No pude moverme. No supe qué decir. El salón parecía el telón de fondo de un documental de la televisión pública: agujeros en las paredes, muebles destrozados, un salón a oscuras que olía a marihuana, una batalla a vida o muerte en el televisor que captaba la atención de todos, menos la mía. Aunque también podía ser el escenario perfecto para una película de miedo de bajo presupuesto: los palurdos que había frente a la pantalla podían transformarse en demonios, el humo que salía de la cachimba de mi padre era, en realidad, un espíritu que había venido a saldar sus deudas desde el inframundo.

—¿Por qué, papá? —pregunté.

Dio otra calada a la cachimba.

—Me gusta tenerles aquí.

Michael se rio por lo bajo mientras guiaba a su soldado hacia la masacre.

—¿Oyes eso, Goose? Le caemos bien.

Fue entonces cuando reparé en algo: quería matar a Michael. Sabía que no podría, que no lo haría. Si me abalanzaba sobre él, me apartaría como a una mosca. Papá saldría de su estupor para defenderme y luego las cosas se pondrían muy feas, puede que incluso se derramara sangre. Podía sacar uno de los revólveres de papá, o no, mejor aún, una escopeta y amenazarles. Evidentemente, no pensaba dispararles (no pretendía que me metieran entre rejas por culpa de ese par de zopencos), pero ellos no lo sabrían. Se morirían de miedo si disparaba a la pared. De todas formas, la pared del salón ya estaba llena de agujeros.

A medida que esa escenita (yo, el revólver, el techo, *boom*) se desarrollaba en mi cabeza, empecé a pensar hasta qué punto podían torcerse las cosas. Papá, o el propio Michael, podía coger el arma, Goose sacaría el revólver que tenía escondido dentro de la bota e iniciarían un tiroteo a matar.

—¿Tenemos algo de bacon? —preguntó papá.

Crucé el salón y desenchufé la televisión.

—Voy a llamar a la policía.

—No, no lo harás —dijo Michael.

Saqué el móvil.

—¿Quieres comprobarlo?

Goose se levantó de la silla.

—Tío.

—Andy —llamó Michael—. Dile a tu hija que guarde el teléfono.

—Vamos, Hayley —balbuceó papá.

Desbloqueé el teléfono.

—Arrestarán a tu padre —advirtió Michael—. ¿Eso es lo que quieres?

Abrí la puerta y salí al jardín. Hacía un frío insoportable y la luz del sol resultaba cegadora. Me acerqué a la acera para capturar las matrículas de las dos motocicletas en una sola fotografía.

—¿Qué estás haciendo? —gritó Michael desde el umbral.

Me metí en la cabina del tráiler de papá, cerré por dentro y marqué el 911. Expliqué que mi padre estaba enfermo y que había dos tíos en mi casa que se negaban a irse. En cuanto la chica anotó toda la información, Michael y Goose se subieron a la moto de un salto y se marcharon haciendo rugir el motor.

¡Sí! ¡Punto para mí!

Dejé el teléfono sobre el salpicadero y me choqué los cinco. Tras soltar un suspiro de alivio, volví a coger el móvil.

—Ya se han ido —informé—, los tíos esos de los que te hablé. Ya no necesito que venga la policía.

—Un agente debe acudir a tu domicilio, cariño —explicó—. Solo es para asegurarse de que estás a salvo.

—No, de veras. Ya no hace falta que le envíes —dije, con

voz temblorosa—. Me han visto que llamaba a emergencias y se han asustado. Estoy a salvo, y papá también.

—¿Crees que necesita una ambulancia?

—¿Qué? No. Solo es… gripe. Necesita sopa de pollo, no agentes de policía.

—Hay un par de agentes que también la están pasando. Vamos un poco escasos de personal, pero te garantizo que tendrás un policía en la puerta de casa en menos de una hora. ¿Quieres quedarte al teléfono para estar más tranquila?

Colgué.

No tardarían en encontrar la marihuana. ¿Qué más? ¿Todas las armas eran legales? ¿Y si traían consigo un perro capaz de detectar drogas? ¿Descubriría algún alijo secreto cuya existencia yo desconocía? ¿Y si papá, al ver a los agentes uniformados, se volvía loco? ¿Y si le arrestaban por agresión y posesión de drogas? O peor aún, ¿y si le detenían porque pensaban que era un traficante? ¿Y si lo condenaban a varios meses? ¿Qué pasaría conmigo?

Sentí náuseas. Tosí, me tragué la bilis e hice lo que juré que jamás haría.

Llamé a Trish.

Capítulo 82

$\mathcal{A}$ntes de que llegara, ya me había ocupado de varias cosas: había abierto todas las ventanas de casa, rociado todas las habitaciones con ambientador y metido a papá en la ducha. Lancé la cachimba al granero, lo más lejos posible, y luego tiré todas sus pastillas por la taza del baño. También limpié el vómito que se había solidificado sobre la alfombra. Obviamente, la mancha no se fue a la primera, así que tiré polvos de talco y luego los recogí con la aspiradora.

Papá salió de la ducha y justo cuando empezó a gritarme que cerrara las malditas ventanas, Trish entró en casa. Le expliqué lo ocurrido muy rápido mientras ella comprobaba el pulso de papá. Se había puesto unos pantalones deportivos muy anchos y una sudadera vieja. Cualquiera le habría confundido con un sin techo. Ya no quedaba nada de aquel héroe de guerra, ni de mi padre. Me pidió que cerrara las ventanas y le acompañó hasta su dormitorio. Deslicé la última ventana en el mismo instante en que un coche patrulla aparcaba justo enfrente. Observé el parpadeo de las luces azules, pero no oí la sirena.

—¿Pueden arrestarle aunque no encuentren nada? —quise saber.

—Depende —dijo—. No te enrolles cuando te pregunten qué ha ocurrido. Te despertaste y encontraste a tu padre inconsciente en el sofá. No conocías a los tíos que había en el salón. Nunca antes les habías visto.

—Pero Michael…

—Nada de nombres. Se negaban a marchaste. Estabas asustada. ¿De acuerdo?

Un agente de policía llamó a la puerta.

—Y si quieres, llora —añadió.

Trish tomó las riendas de la situación. Les explicó quién era y por qué estaba ahí, y luego acompañó a uno de los agentes, al más delgaducho, a ver a papá. El otro parecía un defensa de rugby; tenía unos hombros monstruosos, un cuello más ancho que la cabeza y unas manos del tamaño de unos guantes de béisbol. Al entrar, escudriñó cada rincón, buscando alguna amenaza, algún peligro, igual que solía hacer papá, pero tras comprobar toda la casa, se sentó conmigo en el salón y pareció relajarse al menos un poco.

Respondí a todas sus preguntas. Papá tenía gripe. Me había quedado en casa para cuidar de él. No, no había ido al médico. No, no conocía de nada a ese par de tíos. No, no podía darle una descripción, estaba demasiado asustada.

Escribió toda la información en una libreta de espiral y luego volvió a hacerme las mismas preguntas. Recité las mismas respuestas. Las escribió de nuevo y luego me dedicó una sonrisa. Tenía los ojos de color marrón claro, como el de una bellota. De repente, miró a un punto detrás de mí.

308

—¿Quién ha hecho esos agujeros en la pared? —inquirió.

—Ya estaban ahí cuando nos mudamos —mentí—. Okupas, supongo.

No anotó ese detalle.

—Quédate aquí —mandó.

Se encaminó hacia el pasillo. Las llaves, las esposas y varias cadenas tintineaban tras cada paso. Aquel era el sonido que, desde pequeña, había imaginado que hacía el trineo de Santa Claus. Cuando llegó al final, se reunió con su compañero y mantuvieron una conversación en voz baja. La calefacción había subido la temperatura de la casa y noté que el aire empezaba a apestar a la colonia satánica de Michael. ¿Y si esto seguía pasando? ¿Y si papá no estaba montado en una montaña rusa, sino en un tobogán que descendía en espiral hacia las profundidades más oscuras? ¿Qué haría Michael la próxima vez?

—Perdone, señor —dije—. Hice una fotografía de sus matrículas. ¿Serviría de algo?

Capítulo 83

*A*l final, revisaron todo el papeleo de papá y, para mi sorpresa, todas las armas eran legales. El tío incluso le felicitó por haber contratado un seguro específico para cada una. Al final, repasaron todas las fotografías de mi teléfono y enviaron a comisaría la que contenía las matrículas de las motocicletas. Ojos Bellota introdujo los números de matrícula en el ordenador y encontró algo que enseguida compartió con su compañero.

Al final, llamaron a una ambulancia porque papá estaba deshidratado. Le escribieron el número IV en el brazo, le ataron a una camilla y cargaron la camilla en la ambulancia. Papá le pidió a Trish que le siguiera con el coche y le hizo prometer que me quedaría en casa.

Al final, me quedé sola en una casa repleta de agujeros en las paredes y de alfombras manchadas de sangre. Se me atragantaban las palabras que se habían ido acumulando a lo largo de las últimas semanas, palabras chamuscadas, palabras que el fuego había quemado, palabras que me cortaban las respiración.

Preparé una taza de té, pero cuando añadí la leche, advertí varios grumos agrios. Nos habíamos quedado sin pan y sin plátanos. Me zampé una cucharada de mantequilla de cacahuete y después mezclé lo que quedaba de mermelada con la mantequilla. Comí aquella repugnante pasta hasta notar el primer retortijón. Recorrí la casa de arriba abajo, de izquierda a derecha. *Spock* me pisaba los talones. Me daba la sensación de que la casa se encogía por minutos, o quizá era yo quien crecía, Hayley en el País de las Maravillas. De un momento a otro todo mi cuerpo se alargaría, rompería el techo con la cabeza y sacaría los brazos por las ventanas.

Spock se hartó de seguirme, así que se tumbó en la alfombra, en el mismo punto donde papá se había derrumbado el día en que descubrió que Roy había fallecido. Me estiré al lado del perro y le dejé que me lamiera la cara. Luego, se quedó dormido. La alfombra me producía un picor insoportable, así que me metí en la cama, pero no lograba estar cómoda.

Estaba vivo. Llevaba toda la vida temiendo este momento, pero estaba vivo. De hecho, estaba en el hospital, donde le ofrecerían toda la ayuda que necesitara, lo cual era bueno, ¿verdad? Eso era lo único que importaba.

Con una excepción.

¿Y ahora qué?

Cerré los ojos y fingí ser Alicia. Era más alta que un rascacielos y podía ver de dónde veníamos, y a dónde íbamos. Los límites, las fronteras, no estaban pintados con una línea, pero sabía que había cruzado uno. Aquel era un país nuevo, sin señales, sin edificios emblemáticos. Era un reino con un millón de preguntas, y solo tenía una respuesta.

Al final, robé la camioneta de papá.

Capítulo 84

*L*legué al instituto y, tras recorrer todas las entradas, por fin encontré una que el conserje todavía no había cerrado. Luego me dirigí hacia la piscina, donde el equipo de natación estaba acabando su entrenamiento diario. Los nadadores colocaron las manos sobre el borde del trampolín y se lanzaron hacia el agua como focas marinas. Finn también llevaba bañador, pero estaba seco, y recorría toda la piscina recogiendo flotadores. El equipo enfiló hacia los vestuarios; varios de ellos se gastaban bromas pesadas y se empujaban para ver quién caía al suelo y hacía el ridículo, hasta que el entrenador hizo sonar el silbato.

—¿Puedo ayudarte? —me preguntó el entrenador.

—Ejem —empecé—. Estoy esperándole a él. Al socorrista.

—¡Ramos! —gritó el entrenador antes de entrar en el vestuario.

Finn levantó los ojos y finalmente me vio. Quería salir disparada hacia la puerta, pero me daba miedo que, en el trayecto, resbalara y aterrizara de cara en aquel asfalto húmedo. Colocó los flotadores junto a la puerta del almacén, se quitó las gafas y se acercó a mí con paso lento.

—¿Siempre te saltas las normas? —inquirió, entornando los ojos un poco.

—¿Qué?

Señaló el cartel donde se leía:

NO USAR ZAPATOS EN LA ZONA DE LA PISCINA.

—Oh, lo siento.

Me quité la zapatilla y el calcetín del pie izquierdo. Hice una bola con el calcetín y lo guardé en la punta de la zapatilla.

Me apoyé sobre el pie izquierdo para descalzarme el derecho y resbalé. Si Finn no me hubiera sujetado por el brazo, me habría caído de bruces sin dignidad alguna.

—Gracias —murmuré sin mirarle. Y acabé de descalzarme.

Había conducido hasta el instituto con las ventanillas bajadas, a pesar del frío polar que asolaba el condado. El viento gélido me paralizaba, bloqueaba todas las paranoias que me imaginaba cada vez que visualizaba a papá en aquella ambulancia. Pero allí, en mitad de la piscina, empecé a sudar.

Me desabroché la chaqueta.

—¿Aquí siempre hace este calor?

—Cuando el director está, suben la calefacción hasta los topes —explicó.

El equipo de natación seguía desternillándose de risa en el vestuario. Se estaban duchando. Se oyó un chasquido en los altavoces y, de inmediato, salió un anuncio, pero no logré entender ni una palabra.

—¿Necesitas que te lleve a casa? —preguntó Finn—. Espera, ¿has venido a clase hoy? No te he visto.

—He venido en la camioneta de papá.

—Hayley, pero si no tienes carné de conducir.

—Ups.

Presentía que iba a soltarme un comentario arrogante, pero en lugar de eso, se dio media vuelta y se tiró al agua de cabeza. Buceó hasta el otro lado de la piscina, dio una voltereta y tras un par de brazadas salió a la superficie. Empezó a nadar estilo mariposa. Sus brazos parecían ruedas de pédalo. Tras él se fue formando una ola que sobrepasó el borde y me empapó el bajo de los tejanos.

—¿Qué estás haciendo? —pregunté.

Sumergió la cabeza durante un segundo y, al sacarla, la arqueó hacia atrás para retirarse el pelo.

—¿Qué estás haciendo? —repitió él.

El discursito que me había preparado en la camioneta se fue difuminando por aquel vapor con aroma a cloro.

—Ejem, ¿cómo estás? —respondí—. Bueno… ¿cómo están tu hermana y tu madre? ¿Qué tal todo?

—No has contestado a mi pregunta —recalcó.

—Mira quién habla.

Las voces del vestuario fueron disminuyendo. Ahora solo se oía el cierre metálico de las taquillas.

—Chelsea no se presentó en Acción de Gracias —explicó—. Mi madre se pasó todo el día llorando. Papá se fue a dar una vuelta y tardó siete horas en volver. ¿Y tú?

—No celebramos Acción de Gracias.

¿Podría oír el corazón martilleándome en el pecho?

En el vestuario masculino ahora reinaba el silencio más absoluto y el único ruido que rompía esa quietud era el zumbido de los fluorescentes y el agua rebotando en las paredes de la piscina. Finn me salpicó los pies.

—Está caliente —observé.

—Hay una clase de aquaerobic dentro de una hora; se ponen histéricas si el agua está por debajo de los 26 grados. ¿Alguna vez te han gritado varias ancianas con gorros cubiertos de flores de plástico cosidas? Es aterrador —dijo, y me salpicó otra vez los pies—. Y bien. ¿Por qué has venido, señorita Blue?

Respiré hondo.

—¿Te acuerdas del día en que fuimos a la cantera? Si no me falla la memoria, hicimos un pacto. Tú cumpliste con tu cometido y —murmuré. Bajé la mirada con timidez y dibujé un círculo alrededor de un pequeño charco de agua con un pie— no sé cuánto tiempo más nos quedaremos en la ciudad. Todo está en proceso de cambio y, en fin, quería decirte que, cuando pierdo, acepto la derrota. Pero tienes el maldito teléfono apagado, o quizá me hayas bloqueado, no lo sé, y por eso he decidido pasarme por aquí, para decírtelo en persona.

—¿Para decirme que vas a saldar tu deuda? —preguntó, anonadado.

—Sí.

El agua seguía golpeando las paredes de la piscina.

—¿Qué talla de sujetador tienes?

—¿Perdona?

Y me miró el pecho con descaro.

—¿Una 95 B? O quizá C. No fabrican B+, ¿verdad? No entiendo por qué.

En lugar de esperar una respuesta, salió del agua (gotas de agua caliente resbalando por ese torso, esos abdominales, Dios mío, esos abdominales) y se escabulló hacia el almacén. Repasé cada palabra de la conversación, ¿en qué momento nos habíamos desviado del tema principal? Pero un instante después, apareció de nuevo con un bañador de chica en cada mano.

—No dejes para mañana lo que puedas hacer hoy.

313

Capítulo 85

No tengo una 95 C ni de coña. Tampoco una 95 B, pero supuse que me sentaría mejor un bañador algo más ajustado porque las bolsas siempre me habían parecido horrendas. Así que me decanté por la talla B, aunque reconozco que tuve que hacer las mil peripecias para taparme un poco el culo. Mientras no hiciera ningún movimiento extraño, no habría problema.

Finn estaba junto a la escalerilla del fondo.

—Te favorece.

—Cierra los ojos —dije.

—¿Para que puedas huir?

—Ciérralos —repetí, y bajé la escalerilla a toda prisa. El agua no estaba tan caliente como esperaba. Empecé a brincar, con los brazos cruzados sobre el pecho.

—De acuerdo, ya está. ¿Puedo salir ya?

Él se rio entre dientes.

—No, tonta. Voy a enseñarte a nadar. El primer paso es aprender a flotar de espaldas.

—Yo no floto, yo me hundo.

—De acuerdo —susurró, y se deslizó detrás de mí—. Voy a colocar las manos sobre los omóplatos. Déjate caer. Te prometo que no me apartaré.

Apoyó las manos en mi espalda. Vacilé («¿Qué estoy haciendo aquí?»), y luego me dejé caer. Él dio un paso hacia atrás y me arrastró más rápido de lo que había esperado. De pronto, advertí que los dedos de los pies asomaban por encima de la superficie y, casi de inmediato, hundí la cabeza. Chapoteé e intenté volverme a poner de pie. Me aferré al borde de la piscina como si mi vida dependiera de ello y empecé a toser como una loca. Por un momento pensé que los pulmones me saldrían por la boca.

—Te he avisado —tartamudeé, y me coloqué bien el bañador—. Soy una inútil.

—Estás asustada, eso es todo. No te muevas.

Salió de la piscina de un brinco, cogió una tabla de corcho de una pila que había junto a la puerta del almacén y encendió la radio. La suave melodía de un saxofón comenzó a sonar por todos los altavoces de la piscina. Pulsó un par de interruptores y la mayoría de las luces se apagaron. Percibí el sonido de un piano acompañando al saxo, y un dulce tambor en el fondo. Aunque todos esos detalles eran preciosos, no cambiaron el hecho de que estaba metida en una piscina. Seguía sin sentirme cómoda.

—Media hora —dijo—. Es todo lo que necesito.

—Te doy cinco minutos, considérate afortunado —murmuré.

Se tiró de cabeza sin salpicar ni una gota y emergió delante de mí.

—Lo he oído.

Se las ingenió para colocar la tabla de corcho bajo mi espalda y, sujetándome los hombros, empezó a deslizarme por el agua, aunque esta vez con más lentitud.

—¿Cuánto mide la parte más profunda de la piscina? —pregunté desesperada mientras intentaba no pensar en el hecho de que no tenía los pies apoyados en suelo firme.

—Tres metros —contestó él.

—No quiero que me lleves allí.

—Mueve un poco los pies —propuso—. Agítalos, y así no te hundirás.

Tenía razón, aunque me negué a admitirlo. Pero me costaba horrores, porque invertía todas mis energías en mantener la cabeza fuera del agua y en respirar. Finn no dejó de parlotear como un loro todo el tiempo; me arrastraba como a un peso muerto de una punta a otra de la piscina, desafiándome incluso a pasar por la zona más profunda. Yo no me atrevía a dejar de mover los pies. Hubo un momento en que incluso relajé los brazos y dejé que flotaran a su antojo.

Finn apoyó la mano bajo mi cabeza y, con sumo cuidado, la levantó un poco para que pudiera oírle.

—Lo estás haciendo genial —felicitó—. Ahora, cierra los ojos.

—¿Por qué? —pregunté con desconfianza.

—Hazme caso. Ciérralos e imagina algo. Un cielo estrellado, como el de la noche del partido. O la banda musical recorriendo el estadio. No sé, visualiza algo que te haga feliz.

Cerré los ojos e imaginé a Finn nadando detrás de mí.

—Las estrellas servirán.

Reanudamos la clase.

—Ahora estás más cómoda, ¿verdad?

—Ya no temo por mi vida, si eso es a lo que te refieres con «cómoda».

—¿Quién crees que entrena a la élite de la marina de los Estados Unidos? Yo —dijo con tono modesto—. También estuve un mes enseñando a nadar a los pingüinos del Antártico —añadió. Dio una brazada y avanzamos varios metros, o esa fue mi sensación—. Lo estás bordando, pero si quieres mejorar deberías relajarte un poco.

—No estoy gritando —dije—. No me quites mérito.

—Necesitas una distracción —murmuró, y dio un par de brazadas—. Cuéntame por qué no has venido a clase estos días.

316

No pude evitarlo. Las palabras salían solas. Le expliqué todo lo ocurrido, desde el numerito en el centro comercial, hasta la muerte de Roy, sin olvidar la sirena de la ambulancia. Charlar hizo que mi pavor al agua se desvaneciera un poco. No reparé en detalles. Mencioné los agujeros de la pared del salón y cómo había tenido que peinar la alfombra para recoger las esquirlas. Él escuchó sin decir una palabra.

En una ocasión paramos para que Finn pudiera recolocar la tabla; ahora que no me aguantaba el culo tuve que patalear con más fuerza y levantar las caderas para evitar hundirme. Seguía sin querer reconocer que llevaba razón; cerrar los ojos me ayudaba a mantenerme a flote y a no ahogarme, por supuesto.

Hizo otra pausa.

—Ahora voy a quitarte la tabla, pero no te soltaré, te lo prometo —dijo, y la apartó—. Mueve los brazos.

—¿Cómo?

—Imagina que eres un pájaro. Bate tus alas.

Y eso hice; golpeé el agua con mis brazos y formé unas olas tremendas.

—¡Aargh! —gritó Finn. Me alzó la cabeza y logré ponerme en pie. Le había salpicado los ojos.

—¿No es el aleteo correcto? —pregunté con voz inocente.

—Una deducción brillante. ¿Estás lista para volverlo a intentar?

Para mi sorpresa, sí lo estaba. Agité pies y manos bajo el agua y conseguí mantener la cabeza por encima de la superficie.

Acercó los labios a mi oído.

—Cierra los ojos otra vez.

Esta vez obedecí sin rechistar. Yo era un velero y él el viento, estábamos compenetrados.

—Confía en el agua —susurró—. Ella no dejará que te hundas, pero debes poner de tu parte. ¿Puedo apartar la mano?

Me mordí el labio inferior y asentí.

—Mueve los pies y las manos, pies y manos, pies y manos —cerró—. Cierra los ojos y sigue nadando.

Puesto que ya no tenía ningún tipo de apoyo, noté que el agua inundaba mis oídos; la voz de Finn quedó sofocada por el sonido del agua y el saxo parecía una ballena lejana. Sin embargo, sí oí el latido de mi corazón, y el suyo. Me tranquilicé y encontré el punto de equilibrio perfecto. Finn me empujó suavemente y palpé la pared de la piscina a mi izquierda.

317

—Abre los ojos.

Me agarré al borde como a un clavo ardiendo. Dejé de patalear. A cámara lenta, mis pies fueron bajando hasta el fondo de la piscina. Pero no había fondo. Cuando miré abajo, casi se me salen los ojos de las órbitas.

—¡Me has traído a la parte más profunda!

—Has venido tú solita —dijo, y se acercó a nado—. Lo has hecho genial.

—¿De veras?

Finn esbozó una amplia sonrisa. Me recordó a los monigotes cabezones que muchos colocan sobre el salpicadero del coche.

—¿Qué?

Apretó los dientes y tomó aire.

—Me apetece muchísimo besarte. Pero, si la memoria no me falla, rompiste conmigo.

—Quizá rompí contigo, pero solo un poquito —murmuré.

—Algo que se rompe «un poquito» sigue estando roto —puntualizó.

—Pero puede arreglarse —repliqué—. ¿Verdad?

Me apartó el cabello de la frente.

—¿Y cómo lo arreglamos?

—Lo siento —dije—. ¿Eso ayuda?

Dijo que sí con la cabeza.

—Yo también lo siento.

—No quiero que nos convirtamos en un par de yonkis del drama como Gracie y Topher. Me niego en rotundo.

—Yo también —murmuró, y me acarició el pelo—. Si prometo que siempre responderé a tus llamadas, ¿prometes llamarme?

—Sí —balbuceé. Me hundí un poco en el agua, y luego aleteé los pies para volver a subir—. Si prometo escucharte, ¿prometes contarme tus problemas, sin hacer bromas al respecto, en lugar de coserte la boca y no decir nada?

—¿Sin hacer bromas?

—Bueno, te permito burlarte un poco.

—Trato hecho.

—No quiero cerrar el trato con solo un apretón de manos —dije.

318

Quince minutos después, tres ancianitas con gorros de plástico decorados con flores tropicales desfilaron del vestuario y, al vernos arreglar eso que estaba un poquito roto con un beso de película en medio de la piscina, se escandalizaron.

Me gustaría pensar que mi abuela lo habría entendido.

Capítulo 86

*T*rish trajo a papá de vuelta a casa a las once de la noche. Se metió directamente en su habitación, sin mediar palabra. Me pidió si podía entrar en casa y tomarse un té bien caliente. Preparé un par de tazas y me senté con ella a la mesa. (No tuve elección. Era el único modo de descubrir qué había sucedido.)

La ambulancia les había dejado en el hospital para veteranos, en Albany. Tuvieron que administrarle dos unidades de solución salina para volver a hidratarle. Un análisis de sangre había desvelado un índice de colesterol alto, unas enzimas de riñón bajísimas y un exceso de glóbulos blancos, lo que significaba que tenía una infección. Además, tenía la presión sanguínea por las nubes.

Trish rellenó todos los formularios por él. Esperó. Rellenó más formularios y siguió esperando. Al final, una enfermera le entregó el alta médica firmada y una nota. Le dieron hora para ver a un médico a tres meses vista. La enfermera estaba emocionadísima porque el hospital había reducido la lista de espera a la mitad. Ahora, solo era de tres meses, en lugar de seis. Sin embargo, puntualizó:

—Si sufre una crisis, llame de inmediato a su médico de confianza. Estoy segura de que le atenderá enseguida.

—Pero no tiene un médico asignado —dijo Trish—. En caso de emergencia, no tiene a quien llamar. Por eso estamos aquí.

La enfermera volvió a soltar la cantinela sobre la lista de espera de tres meses. Trish me aseguró que había arrinconado a la enfermera para mantener una conversación en privado que nadie pudiera oír y, después de eso, pudo meter a papá en una especie de lista prioritaria. Tenía visita el segundo lunes de enero.

—Andy quiere que me mude aquí —explicó—. Ya le he dicho que no. Una compañera de trabajo me ha alquilado una habitación. Así podré pasar por aquí a menudo y no seré ninguna molestia. No querría irritarle. Creo que eso será lo mejor. ¿Qué opinas tú?

Cogí la taza de té caliente con ambas manos.

—Supongo que tienes razón.

—¿Estás enfadada porque quiso que te quedaras en casa? ¿Habrías preferido venir conmigo?

—No. Probablemente lo mejor para él era que tú le ayudaras con el médico y esas cosas —reconocí, y soplé para enfriar un poco el té—. De todos modos, no me quedé en casa.

Le expliqué la apuesta que había hecho con Finn, recordé el día en que a punto estuve de morir ahogada y le di un par de detalles aburridos de mi primera clase de natación. Esperaba que me diera el típico sermón sobre coger la camioneta sin permiso, y sin carné de conducir, pero Trish me dejó de piedra.

—No te caíste en la piscina en aquella fiesta —dijo.

—Sí, sí me caí.

—Era el Cuatro de Julio, estábamos en casa de los Bigelow. Los médicos dieron el alta a tu padre demasiado pronto, aunque entonces no lo sabíamos. Nunca debió meterse en aquella piscina —murmuró, y sacudió la cabeza—. Recuerdo que todos estábamos mirando cómo bailaban Jimmy y su novia; eran buenísimos, parecían profesionales. La música estaba muy alta y todos nos lo estábamos pasando en grande.

—¿Estaba borracho? ¿Me caí porque estaba pendiente de otras cosas?

Dejó la taza sobre la mesa.

—Aquella noche no se tomó ni una sola copa. Estaba fanfarroneando, creo que para llamar tu atención. Debió de sufrir una pequeña insolación, o un ataque epiléptico, justo cuando nadaba por la parte más profunda de la piscina. Tú fuiste la única que vio lo que ocurrió. No te caíste por accidente, Lee-Lee. Saltaste al agua para ayudar a tu padre, pero no sabías nadar. Tenías, ¿qué? ¿Siete años? El perro de los Bigelow se volvió loco y alguien fue a investigar por qué ladraba tanto y... oh, Dios mío. —Se le escapó una lágrima. Miró por la ventana y continuó—: Diez tíos debieron de tirarse a la piscina. Uno te sacó y te practicó la reanimación cardiopulmonar. Tenías los labios azules, pero recuperaste el conocimiento en cuestión de segundos. No fue tan fácil, ni tan rápido, con Andy. Fue una suerte que hubiera varios médicos en la fiesta.

—¿Papá volvió al hospital?

—Y tú con él. Pasaste una noche en observación. Él se quedó ingresado dos semanas —respondió, y ladeó la cabeza—. ¿De verdad no recuerdas nada de esto?

—Recuerdo caerme en la piscina, abrir los ojos y ver a papá. Llevaba un traje de baño rojo con varios bolsillos. ¿También llevaba puesta una camiseta?

Trish asintió con la cabeza.

—Pero me pareció verle fuera de la piscina, justo en el borde.

—No, le viste en el fondo de la piscina —corrigió en voz baja—. ¿Sabes lo que él recuerda de esa noche?

—Papá siempre se niega a hablar de esas cosas

—Lo sé —murmuró, y se giró de nuevo hacia la ventana—. Lo último que recuerda antes de perder el conocimiento es verte volando por el aire como un pajarito. Debió de ser justo cuando tú saltabas a la piscina.

—Entonces, ¿papá era consciente de que no sabía nadar?

—No podía moverse. Insolación, ataque, vete a saber. No sé si los médicos lograron averiguarlo. Pero Andy no se alteró en absoluto. Según él, ahogarse no es un mal modo de morir.

Me bebí el té de un trago.

—No pienso volver a tirarme a una piscina nunca más.

—Creo que sí, siempre y cuando esté vigilando el socorrista adecuado —puntualizó. Se acabó el té, se levantó y se puso la chaqueta—. Menudo día, ¿no? Los médicos le han dado algo para dormir. Le llamaré mañana para ver qué tal está, antes y después del trabajo.

Spock la siguió hasta la puerta, meneando la cola. Lloriqueó un poco cuando Trish cerró la puerta. Corrí un poco la cortina para no perderla de vista.

—¡Espera! —grité, y corrí hacia la puerta—. ¡Espera!

La luz del porche iluminaba lo suficiente como para mostrarme dónde estaba, aunque no podía verle el rostro.

—¿Qué pasa? —preguntó.

—Gracias —dije—. Gracias por ayudarnos.

321

Capítulo 87

$\mathcal{A}$l día siguiente, tras su breve visita al hospital, papá se levantó a la misma hora que yo. Mientras se hacía el café, alineó todos sus nuevos frascos de medicinas sobre el alféizar, justo encima del fregadero de la cocina. Se metió una pastilla en la boca y volvió a la cama.

Y, durante los dos días siguientes, hizo exactamente lo mismo.

—¿Haces esto para demostrarme que te estás tomando la medicación? —pregunté.

—Algo así —admitió—. El Tío Ese te está esperando frente a la puerta. Date prisa.

Cogí la mochila.

—¿Qué piensas hacer hoy?

—He pensado escribir algunas cartas.

—¿Cartas? ¿En papel?

—A la vieja usanza, hija.

—¿Estás bien?

—Date prisa. Y, para variar, intenta que no te manden al aula de castigo.

Trish vino a cenar a casa tres domingos seguidos. Comíamos juntos, veíamos el partido de fútbol en el sofá y después ella se iba a trabajar. Cuando le cambiaban el turno de noche, papá también alteraba su horario; se iba a dormir cuando yo me marchaba al instituto y se levantaba a la hora de cenar. Durante esas semanas, la casa nunca olió a marihuana, ni a aceite de motocicleta. Papá bajó el consumo de alcohol y una botella de Jack Daniels le duraba hasta tres días. No explotó, ni lloró.

Se pasaba las noches escribiendo cartas de su puño y letra en la mesa del comedor.

Bajar la guardia era algo muy tentador, pero sabía que no debía hacerlo hasta que empezara a ver a ese médico.

Gracias a aquella clase de natación improvisada, las cosas entre Finn y yo cambiaron. Alcanzamos otro nivel, un nivel que pasaba desapercibido a ojos del resto del mundo, uno que nos hacía reír un montón y exigía un sinfín de besos. Flechazo: esa era la palabra del mes. Asistía a todas las clases, llevaba mis tareas al día para evitar la lista negra y contaba los minutos para volver a verle (y rezaba porque él hiciera lo mismo). Con el paso de los días, el olor a cloro se volvió familiar y encantador; cada día, después de clase, me ponía una camiseta y unos pantalones cortos y me sentaba en las gradas que daban a la piscina. Así, mientras Finnegan Braveheart Ramos velaba por las vidas del equipo de natación masculino de Belmont como un valiente caballero, yo leía.

Cuando estaba con Finn, la Tierra giraba sobre su eje a una velocidad adecuada y la gravedad se equilibraba. Pero cuando volvía a casa, sentía que el planeta giraba a la velocidad de la luz. Creo que papá también tenía esa sensación porque se movía arrastrando los pies, como si hubiera envejecido veinte años. Por un momento pensé que se habría formado una fina capa de hielo sobre el suelo, lo que explicaría esos extraños andares, pero cuando lo comprobé, no había nada, tan solo las frías baldosas de siempre.

323

Capítulo 88

*E*n la mañana de la víspera de Navidad, como por arte de magia, apareció un árbol en el salón. La base del tronco estaba metida en un cubo repleto de piedras y el cubo, a su vez, dentro de un viejo neumático. El árbol estaba apoyado sobre la ventana y, cada vez que *Spock* aporreaba las ramas con la cola, se producía una lluvia de agujas de pino.

Esa noche, Finn y su madre se pusieron de camino a Boston, así que decidimos intercambiar nuestros regalos navideños por la tarde. Él me dio una libreta de cupones, todos hechos a mano. Cada cupón podía canjearse por una clase de natación.

—Jolín, ahora me siento como una idiota —dije, y le entregué mi regalo—. En mi defensa, debo decir que hace años que no recibo clases de arte.

—Ah —exclamó cuando arrancó el papel, haciéndose el diplomático—. Es original. Me encantan las cosas originales.

Me sentía avergonzada.

—No tienes ni la más remota idea de qué es, ¿verdad?

—Pues no.

—Es un candelabro, ¿ves? No, dale la vuelta. Se supone que eso de ahí es un búho, aunque no sé por qué parece que tenga un tumor gigante en la espalda.

Finn trató de mantener la compostura.

—Lo primero que se me ha ocurrido es que era Dromedarioman, un superhéroe, el hombre camello. Pero tienes razón, es un búho, sin lugar a dudas. Pero eso no es un tumor, querida, sino una mochila, repleta de libros de la biblioteca. Me encanta —dijo con una gran sonrisa—. Es muy tú.

Υ

Después de que se fuera me propuse decorar el árbol. Encontré una cajita con lucecitas de Navidad en el sótano, pero la idea de una antorcha del tamaño de un árbol quemándose en mitad del salón me echó atrás, así que volví a guardarlas. Preparé unas galletas redondas de azúcar y, una vez frías, hice un agujero en el centro de cada galleta y pasé un hilo de lana para colgarlas en el árbol. El truco era colgarlas cerca del tronco y lo bastante arriba para que el perro no se las zampara. Si ponía demasiado peso en el extremo, la rama acabaría por romperse y entonces *Spock* se comería la galleta, la lana y la rama.

Durante la mañana de Navidad hizo un frío ártico, propio del Polo Norte. Encendí la calefacción a primera hora, pero aun así aquel aire glacial se colaba por las grietas de los alféizares de las ventanas, de modo que era imposible calentar la casa. Me pasé la mayor parte del día hibernando, envuelta en un saco de dormir sobre el sofá, bebiendo chocolate caliente, viendo películas navideñas y esperando a que papá decidiera levantarse.

Varias horas después de que anocheciera, bajó las escaleras tosiendo como un energúmeno y sonándose la nariz.

—Nada de abrazos —dijo—. No quiero contagiarte este resfriado.

Después de un buen cuenco de sopa de pollo y un montón de Kleenex, le di mi regalo.

—No tienes que darme nada —protestó.

—Es Navidad, papá.

Volvió a sonarse la nariz y, con sumo cuidado, quitó el papel de regalo sin romperlo. Le dio media vuelta para ver la parte delantera de la caja.

—Un mapa de los Estados Unidos —dijo.

—Nuestro mapa, ¿lo ves?

Señalé las líneas rojas que había dibujado por todo el país.

—He marcado todos los viajes por carretera que hemos hecho juntos. Bueno, los que recordaba. Tiene un gancho detrás, así lo podrás colgar en la pared.

—Gracias, princesa. Supongo que tú también quieres un regalo —bromeó.

—No estaría mal.

Se metió en la cocina, abrió uno de los armarios y sacó una caja larga y estrecha envuelta en papel de renos.

Vaciló. Me lo entregó, y se fue.

—Espero que te guste.

—¿Adónde vas? —pregunté—. ¿No quieres verme abrirlo?

—No, así está bien —respondió desde el recibidor.

—¿En serio? ¿De veras vas a irte? ¿Qué es? ¿Un par de palillos chinos de la cena de la semana pasada? ¿Me has lavado unos calcetines?

Me arrepentí de inmediato. Se dio media vuelta con un ataque de tos horroroso y volvió al salón. Se sentó en el sofá sin decir una sola palabra.

—No pretendía ser tan desagradable —murmuré—. Lo siento.

—Ábrelo.

Bajo aquel papel había una caja de madera, el tipo de caja en que vienen los bolígrafos más sofisticados.

—¿Un bolígrafo? Mucho mejor que unos calcetines limpios, sin duda.

Apretó los labios y arqueó una ceja. Deslicé la tapa, aparté un papel blanco y descubrí un collar de perlas.

—Papá —susurré—. ¿Dónde...?

—Era de tu abuela. Lo encontré en el sótano. Dudo mucho que las perlas sean de verdad, así que no esperes sacar un pastón. Lo llevaba siempre, día y noche.

Me llevé las perlas a la nariz; aquel collar olía a limón, a maquillaje y a galletas de jengibre. De repente, creí oír las abejas que zumbaban en su jardín.

—Me acuerdo.

—Bien —dijo. Se levantó y me acarició la cabeza—. A ella le encantaría.

Durante los siguientes tres días, con sus tres noches, no hizo más que nevar. Por suerte, el ayuntamiento local contaba con varias máquinas quitanieves, así que las calles estaban más o menos transitables, pero el pobre *Spock* quedó harto de tener que apoyar el culo en la nieve para hacer sus necesidades, así que al final opté por cavar un pequeño hoyo a modo de orinal para él. Otra tontería que añadí a la lista de cosas que jamás pensé que haría.

Papá se había convertido en una sombra escurridiza; tan solo salía de su dormitorio para ir al baño, prepararse un bocadillo o dejar un plato sucio en el fregadero. Siempre que le veía, le decía un «Hola», o un «¿Cómo estás?», o «¿Quieres una galleta?», a lo que él me contestaba con un gruñido o con un «Bien» o «No». Su resfriado no había mejorado ni empeorado, en esos días, pero cuando roncaba temía que la pintura de las paredes se desconchara.

El día 28 Trish pasó por casa en mitad de la noche y dejó un sobre con mi nombre escrito. En su interior había un cheque regalo para el centro comercial. También me había dejado una nota en la que me contaba que a primera hora de la mañana volaría a Austin para visitar a su hermana, y que estaría de vuelta justo después de Año Nuevo.

Le había preparado un pastel de manzana como regalo de Navidad, pero nadie se molestó en decirme cuándo iba a venir, ni que estaría el resto de la semana en Texas, así que lo partí por la mitad y lo compartí con *Spock* y el fantasma de mi padre.

Capítulo 89

¿*P*or qué me levanté voluntariamente a las siete de la mañana el cuarto día después de Navidad? El amor te vuelve loca y te empuja a hacer cosas absurdas. Esa es la única explicación. Finn estaba vigilando la piscina porque ese día se celebraba una concentración súper importante que duraría todo el día y me había hecho prometerle que pasaría el día en la piscina para que así, durante sus descansos, pudiéramos estar juntos. Todavía no había amanecido y nevaba aún más que el día anterior. La ventana estaba cubierta por una fina capa de escarcha, otra señal de que necesitábamos aislar bien la casa. Finn me aseguró que la grada superior estaría rozando los treinta grados. La idea de estar tan calentita fue la motivación que necesitaba para salir de la cama.

Cuando salí al pasillo casi atropello a papá, que acababa de ducharse.

—Perdón —farfullé, y agité la mano para apartar el vapor que emergía del cuarto de baño.

—No pasa nada. ¿Qué haces despierta?

—Competición del equipo de natación, ¿recuerdas?

—¿A qué hora te vas?

—En diez minutos. No te preocupes, cogerá el coche de su madre. Acaba de cambiarle las ruedas.

—¿Vendrás a cenar?

—Creo que sí.

Se apoyó en la pared y cruzó los brazos sobre el pecho.

—Te estás acostumbrando a esto, ¿verdad?

Algo en su voz me resultó sospechoso.

—Define «esto».

Se acarició esa barba desaliñada y rala que empezaba a parecer musgo con pinceladas grises.

—Este instituto. Esta casa. El Tío Ese.

Intuí que estaba allanando el terreno, preparándome para lanzarme una bomba y decirme que, cuando Trish regresara, él volvería a la carretera y me dejaría a su cuidado.

—Pareces feliz —continuó.

—Quizá —acepté—. Un poco.

Esa barba y el cansancio que advertía en su mirada me inquietaban, pero era tal el abismo que nos separaba que no me sentía capaz de preguntarle cómo se sentía, o qué iba mal.

De repente, me dio un abrazo de oso que no me esperaba.

—Métete en la ducha. Te haré un clásico para el camino: bocadillo de mantequilla de cacahuete y plátano.

El campeonato se retrasó una hora que al final acabó convirtiéndose en dos. Los autobuses de los otros distritos iban a paso de tortuga por la tormenta de nieve. Al final, cuando la policía del estado cortó la autopista, se canceló. Por culpa de la nieve, llegar hasta mi casa, un trayecto de apenas quince minutos, fue una pesadilla de casi una hora. Finn se puso nerviosísimo y, por un momento, pensé que tendría que utilizar una palanca para arrancarle los dedos del volante. Su madre le llamó justo cuando estaba preparando chocolate a la taza. Aunque la tormenta de nieve se había alejado, le recomendó quedarse en mi casa hasta que los quitanieves limpiaran todas las calles.

Nos acomodamos en el sofá, con nuestro tazón de chocolate caliente, una bolsa de nubes, mi videojuego favorito y el saco de dormir abierto sobre el regazo.

—¿Para quién son esos regalos? —preguntó Finn mientras esperábamos que se cargara el juego.

—¿Qué regalos?

—Debajo del árbol —dijo—. Mira.

Bajo el árbol, entre un montón de agujas de pino, asomaban dos cajitas envueltas con el mismo papel de los regalos del día de Navidad. Una tenía mi nombre escrito y la otra, el de Finn.

—Eso no estaba ahí esta mañana —murmuré.

—¿Son de tu padre?

—Supongo —dije, y sentí un escalofrío. La calefacción estaba encendida, pero aun así el frío era insoportable—. Abrámoslos.

—¿No deberíamos esperarle? —propuso Finn.

—Entre tú y yo, es bastante probable que nos haya regalado algo raro. Echemos un vistazo, y luego los volvemos a envolver —susurré y, con mucho cuidado, deslicé el dedo bajo la cinta adhesiva para abrirlo—. Así sabremos cómo actuar cuando los abramos delante de él.

No me costó quitar el papel del regalo sin rasgarlo.

—¿Tu padre te ha regalado una caja de macarrones con queso precocinados?

—Por supuesto —murmuré, y me estremecí de nuevo—. ¿Acaso tu padre no lo hace? Te toca.

Finn sacudió su cajita. Oímos un ruido sordo. El papel de regalo prácticamente se desenvolvió solo. Reveló una caja que solíamos utilizar para guardar la mantequilla. Quitó la cinta adhesiva y la abrió. En su interior había una estrella metálica de bronce.

Cogió la estrella.

—¿Qué es esto?

Cada vez tenía más frío. Abrí la parte superior de mi caja de macarrones y saqué un pañuelo azul un tanto descolorido que sujetaba dos anillos de oro, uno de talla de hombre y el otro más pequeño. Y en el fondo de la caja, un Corazón Púrpura.

Capítulo 90

Yo, aporreando la puerta de su habitación.

—¡Papá, abre la puerta! ¡Abre ahora!

Yo, pateando su puerta, gritando.

Yo, levantando el mazo para partir madera, astillas volando, el pomo quebrándose, la puerta en el suelo.

(A lo lejos, la voz de Finn. Demasiado lejos como para oírle.)

La habitación estaba impoluta, lista para ser inspeccionada minuciosamente. La cama estaba hecha; la funda de la almohada estaba recién planchada y advertí una manta adicional doblada sobre los pies. Abrí el armario. No había ninguna prenda tirada o mal doblada; toda su ropa estaba colgada en perchas. Por fin había desaparecido la asquerosa capa de polvo, grasa y ceniza que desde hacía meses cubría el ordenador. De hecho, no pude ver ni una mota de polvo en la mesita de noche, sobre la que solo había una pequeña lámpara de lectura, en el escritorio o en la cómoda. Comprobé el armario por segunda vez; la ropa seguía ahí, en su percha correspondiente, inmóvil. Giré la llave de la cajonera en la que guardaba todo su arsenal de armas; no faltaba ninguna.

Cerré el armario y apoyé la espalda en la puerta. Desde ese ángulo, parecía un dormitorio impersonal. De hecho, daba la sensación de que nadie, absolutamente nadie, durmiera allí a diario.

El garaje: la camioneta seguía ahí. El motor estaba apagado

y frío. No bombeaba dióxido de carbono, ni tampoco vi una manguera que uniera el tubo de escape con la ventanilla del conductor.

El cuarto de baño: vacío. Ningún cuchillo. Ninguna navaja, ningún puñal, ninguna gota de sangre.

El sótano: vacío. Ninguna soga. Ninguna cuerda atada a una de las vigas que sostenían la casa. Ningún cuerpo retorciéndose de dolor, ni pies colgando a varios centímetros del suelo.

No estaba en la cocina, ni en el salón, ni en el comedor. Tampoco estaba en mi dormitorio (a él jamás se le habría ocurrido algo así, no sé ni por qué me molesté en comprobarlo... mi padre nunca dejaría su cadáver en el suelo de mi habitación), así que dónde...

La habitación de la abuela que durante un tiempo fue de Trish. ¿Ahí? ¿Ahí?

La habitación de la abuela: vacía. Ningún padre. Ningún padre con una sobredosis tirado encima de la cama, o escondido debajo de ella, ni en el armario. Sobre la almohada vi una caja. Era una caja grande y roja que solíamos utilizar para guardar el papel de la impresora. La destapé. Dentro había un álbum de fotos que jamás había visto, con fotografías de Rebecca, instantáneas de mi madre, de él y de mí. Debajo del álbum, varias decenas de sobres cerrados y con el sello puesto, listos para ser enviados. Yo era la destinataria de todos aquellos sobres. En la esquina superior derecha había una fecha escrita. La mitad de los sobres mostraba la fecha de mi cumpleaños. El resto, el 25 de diciembre. Y los años que seguían a esas fechas pertenecían al futuro.

Me eché a llorar desconsoladamente. El perro empezó a aullar de nuevo. No lográbamos encontrar a mi padre. Un monstruo había engullido a mi padre, pero esta vez no había sangre en el suelo, ni un rastro de huellas que poder seguir.

Los gritos de Finn me devolvieron a la realidad. En cuestión de un abrir y cerrar de ojos, me lo encontré delante de mí. Hablaba más rápido de lo que mi cerebro podía procesar. Sacudía un teléfono móvil y, al fin, logré entender lo que decía.

—... Trish, en mitad de un atasco en Chicago, la tormenta, él escondió una tarjeta en su bolso, la ha leído, necesita hablar contigo...

Pegué el oído al auricular. Trish trataba de decirme algo,

pero le castañeteaban demasiado los dientes y era incapaz de articular una frase.

Al mismo tiempo, Finn no dejaba de vociferar.

—¿Qué hago? ¿Qué quieres que haga? ¿A quién llamo? ¿Al 911? ¿Y si llamo a mi madre? Ella podría echarnos una mano. La llamaré. Y también llamaré al 911. ¿Qué dice Trish?

Capítulo 91

*M*i dulce Patricia,

    Ya no puedo seguir con esto. No es justo que ella cargue con mi cruz. Tiene que vivir su propia vida en lugar de preocuparse por mí. Dijiste que querías ayudarme. Pues esto es lo que puedes hacer por mí: Hayley te necesita.

    Si algún día dejara de odiarme, dile lo orgulloso que estoy de ella, lo mucho que la quiero.

    Siempre tuyo, lo creas o no,

    Andy

    P.D.: Dile que es clavadita a su madre. Dile que es una chica fuerte, que puede comerse el mundo.

Capítulo 92

*P*erdí una hora.

Cerré los ojos, pestañeé y, cuando volví a abrirlos, vi a varios agentes de policía merodeando por casa. Hablaban por radio mientras escudriñaban cada habitación de la casa, como si papá estuviera jugando al escondite. Tardé varios minutos en percatarme de cuánto tiempo había pasado y de que tenía una manta alrededor de los hombros. Finn me estaba sosteniendo una taza de algo bien caliente.

Había estado prestando declaración, eso era evidente. Un agente policial había anotado el nombre de papá, sus bares favoritos y el número de teléfono de Trish. Otro hablaba por teléfono. Al otro lado del aparato reconocí los gritos de Trish. Una mujer copió toda la información de las recetas médicas de papá.

—No te preocupes —dijo—. Tu padre solo lleva fuera de casa unas pocas horas. Técnicamente no podemos considerarle como desaparecido hasta mañana por la mañana. Lo más probable es que ahora mismo esté con un amigo tomándose unas cervezas en el sótano de su casa.

—¿Y la carta? —apuntó Finn.

—Si mi jefe lee esta carta, dirá que no significa nada, al menos hasta que el señor Kincain lleve desaparecido veinticuatro horas. Y después me echará la bronca por no estar patrullando la carretera o ayudando en los accidentes que ha causado la tormenta de nieve.

—¿Y qué se supone que debemos hacer? —preguntó Finn.

—Esperar. Ahora en Navidad este tipo de cosas está a la orden del día; esta época afecta a mucha gente, en especial a los veteranos. Solo necesita un poco de tiempo y espacio. Tu madrastra dice que ya está en camino, así que no avisaré a Servicios Sociales, pero debes prometerme que no te moverás de aquí.

El pánico empezaba a desvanecerse y, poco a poco, mi mente se fue despertando.

—Entonces, ¿no vais a buscarle? —inquirí.

—No podemos —admitió—. No hasta mañana a esta hora.

—¿Y si para entonces ya está muerto?

La agente me miraba con compasión.

—No lo estará, cariño. Presiento que recibiremos un aviso a media tarde informándonos de que está borracho y armando jaleo en algún bar del centro. No es alentador, pero estará vivo. Ten, mi número.

Finn cogió la tarjeta y balbuceó algo, aunque yo ya había dejado de escuchar. Mi motor cerebral había dejado de funcionar. La policía no estaba dispuesta a colaborar hasta que fuera demasiado tarde. Trish ya venía para casa, aunque todavía le quedaban varias horas de viaje.

Observé a Finn, que estaba frente al ventanal mirando el coche patrulla.

—¿Quieres un poco más de chocolate caliente? ¿Un bocadillo?

—Claro.

Volví a pestañear. Tenía los ojos secos. La luz del sol era cegadora. Los copos de nieve se deslizaban del tejado y flotaban hasta el suelo como plumas blancas. Una suave brisa agitaba los montículos de nieve del jardín, pero el cielo había empezado a despejarse y la tormenta había amainado.

Papá no estaba en un bar.

No estaba bebiendo.

Estaba cumpliendo una misión. Estaba sobrio, tenía la mente muy clara y estaba siguiendo un plan al pie de la letra. Lo había organizado todo. No había dejado ningún cabo suelto. Estaba dispuesto a quitarse la vida, así que había decidido morir solo, como un animal herido. ¿Pero dónde?

Intenté visualizarle, adivinar qué habría estado haciendo esa misma mañana, qué habría estado tramando mientras dormía. Le vi escribir esas malditas cartas con mis propios ojos. Seguro que revisó varias veces que las hubiera ordenado bien. ¿Habría hojeado el álbum de fotos antes de guardarlo en la caja? ¿Habría llorado?

La casa estaba en silencio; el único ruido que perturbaba esa quietud era el tintineo metálico de los cubiertos que Finn buscaba en el cajón y el lejano rugido de un quitanieves.

Siempre había temido que se suicidara en casa. Hasta entonces no me había dado cuenta de por qué jamás lo habría hecho: no quería que yo encontrara su cuerpo sin vida. Recordé el abrazo que me había dado antes de irme: un abrazo cálido y repentino, un verdadero abrazo de padre.

Un abrazo de despedida.

¿Cómo planeaba hacerlo? ¿Dónde?

Cuando recorríamos todas las carreteras del país, hubo un par de noches en que, borracho como una cuba, había desvariado, vociferando sobre todas las muertes que había provocado y la sangre que había derramado.

(No se había llevado ningún revólver.)

Describía los rostros de los soldados muertos. Ojos abiertos, llenos de terror. Bocas torcidas de dolor. Nunca quiso que las familias pudieran ver a sus difuntos así.

(Todos sus medicamentos estaban en casa. ¿Acaso tenía un alijo ilegal?)

¿Qué quería que su hija viera?

Finn dejó un plato con un bocadillo de mortadela y dos tazones de chocolate caliente sobre la mesa y se sentó a mi lado.

—Estoy seguro de que tiene razón —dijo, y me cogió de la mano—. Volverá a casa antes de cenar.

La calefacción se encendió de golpe. El aire de los radiadores movía las cortinas, haciendo parecer que alguien se escondiera tras ellas. El salón se llenó de olores. Chocolate caliente. Mostaza, mucha mostaza. De pronto, percibo el inconfundible olor a piscina. El cloro es excesivo y noto que mi ropa está empapada...

Rasgándome... el sol brilla con toda su fuerza sobre la piscina... a su alrededor, un montón de adultos, pero no consigo encontrarle... la música está tan alta que nadie me oye cuando resbalo y me caigo en la parte más profunda de la piscina... abro la boca para pedir ayuda, pero el agua ahoga el grito... el agua cada vez es más y más espesa... y los adultos siguen bailando...

—¿Hayley? —llamó Finn, con el ceño fruncido.

De repente, cada detalle de la habitación se volvió tan nítido, tan claro, que incluso me lloraron los ojos. Reparé en la mancha que Finn tenía en el cristal izquierdo de las gafas, en las briznas de pelo de *Spock* de su pantalón. Podía verlo todo con precisión: unas sombras oscuras en las paredes, fantasmas de los cuadros de mi abuela, una esquirla de cristal en la alfombra, el recuerdo de papá bajo el agua.

—Sé dónde está —anuncié—. Y sé cómo piensa hacerlo.

Capítulo 93

—*D*eberíamos llamar a la policía —propuso Finn.

—Ya les has oído, no piensan mover un dedo.

—Pero ahora tienes una idea más concreta, y razonable. Podrías pedirles que pasaran por ahí a echar un vistazo.

Salí del salón y cogí su chaqueta.

—¿Y si le encuentran y todavía no lo ha hecho? Estoy convencida de que si ve un coche de policía, no vacilará, no le temblará el pulso. Y entonces, *boom*.

—¿Y si lo hace al verte a ti?

Cogí las llaves del coche.

—Deberías quedarte aquí.

—No pienso dejar que vayas sola.

—Yo conduzco.

Él sonrió.

—Sabía que dirías eso.

No supe que llevaba razón hasta que tomé la Ruta 15 en dirección a Quarry Road y vi el caminito de pisadas que serpenteaba por la nieve hasta lo más alto de la colina. Di un volantazo y pisé a fondo el acelerador. Finn se agarró del salpicadero con una mano y, con la otra, sacó el teléfono móvil.

Bajo la capa de nieve se había formado una placa de hielo, lo que hacía derrapar el coche. Traté de controlar los patinazos, girando el volante hacia un lado y hacia el otro, pero sin aflojar el acelerador. Las ruedas resbalaban sobre el hielo y, de repente, nos propulsaban hacia delante y, al cabo de un metro, volvían a patinar. Finn gritó como un loco cuando rocé la valla y rayé el coche. Sin embargo, logré enderezar el volante y retomar el camino hacia la cima. El coche avanzó unos metros más, dejando a su paso una estela de nieve y, de golpe y porrazo, dejó de moverse. Las leyes de la física, el hielo y la pendiente acabaron ganando la batalla.

Eché el freno de mano, me apeé y empecé a correr. Hasta alcanzar la cima, resbalé, caí de bruces y tropecé varias veces. Seguí aquellas huellas en la nieve. Había dado varias vueltas y se había fumado un par de cigarrillos. Entorné los ojos y escudriñé el paisaje hasta que...

¡Ahí!

... Al otro lado de la valla encontré una ristra de pisadas y, a lo lejos, en el borde de la cantera, un punto oscuro que destacaba entre la montaña de nieve.

Escalar la valla no era difícil; en un abrir y cerrar de ojos me encaramé y, desde lo alto, vi a mi padre. Desde la distancia, no era más que una mancha negra en mitad de la nieve. Tan solo le separaba medio metro del abismo. Llevaba una camiseta y unos pantalones cortos. La nieve le había teñido el pelo de blanco y la tez de gris.

¿Había muerto congelado? ¿Podía ocurrir tan rápido?

Quería gritar su nombre, pero me daba miedo romper el hechizo bajo el que se encontraba. De pronto, un banco de nubes bajas cubrió el cielo. La luz se tragó todo el color del planeta. Los muros de la cantera parecían de hierro y el agua era negra como el carbón. Papá no se movió. Debió de oír los gritos de Finn, sin lugar a dudas, el ruido de la valla metálica cuando yo la escalé, pero seguía tan quieto como el mármol sobre el que estaba sentado. Por un momento temí que estuviera transformándose, que sus huesos fueran de piedra, que su corazón se hubiera convertido en una roca para siempre.

Sin pensármelo dos veces, salté de la valla. La caída fue tan violenta que me quedé sin aire en los pulmones. Me levanté, pero la rodilla me ardía de dolor. Oí los chillidos de Finn a lo lejos, pero hice caso omiso. Ya no tenía frío.

Con mucho esfuerzo, conseguí avanzar unos metros. No quería asustarle y no sabía qué hacer.

—Papá —susurré—. Papá, por favor, mírame.

Me pareció ver que hundía un poco la cabeza, aunque a lo mejor habían sido imaginaciones mías. Di un paso más.

Y entonces vi que movía los labios.

340

—Para.

Y eso hice. Esperé, pero él seguía sin moverse.

—Debes volver a casa —dije.

Nada.

—Tienes que levantarte y venir conmigo al coche. Ahora mismo. ¿Me oyes?

Nada de nada.

La pierna izquierda me falló y me caí sobre la nieve. Y fue entonces cuando papá se volvió.

—¿Te has hecho daño? —preguntó.

—Un poco —reconocí, y me puse en pie apoyándome únicamente en la pierna derecha—. Me he torcido la rodilla, o eso creo.

Papá se giró otra vez, y contempló la cantera. Quizá fuese el puñal que parecía haberme atravesado la rodilla o puede que el frío hubiera congelado el miedo que durante tantos años me había silenciado, pero encontré el valor para hacer la pregunta.

—¿Por qué nunca me enseñaste esas fotografías de mamá?

Tomó aliento.

—Creí que ya habías sufrido suficiente y que ver esas fotografías no te ayudaría en nada.

—¿Y piensas que morir de frío aquí, en la intemperie, va a hacerme sentir mejor?

—No he venido aquí a congelarme.

—¿Y por qué no has saltado?

No respondió. A pesar de la cojera, avancé otro paso.

—¡Para! —exclamó. El grito me paralizó—. No es seguro.

—¡Pues claro que no, tonto! —respondí, y le lancé una bola de nieve. Fallé la puntería y, en lugar de explotar en su espalda, la bola desapareció en las profundidades de la cantera.

—¡No, Hayley! —dijo papá. Se dio la vuelta e intentó ponerse en pie—. ¡Para!

—¡Cállate!

Grité con todas mis fuerzas y sentí que la piel se me rasgaba, empezando por la cabeza, haciendo saltar los delicados hilos que, durante tanto tiempo, me habían mantenido de una sola pieza.

(Por el rabillo del ojo avisté unas luces parpadeantes que teñían la nieve de color azul. Finn seguía gritando a pleno pulmón.)

341

Me dolían hasta las pestañas y, a medida que pasaban los segundos, el dolor se hacía más insufrible, hasta el punto de impedirme hablar.

—¡Papá! Sé que tienes pesadillas, que viviste cosas horribles, pero... —gruñí—. Pero no me importa. Quiero que mi padre vuelva. Quiero que vuelvas a ser valiente, como antes.

—No lo entiendes —farfulló, y se secó las lágrimas con la mano.

—¡No puedes hacerme esto! ¡No puedes tirar la toalla! —chillé—. ¡No es justo!

Mi voz retumbó en la cantera e hizo vibrar el agua que había a los pies del acantilado. Las nubes se esfumaron y el reflejo de la luz del sol en la nieve nos cegó. Estábamos sobre un mar de esquirlas de cristal, de millones de diminutos espejos rotos.

—La justicia no existe. Esto es mucho mejor —dijo papá—. Trish cuidará de ti.

—No tendrá que hacerlo. Me voy.

Esperé a que mordiera el anzuelo.

—¿Adónde vas? —preguntó.

—Te seguiré. Cuando saltes, saltaré contigo.

—No, no lo harás.

—¿Quieres apostar? Me he pasado la vida viendo cómo huías de casa, cómo me dejabas. Luego fue la abuela. Y luego Trish. Por lo visto, todo el mundo me abandona. Así que yo también voy a marcharme.

Oí varios portazos.

Con suma dificultad logré acercarme a él, aunque tuve que arrastrar la pierna izquierda y dar un brinco para avanzar.

—Retrocede —ordenó papá. Se puso de pie y extendió los brazos—. Hayley Rose, cariño, por favor. Estás demasiado cerca del borde.

—Tú primero.

—No lo entiendes —repitió con voz temblorosa.

La nieve se tornó azul, luego roja, después azul y roja de nuevo.

Mi único punto de apoyo era la pierna derecha. Noté que la nieve crujía y, por segunda vez en mi vida, volví a sentir que la cantera tiraba de mí, que el viento me empujaba hacia el abismo.

—Eres tú quien no lo entiende. Llevo años viviendo al límite, y todo por tu culpa.

Papá farfulló algo, pero el frío heló sus palabras antes de que pudiera oírlas. Señalaba a todas partes: a mí, al precipicio, a mí, a la valla, a mí, a la cantera… Estaba tratando de calcular algo, pero no logré adivinar el qué.

La nieve crujió de nuevo. Pensé que estaba listo para saltar y, de pronto, caí en la cuenta de que mi padre llevaba razón. No quería seguir sus pasos, no quería saltar al vacío. Nuestro pasado ya había acabado, y eso me entristecía más que cualquier otra cosa. Estaba tan apenada, tan desconsolada, que incluso sentí que la Tierra dejaba de girar.

Mis lágrimas formaron pequeños agujeros sobre el manto de nieve.

—Hayley Rose, escucha —dijo, con voz alta y clara—. Estás sobre un saliente. Debajo de ti solo hay nieve. No hay roca.

—¡Señor! —gritó una voz a mis espaldas.

Miré por encima del hombro. Finn estaba aferrado a la valla, junto a un agente de policía.

—No os mováis —ordenó el agente—. Ninguno. Vamos a buscar una cuerda. No os mováis. Ni habléis.

—Escúchale, Hayley —murmuró papá.

—¿No quieres que caiga? ¿O que salte?

Dio un par de cautelosos pasos hacia mí.

—No, cielo. Shh.

Ahora percibí otras voces tras la valla: policías, Finn, el graznido de las radios, un tintineo metálico. Y la nieve volvió a rechinar bajo mis pies.

—Ese anhelo, papá, esa insistencia porque esté a salvo, porque siga con vida… Eso es precisamente lo que siento por ti —lloriqueé—. Si te quitas la vida, habrás desperdiciado años, décadas.

—Ya no sé cómo… —balbuceó—, cómo vivir.

—De pequeña, siempre que me encontraba en un aprieto, me decías «Ya encontraremos una solución». Te quiero, papá. Mamá también te quería, y la abuela. Odio admitirlo, pero Trish te adora, y tus amigos te respetan. Tienes un montón de gente a tu alrededor que te quiere, y por eso sé que encontraremos una solución.

Sentí el ulular de varias sirenas.

—Solo unos segundos más —dijo el agente—. Quedaos quietos, los dos.

El viento volvió a soplar con fuerza. Papá estaba agotado y

343

apenas podía mantenerse en pie. La cantera ansiaba tragárselo, lo presentía.

—¡Pero estás vivo! —grité—. ¡Debes intentarlo porque te queremos!

Papá contuvo las lágrimas, extendió los brazos y vino hacia mí. Aquella imagen me recordó a una estampa típica de la llegada de los soldados de guerra. Papá bajando del avión, algo cojo, mientras la banda tocaba el himno nacional y miles de personas aplaudían y gritaban. Lágrimas acariciándole la mejilla, purificando tantos años de angustia. Di un paso hacia él, lista para lanzarme a sus brazos, abrazarle y susurrarle cuánto le había echado de menos.

La nieve que me sostenía se resquebrajó, se desmoronó y, de pronto, todo desapareció. Hasta que mi padre me salvó.

Capítulo 94

Si esto fuera un cuento de hadas, habría escrito la típica chorrada de «y vivieron felices y comieron perdices» justo aquí. Pero mi vida era un tanto más complicada que eso.

Cuando el vídeo de Trish rogándole a la mujer del mostrador que le asignara algún asiento en el vuelo a Albany a pesar de no estar en el programa de clientes habituales de la aerolínea se hizo viral, la propia compañía decidió no presentar cargos. Las enfermeras comentaron que al abrir los ojos y ver a Trish a mi lado con la nariz cubierta de gasas (en el altercado, solo se había roto la nariz y no el pómulo; no confíes en todo lo que lees en Internet), me puse a reír y entoné una canción que carecía de sentido. Para ser sincera, creo que exageran porque no me acuerdo de nada.

Finn se había destrozado las cuerdas vocales en la cantera; había estado varios minutos gritando a pleno pulmón, alertándome de que estaba demasiado cerca del borde. Tampoco recuerdo haberle oído. Después de la resonancia magnética, volví a la habitación y ahí estaba él.

—Me he roto los ligamentos cruzados.

—¿Te han inyectado morfina? —preguntó. Su voz sonaba como la de una rana mugidora que fumaba una media de tres paquetes de cigarrillos al día.

—Sí, pero no es suficiente. Un beso me ayudaría más.

—¿Seguro?

—Bueno, tendrá que ser un beso de película.

—Ejem —dijo—. Intentaré hacerlo lo mejor posible.

Las fuertes ráfagas de viento que habían azotado la cantera

durante varios días habían acabado formando un montículo de nieve bastante sólido que se extendió incluso más allá de la propia piedra. Por eso había llegado hasta ahí. Por eso se vino abajo. Papá se rompió tres costillas y se dislocó el codo al cogerme. Aunque el cerebro se le paró, no me soltó. (A mí también se me dislocó el hombro, pero solo me fracturé un par de costillas.)

Cuando salté la valla, no solo me destrocé la rodilla, sino que también sufrí una conmoción cerebral de segundo grado. Y por eso, según los médicos, no había podido pensar con claridad y me había atrevido a acercarme tanto al precipicio.

Sin embargo, yo sabía que no era cierto.

Allí, al borde del abismo, la Tierra había dejado de girar. Mi padre y yo necesitábamos ese tiempo para encontrarnos el uno al otro de nuevo.

Me dieron el alta enseguida; después de todo, Trish era enfermera y, puesto que ahora empezábamos a llevarnos bien, le pedí si le importaría quedarse unos días en casa, hasta que me recuperara por completo. A papá lo trasladaron a un centro de rehabilitación para veteranos después de unos días en el hospital. Cuando volvió a casa, había perdido diez kilos y envejecido al menos una década; sin embargo, no avisté sombras en su mirada y, por milagro divino, volvía a sonreír.

Ninguno de los dos nos libramos de las sesiones de fisioterapia (alias tortura y mucho dolor): en mi caso para la rodilla y la espalda, y en el suyo para el codo y su corazón magullado. La desalmada de mi fisioterapeuta soltó una carcajada cuando rompí a llorar en mitad de una sesión y luego me chocó los cinco.

—¡Progreso! —gritó, y se puso a bailar a mi alrededor.

—Estás enferma —balbuceé.

—Y tú estás mejorando —comentó, y se arrodilló ante mí—. No puedes librarte del dolor, chiqui. Enfréntate a él. Así serás más fuerte. Puedes llorar todo lo que quieras, pero vas a tener que doblar esa rodilla al menos cinco veces más. Luego lo celebraremos con un trozo de pastel.

Papá rebautizó el final de «y vivieron felices y comieron perdices» por uno propio: «Suficiente por hoy». Había días mejores que otros. Le despidieron de una pizzería y de la bolera pero poco después la oficina de correos volvió a contratarle. Se llevaba a las mil maravillas con su terapeuta y, en cuestión de días, empezó a hablarme otra vez sobre la universidad. Sacaba a *Spock* a pasear dos veces al día, por la mañana y por la tarde. Y siempre, justo antes de anochecer, durante el ocaso, regresaba a casa.

Swevenbury aceptó a Finnegan Lío Ramos (desde luego) y le concedieron una beca tan generosa que, cuando se enteró, se puso a llorar como un bebé. También me abrazó, pero me apretó tanto que por un momento pensé que me había roto las costillas.

Mi idea original era tomarme la primavera y el verano libres y ponerme al día con las clases en otoño, pero durante la recuperación, Benedetti no paró de darme la lata hasta conseguir meterme en unas clases improvisadas y en un grupo de estudio independiente para obtener los créditos necesarios para graduarme a tiempo. Incluso me presenté al maldito examen de selectividad. Y, a decir verdad, no me fue del todo mal.

347

El verano se me pasó volando. Me daba la sensación de que las noches eran más cortas. Enseñé a Finn a cambiar el aceite y los neumáticos. Me acompañó a media docena de universidades estatales y me ayudó a encontrar una que tuviera fechas de admisión flexibles, becas y un porcentaje relativamente bajo de zombis en la población estudiantil.

Y así, sin darme cuenta, llegó agosto. Los días fueron pasando a la velocidad de la luz y de repente era nuestra última noche juntos. A las diez, compramos una pizza para llevar y fuimos hasta la colina con vistas al estadio de fútbol. Extendimos una manta gigantesca sobre el césped húmedo, comimos pizza y bebimos un champán barato en vasos desechables. Después, nos tumbamos para contemplar el desfile de estrellas. Los grillos cantaban. Los murciélagos chillaban. Los mosquitos se daban un banquete. Estuvimos charlando durante horas, repitiendo una y otra vez que a la mañana siguiente nos iríamos de la ciudad. Él viajaría hacia el noroeste, casi doscientos noventa kilómetros. Yo, en cambio, me iría unos ciento veinte kilómetros hacia el suroeste del país. Cuando no parloteábamos, nos besábamos. Nos abrazamos y escuchamos un búho ulular en la distancia y la música de los coches que pasaban por delante del instituto. Estábamos decididos a no dormir, pero lo cierto es que, cuando nos despistábamos, se nos cerraban los párpados.

Nos despertamos al unísono, con los primeros rayos de sol y con el canto de los pájaros. Había suficiente luz como para mirarnos a los ojos. Quería parar el tiempo, que ese instante no se desvaneciera jamás.

—¿Por qué todo ocurre tan deprisa? —murmuré.

—Es una conspiración —propuso Finn—. Comunistas. O quizá marcianos.

—¿Comunistas marcianos?

—Eso es, sin lugar a dudas —concluyó, y se desperezó con un gruñido—. No habrás cambiado de opinión, ¿verdad?

—Cada dos por tres —admití, y solté un suspiro—. ¿Y si papá vuelve a perder los estribos? ¿Y si empieza a beber, o deja de asistir a terapia, o si le despiden, o si…?

Finn rodó sobre la manta y con suma dulzura apoyó un dedo sobre mis labios.

—Shhh.

Le aparté la mano.

—¿Y qué hay de mí? ¿Y si mi compañera de habitación ronca y una noche me harto y la mato mientras duerme? ¿O si los profesores son estúpidos? ¿O si te aburres de mí y dejas de llamarme? ¿O sí me contagio de la peste bubónica o algo todavía peor?

—Tu padre va a estar bien, te llamaré a todas horas, hasta volverte tarumba, y no se conoce ningún brote de peste bubónica en todo el país. Solo tienes miedo.

—No es verdad.

—Sí lo es.

—No lo es y te daré una patada en los riñones si no cierras el pico.

—Señorita Blue, es usted toda una experta en conquistar a un hombre —bromeó, y me besó la mejilla.

—Quizás esté un poco asustada.

—Eso es genial.

—No, no lo es —refunfuñé.

—Sí, y te diré por qué. Solo si tienes miedo puedes ser valiente. Y, para qué engañarnos, tu currículum de superheroína ganará mucho si añades la virtud de valentía en tu primer año de universidad.

348

—¿Y si vuelvo a olvidarme de cosas que han ocurrido? ¿Y si me aterrorizo y me escondo en un agujero?

—¿Te refieres a convertirte en una zombi otra vez?

Me incorporé.

—¿Qué acabas de llamarme?

—Ah, venga —susurró. Luego se inclinó hacia delante y me dio un beso de mosquito en la rodilla—. Reconócelo, durante un tiempo te comportaste como una zombi de manual; te negabas a recordar el pasado, no te planteabas un futuro… Vivías el día a día, minuto a minuto. Alardeabas de ser un «bicho raro», de tener una personalidad propia, de seguir tu camino, pero la verdad era que…

La verdad era que me dolía el alma cuando recordaba lo feliz que había sido durante mi infancia, cuando mi abuela me trenzaba el pelo, o cuando Trish me enseñó a montar en bici, o cuando papá me leía un libro. Había enterrado parte de mis recuerdos porque me hacían daño. Y, sin recuerdos, me había convertido en una muerta viviente.

—¿Y si vuelve a suceder? —pregunté.

Con cariño, me tiró hacia él.

—Eso no es ni meramente probable, tontorrona. Es imposible.

—No puedes decir eso. No sabes lo que va a ocurrir.

—En cuanto tengas acceso a secretos de Estado, te mostraré la bola de cristal que guardo en el fondo del armario, pero hasta entonces… —dijo, y me besó—. Hasta entonces seguiremos creando recuerdos como este, momentos en los que tú y yo somos los únicos habitantes del planeta. Así, cada vez que nos asustemos o nos sintamos solos o confundidos, recuperaremos esos recuerdos, los rememoraremos y nos sentiremos a salvo. —Me besó de nuevo—. Y fuertes.

Poco a poco, las estrellas fueron apagándose. El sol se asomó por el horizonte e iluminó el cielo. Le besé. Nos reímos. Todo iba a salir bien.

349

Este libro utiliza el tipo Aldus, que toma su nombre
del vanguardista impresor del Renacimiento
italiano Aldus Manutius. Hermann Zapf
diseñó el tipo Aldus para la imprenta
Stempel en 1954, como una réplica
más ligera y elegante del
popular tipo
Palatino

* * *

* *

*

A orillas de un mismo recuerdo
se acabó de imprimir
un día de primavera de 2015,
en los talleres gráficos de Liberdúplex, s.l.u.
Crta. BV-2249, km 7,4, Pol. Ind. Torrentfondo
Sant Llorenç d'Hortons (Barcelona)

* * *

* *

*